魔武士

③

权谋玩偶

蓝晶 著

南海出版公司

2005·海口

图书在版编目（CIP）数据

魔武士.3,权谋玩偶/蓝晶著. –海口：南海出版公司，
2005.7

（英特颂玄幻系列）

ISBN 7-5442-3155-0

Ⅰ.魔... Ⅱ.蓝... Ⅲ.长篇小说–中国–当代
Ⅳ.Ⅰ247.5

中国版本图书馆CIP数据核字（2005）第060642号

MO　WU　SHI　　QUAN MOU WAN OU
魔　武　士　3　权　谋　玩　偶

作　　者	蓝　晶
责任编辑	杨　雯
特约编辑	阎小青
装帧设计	朱　懿
出版发行	南海出版公司　电话（0898）65350227
社　　址	海口市蓝天路友利园大厦B座3楼　邮编　570203
电子信箱	nhcbgs@0898.net
经　　销	上海英特颂图书有限公司
印　　刷	上海长阳印刷厂
开　　本	850×1168毫米　1/32
印　　张	7.75
字　　数	168千字
版　　次	2005年7月第1版　2005年7月第1次印刷
书　　号	ISBN 7-5442-3155-0
定　　价	18.00元

目录

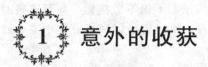

1 意外的收获

当清晨的第一缕阳光，透过重重窗帘照射到幽暗的房间时，系密特便醒来了。他小心翼翼地爬下床，尽可能地不去惊醒身边躺着的格琳丝侯爵夫人。

在朦胧的光影中，格琳丝侯爵夫人恬静安详地躺在那里。那样子真是美极了。

系密特悄悄地穿上衣服。

从现在开始，他要扮演回那个天真可爱的小孩子了，就像格琳丝侯爵夫人醒来之后，便得扮演回那个高贵典雅、恬静温柔的淑女。只有这种洋娃娃般的装扮，才能让他被周围的人们所接受和认可。

自从几天前他和王太子殿下玩了那场引人注目的游戏之后，每一个人都将他当做是王太子殿下最亲密的玩伴，因此对他的态度明显客气了很多，有些人甚至根本就是在巴结他。

在这个时候，系密特发现，扮演小孩，有时候对自己是一种很好的保护色。这样可以暂时保护自己，远离成人们那个尔虞我诈的世界。

其实，在京城，在宫廷，孩童之间也不是一片天真。至少，小王子殿下是怎么任意作弄那些他不喜欢的小孩儿的，系密特都看在眼里。

那些受到作弄的孩子，不但不敢抗拒，甚至连哭的胆量都没有。显然他们的父母，早已将他们训练成在小王子殿下面前逆来顺受的性情。

孩童的天地尚且如此，更何况是成人的世界呢！

系密特不想再为这些事情而烦心了，他现在只想远离那个世界。他想，也许这就是当初父亲选择抛开贵族身份，四处流浪的原因吧。

从别墅出来，系密特开始沿着湖岸散步。这是他生活在奥尔麦的原始森林时便已经养成的习惯。

早起，是奥尔麦居民的一种美德。

一路上，系密特看不到一位来参加庆典的贵宾，只有侍卫们强打精神站在那里。看见系密特走过，侍卫们全都必恭必敬地打着招呼。

虽然没有任何职位，也没有得到正式的封号，但是系密特却已经成为了众人心目中的新贵。

王太子殿下和他之间的那场游戏，因为有教宗陛下的参与，在旁人的感觉中，游戏的性质已经荡然无存。那简直就是一场真正的爵位授予仪式。

更何况这几天，在长老院和内阁中发生了翻天覆地的变化。原本拉开架势、好像要与法恩纳利伯爵和塔特尼斯伯爵斗个你死我活的重臣和议员们，突然间全都改变了腔调。他们异口同声地欢迎这两位伯爵大人加入他们的行列，推荐信如同雪片一般地飞到国王陛下、议长大人和宰相大人的办公桌上。

法恩纳利伯爵进入长老院，塔特尼斯伯爵入阁，好像已经

成了无可争议的事实。

原本酝酿已久的一场政治风暴，突然之间消失得无影无踪。惟一的惨败者，可能就是原来的那位财务总长，以及他手下的亲信们。

不过，国王陛下好像也不愿意再追究那场挤兑风潮的责任了，反正他已经从中得到了大量的好处。

另一个使系密特受到众人欢迎的原因便是，他的哥哥塔特尼斯伯爵通过奇特的手法，使得京城的黄金价格突然又飙升了起来。那些手中握有大量黄金的贵族趁此机会疯狂抛售，之前他们蒙受的损失，多多少少获得了一些补偿。

系密特猜想，这十有八九是理士顿先生从中策划的。

更何况，这几天来，在贵妇人中间还流传着一种说法：塔特尼斯伯爵打算让京城的房产升值。那将会是一件比黄金买卖更有利可图的事情！

哪个家族会嫌财产太多呢？

又有哪个家族会愿意和一个聚宝盆过不去？

没有一个人对于这个消息有丝毫的疑问。想想那塔特尼斯伯爵仅用半个月的时间，便建造出一座绝无仅有的漂亮豪宅，现在京城里愿意花几百万金币买下这座豪宅的家族不在少数。跟着这样一个人去炒地皮，肯定能够大赚一笔！

现在这里的贵妇人们惟一遗憾的便是，自己没有邀请除了系密特以外的塔特尼斯家族成员。失去这样一个联络感情的大好机会，实在是太可惜了。

在那些贵妇人看来，系密特还是一个不懂事的小孩，又是家族的幼子，在家族中没有多少影响力。如果是塔特尼斯伯爵夫人在这里的话，就好办得多了。

只可惜，塔特尼斯伯爵夫人受到博罗伯爵夫妻的邀请，到昆斯坦郡避暑去了。贵妇人们只能退而求其次，尽可能地和系密特拉近关系。反正小塔特尼斯和他哥哥一样，迟早会受到重用。

对于系密特来说，众人态度的转变，令他感到颇不舒服。只有清晨独自在湖边散步，和晚上同格琳丝侯爵夫人在"包厢"中的时候，他才没有这种压抑的感觉。

他们住的"包厢"远离其他人，到奥墨海宫要走一刻钟的路程，平时总是会有一辆马车专门守护在门外。不过，系密特从来不乘坐这辆马车，他甚至不喜欢走在当中那条有扶栏的道路上。

他在森林中穿梭绕行，犹如一只猫头鹰一般，无声无息飞快地前进着。早晨，侍卫们总是迷迷糊糊的，根本就不会注意他的行动。

突然，系密特感到自己的身体好像被空气凝固住了一样，一种无形的、充满压迫感的力量，封锁了他的行动。

从树林中缓缓地走出两个人来。

左面那一位穿着红色长袍，披着金色披风，头上戴着红色尖顶冠。他的脸上堆满了皱纹，一捋长长的花白胡须飘拂在他胸前。

这位老者系密特认识，他便是来自教廷的那位至高无上的教宗大人。

在系密特看来，这位教宗陛下是个充满了童趣的老人，因为他竟然参与自己和王太子殿下之间的游戏。

至于另外一个人，系密特以前并没有见过。

权谋玩偶

　　那同样是一位老者，不过显得并不苍老。他穿着一条白色的长袍，长袍的边沿还精心地绣着银色的花纹。

　　那种束缚住自己行动的强大力量，正是这位老者发出的。

　　虽然不曾见过这位老者，但是系密特的记忆中，早已经有这位老者的存在，他便是圣堂最高裁决者——大长老。

　　和教廷不同，圣堂不一定需要有最高决策者。大长老在圣堂并不仅仅是地位的象征，更是一种成就的标志。大长老也并不限定只有一位，只要能够修炼到那种境界，任何人都能成为大长老。

　　系密特现在总算是领教了大长老的实力。

　　"菲廖斯大师和波索鲁大师说得一点都没错。教宗陛下，您的感觉也同样正确。不过，你们几个人都只发现了他的某一方面。"说着，那位大长老和教宗陛下向这里走了过来。

　　系密特感觉到自己好像是一只被钉在解剖台上的青蛙，连挣扎的能力都没有。他甚至无法眨动眼睛，好像整个身体突然之间变成了一块坚硬的岩石或者冰块一般。

　　"这个少年确实拥有强大的精神力，难怪菲廖斯大师会注意到他！而且他的力量确实与众不同，不知道这是不是您所说的那种魔族力量？"

　　大长老走到系密特的身边。他将手贴在系密特的额头之上，长叹了一口气，说道："我真是不喜欢这种工作……"

　　随着这声叹息，系密特感到自己脑子里突然一片空白。紧接着，当初在奇斯拉特山脉之中的那段记忆飞快地从眼前掠过——从他进入奇斯拉特山脉开始，一直到他找到那个魔族的尸体。

　　"原来是这么回事，确实是有趣而奇特的经历！"大长老将手从系密特的额头上拿了开来。

系密特感到身体一轻，那种束缚住他的力量，完全消失了。

"这个少年在翻越奇斯拉特山脉的时候，接受了圣堂武士的传承。但是在他的身体进行重新组合的时候，意外地受到了魔族的干扰，因此，他也具有了魔族的力量。

"那个影响他的魔族，好像就是那种形如飞船的奇特生命体。那种魔族拥有强大的精神力和极为敏锐的感知力，同时也赋予了这个少年自由控制肉体的能力。"大长老转过身来，对教宗解释道。

"这样就好。原本我还担心魔族可能会施展阴谋诡计呢。这位少年身上的魔族力量，确实让我吓了一跳！"教宗缓缓地点了点头。

"不过，我却发现了一件令人忧虑的事情。从他的记忆中，我发现了一个不为人知的奇特魔族。

"那个魔族和已知的魔族完全不同，它好像是一位高高在上的王者，统率着所有魔族。而且，那个魔族明显具有高度的智慧。"大长老说道。他的语气低缓而深沉。

"拥有高度智慧的魔族？终于能够证实这件事情了。古埃耳勒丝帝国的文献之中曾经提到过这种猜测，他们也曾经派出勇士到'天空之城'去寻求答案。

"现在菲廖斯大师已经出发，去调查有关'天空之城'的事情了。"教宗叹了口气说道。

"我担心战局会发生变化，我们应该赶快提醒国王陛下注意这件事情。"大长老紧皱着眉头说道。

"我们不知道魔族将会采取怎样的进攻方式。上一次魔族入侵，出现了飞行恶鬼和诅咒巫师，这一次会是什么？"教宗自言

权谋玩偶

自语道。

"这件事情，现在谁都说不清楚。不过我会让圣堂武士们提高警觉。"大长老劝解道。

教宗点了点头。他转过头来，看着系密特。

瞧了好一会儿之后，这位至高无上的父神代言人长叹了一声说道："哈金斯大长老，我在这个孩子的身上，看到了一种新的力量和一种新的杀戮方法。

"这个孩子将会为圣堂带来黑暗，带来一种可怕而危险的力量……您打算如何处置这个少年？"

听到教宗陛下所说的话，系密特感到异常恐惧。

虽然对于教宗所说的一切他并不十分了解，但是对于大长老的力量，他却是再清楚不过了。他知道，在大长老面前，自己根本就没有丝毫的抵抗能力。此刻他能做的，只有在内心深处默默祈求，祈求大长老能够对他手下留情。

"这种力量，对于对抗魔族是否有用？"大长老问道。

"对于任何敌手，这种力量都是致命的。"教宗好像已经看透了一切。

"现在，我们非常需要强大的力量。"大长老神态安详地说道。

系密特高高悬着的心，总算是放了下来。

"系密特，你的力量十分奇特，用来对付魔族极为有效。不过，你还没有完全发挥你的力量。你的力量中，有一部分是根本不为我们所熟悉的，那便是继承自那个魔族的力量。

"你空有强大的精神力却无法使用，实在是太可惜了！我带你去见一个人，他也许会对你有所帮助。"大长老说道。

"大长老阁下，我是否能向您学习对于精神力的使用？您想必就是达者，刚才您轻而易举地便封锁住了我的行动。"系密特连忙说道。

作为一名圣堂武士，他却从来没有得到过大师的指点。这件事情对系密特来说，始终是一个遗憾。

"那算不得什么。但是，我的力量仅仅对圣堂武士才有效。对其他人，哪怕只是一个普通人，那种精神封锁法，绝对没有任何的用处。

"大长老的强大，其实只是相对于圣堂武士而言的。如果是对付那些魔族，我也只能用武技和他们拼斗。

"我现在就带你去见波索鲁大师。在蒙森特郡你应该见到过他，他对于你的力量很感兴趣。你那强大的精神力，经过他的指点，应该能够发挥更大的作用。"大长老笑着说道。

"波索鲁大魔法师？他也到了这里？"系密特惊喜地问道。

"教宗陛下将你的事情和大家一说，我和波索鲁大师都连忙赶了过来。

"不过，清晨是波索鲁大师冥想修炼的重要时间，因此只有我们两个人来到这里。现在时间差不多了，他应该快要完成冥想了。"大长老说道。

跟在两位陛下身后，系密特低着头行进在湖岸边的小路上。他心里一直在琢磨着刚才教宗陛下所说的那番话。

作为父神的代言人，教宗陛下拥有看透未来的神奇本领。这是神赋予的能力，并不属于魔法的范畴。不过，作为最高神职人员，教宗陛下的神圣魔法，却是相当厉害的。

系密特并不知道"为圣堂带来黑暗"到底意味着什么，不过看当时教宗陛下那神情凝重的样子，系密特知道，这并不是一

件好事。

出乎系密特预料的是，波索鲁大魔法师显然跟他一样住在包厢之中。其实以他的身份和地位，他应该绝对有资格作为头等贵宾，住在奥墨海宫才对。

波索鲁大魔法师住在庄园门口的一座三层楼别墅中。

当两位陛下走到别墅门口的时候，别墅的门自动地打开了。

令系密特感到惊讶的是，房间里异常明亮。这种明亮的程度，绝对不是普通灯火照耀所能达到的。

跟在两位陛下身后，系密特走进别墅。他这时才发现，光线是从四面八方发散出来的。

在这个房间里，无论是墙壁还是家具，上面全都浮动着一层如同太阳一般的光芒。

正当系密特感到疑惑不解的时候，那些光芒突然之间聚拢起来。先是聚拢成为一个个光点，紧接着，这些飘浮在空中的光点融合在一起，最终汇聚成为一个拳头大小的光球。

那个光球犹如太阳一般，照亮了整个房间。

这个小小的太阳，就托在一位老者的手中。

他便是系密特在勃尔日的时候见过的波索鲁大魔法师。

"我正在试验是否能将阳光储存下来。各位请坐。"波索鲁大魔法师一边说着，一边将那个光球小心翼翼地放到房间一角的一个巨大的金属瓶子里面。

"波索鲁大师，您应该已经看到刚才那一幕了吧？您对我的决定有什么看法？"大长老问道。

"冥想修炼一结束，我便和我的导师——菲廖斯大师通过心灵感应取得了联系，我们基本赞同您的意见。

"现在最令我担忧的，便是那已经发现的具有高度智慧的

魔族。

"我的导师对于魔族的了解可以说是首屈一指的。他告诉我，从保留下来的古代文献之中，他发现上面曾经反复提到'巢穴'这个词。特别是在大恐慌一段，对于'巢穴'的记载更加详细。

"文献中说到，到了魔族大侵袭的后期，不但出现了力量更加可怕的诅咒巫师和飞行恶鬼这两种极端邪恶的兵种，母巢也不断向四面八方散布子巢。魔族的势力，遍及埃耳勒丝帝国的每一寸土地。

"原本，菲廖斯大师也仅仅将上面提到的'巢穴'当做是魔族的聚居之地来看待。但是后来他想到，既然魔族的形态可以是千变万化的，甚至连魔族飞船这样的东西都是一种生命体，那么所谓的'巢穴'，同样有可能也是一种生命体。

"魔族的士兵也许就是在巢穴之中被源源不断地制造出来的。毕竟我们无法知道，魔族是否同样也有像人类一样的社会存在。"

波索鲁大魔法师详详细细地说出了自己所知道的一切。

"您和菲廖斯大师是怎样认为的呢?"教宗捻着胡须问道。

"我们的想法比较悲观。我们都觉得，也许魔族下一次发动进攻的时候，将会出现令人意想不到的新的兵种，更危险更可怕的兵种。

"所以，我们也得准备新的兵种，来对抗魔族可能发起的进攻。"波索鲁大师说道。

"系密特那奇特的力量或许有用，但无论是我还是菲廖斯大师，现在都没有时间指导系密特。况且魔法修行需要时间，而对抗魔族的新一轮战役很快便要开始，系密特恐怕没有太多

时间。

"不过，我们也许能找到一种方法，让系密特能够使用一两种特殊的魔法。在这方面，我们已经拥有了不少经验。大长老阁下应该很清楚，能武士便是最好的例证。

"但这里也有些问题。能武士的精神力固然强大，但是他们的那种精神力不能被精妙地控制，因此并不适用于施展相对精巧的魔法。

"而魔法师对于精神力的强度一直不是很在意，相反，我们需要极为精确的对于精神力的控制。

"系密特的特征介于这两种情况之间。他从魔族那里获得的强大精神力，虽然可以进行适当的控制，但是远不能做到运用自如。但如果经过长期的学习，他也许确实能够成为一名杰出的魔法师。

"我和菲廖斯大师的意见完全一致，我们希望通过打造一种特殊的铠甲，让系密特能够使用某种魔法，就像能武士那样。这也许是最迅速、也是最有效的做法。"波索鲁大师的语气极为肯定。

"系密特，你想要拥有什么样的力量？"大长老转过头来，看着系密特问道。

教宗则神情黯然，好像他已经知道了系密特将会做出何种选择。

波索鲁大师所说的那一番话，令系密特内心振奋不已。能够成为一名魔法师，是他一直以来的梦想，但是当这个梦想即将实现的时候，他突然感到有些彷徨和迷惑。

想要拥有什么样的力量？

对于系密特来说，这确实是一个很难取舍的选择。

魔武士

3

魔法师拥有着各种神奇的力量。以前自己最羡慕的，便是他们能够通过神奇的魔法，瞬息之间就从一个地方到达另外一个地方。魔法师还可以飘浮在天空之中，并且像鸟儿一样自由翱翔。

魔法师所有的神奇力量，都曾经是系密特极为羡慕和向往的。但是，现在突然间要他从中取舍，他倒真的不知道应该选择哪一种才好。

犹豫了好半天，系密特突然想到，当初自己在成为力武士的时候，也曾经面临过同样的选择。惟一有所不同的是，当时自己仅仅需要在力量的分配方式上进行选择。

当初的自己，放弃了成为一个强大的力武士的机会，而选择了用来对抗魔族的特殊力量。

也许现在，这样的选择标准同样有用。

已知所有对付魔族的魔法中，最有效的无疑是波索鲁大魔法师所发明的控制鸟类的办法。不过，系密特对于这种力量并不感兴趣。他更倾向于射猎这些鸟儿，而不是操纵着它们与魔族飞船同归于尽。

在他看来，前者是一种乐趣，一种高雅的运动，而后者无疑实在太残忍了。

另一种对抗魔族极为有效的魔法，便是那种能够隐藏身形，将魔族的"眼睛"蒙骗过去的神奇魔法。

那便是自己所需要的力量！

"波索鲁大师，在蒙森特郡，亚理大魔法师曾经创造出一种神奇的魔法。运用这种魔法，人们就能够蒙骗过魔族'眼睛'。不知您是否知道这件事情？"系密特问道。

"我知道。那是根据你带去的情报而创造出来的魔法。看来

权谋玩偶

你选择了这种力量。这确实是用来对抗魔族最为有效的力量。"波索鲁大师点了点头。

听到系密特的选择，大长老转过头去，看了一眼身边坐着的教宗大人。他现在总算清楚，教宗陛下为什么会说"这个少年将会为圣堂带来黑暗"。

确实，这个少年所选择的战斗道路，与圣堂武士原本所奉行的那种光明正大的战斗方式完全违背。

这种将身形隐藏起来的攻击方式，简直与隐藏在黑暗之中、从背后对目标下手的阴险的杀手所采用的方式一模一样。

圣堂武士强大的力量，本就已经引起了世俗中人的忧虑。圣堂选择自我封闭的生活方式，便是为了化解人们心中的担忧。而圣堂武士极力在世人面前保持一种崇高光辉的形象，也是为了让各国宫廷对圣堂不再心生警惕。

但是一旦出现隐藏于黑暗之中、用黑暗方式作战的圣堂武士的话，人们的恐慌必将迅速蔓延开来。其后果会是什么样的，谁都说不清楚。

大长老心中，没有丝毫的乐观想法。对于人性，每一个圣堂武士都有着深刻的认识。

三位大师中，惟有波索鲁大师对于系密特的要求最为认可。他思索了一会儿之后，对系密特说道："普通的隐身魔法，教会你并不困难。但是那种用来蒙蔽魔族'眼睛'的魔法便没有那么简单了，得需要几位魔法师共同努力才能做到。

"这种魔法虽然施展起来并不复杂，但是它需要综合水系魔法、风系魔法、精神系魔法这几种不同形式的魔法力量，而且还得靠近水源才能够施展。"

波索鲁大师好像在喃喃自语一样，低声说道："如果能够找出到底是什么让魔族无法看穿被水隔绝的物体的话，可能我有办法创造出适合你穿着的魔法铠甲。"

说着，这位大魔法师突然一把拉住系密特，带着他往二楼走去。教宗和大长老对望了一眼，也立刻跟着走上楼去。

和一楼不同，二楼到处都放置着样子千奇百怪的金属器皿。这些器皿上面，全都雕刻着极为复杂的符咒和魔纹。

在二楼的正中央，放置着一张巨大的桌子。桌子上面摆放着铁砧、钳子、锤子等等零零碎碎的玩意儿。如果不是事先知道这里是大魔法师居住的地方，系密特肯定会以为自己走进了某个铁匠工作坊。

波索鲁大师将那些零零碎碎的工具收拾到一边，让桌子当中空出来一大块地方，然后信手拿过来一只巨大的圆盘。

正当系密特猜测着这位大魔法师打算施展何种神奇魔法的时候，他看到波索鲁大师拿起旁边的水罐，将里面的清水全部倒进了圆盘之中。

然后，波索鲁大师拿起旁边的一把钳子放进水里，接着说道："系密特，你用魔族赋予你的那种能力试一试，能不能看见水里的东西？"

系密特这才知道，原来波索鲁大师只是想做些试验，找出魔族无法穿透水看到东西的原因。

看着那个雕刻着繁复魔纹的圆盘，系密特绝对相信，那是一件极为珍贵的魔法用品。没想到，波索鲁大师竟然只是把它当做普通的水盆使用。对于魔法师们的浪费，系密特总算有了真正的认识。

"我没有办法自由地控制我的能力。只有四周一片漆黑的时候，那种魔族的能力才会有用。"系密特连忙说道。

权谋玩偶

波索鲁大师点了点头，然后抬起手向四周指了几下。大师每指一下，便会有一扇窗户自动关闭了起来，窗帘也像是被一只无形的手给拉了起来。

所有的窗户都紧紧地关闭起来以后，室内确实变得极为昏暗，只能模模糊糊地看见黑色的人影在晃动。

不过对于系密特来说，黑夜和白天并没有什么两样。他清清楚楚看到波索鲁大师就站在他的身边，而教宗和大长老则站在楼梯口。

"快告诉我，你能不能看到水里的东西?"波索鲁大师催促道。

"不能。您知道的，我的视线无法穿透水的阻挡。"系密特说道。

"现在我们来看看另外一种情况。"

波索鲁大师刚说完这句话，房间里突然凭空跳出一团火光。借着这团火光，波索鲁大师将那把钳子从水里捞出来放在桌面上，然后他从桌子底下的抽屉里，拿出了一些奇特的瓶子。

很快，波索鲁大师就配制出一种黑色药水。他将这种黑色药水缓缓地倒在了钳子上面。随着一团黑色雾气升起，那把钳子完完全全地被黑雾笼罩住了。

"扑"的一声，火光熄灭了。

"系密特，再试试。你现在能不能看见那把钳子?"波索鲁大师问道。

"能看见。我连那团黑雾都看得一清二楚。"系密特说道。

"我猜就是这样。看来魔族并不是通过微弱的光线来分辨目标的。"波索鲁大师自言自语道。

突然之间，火光再一次跳了出来。波索鲁大师随手挥动了两下，将黑雾驱散干净，就再一次抓起药瓶，到另一边忙活起来了。

这一次，波索鲁大师配制出了一种银色的药水。他滴了几滴在钳子上面，药水立刻延展开来，在钳子的上方形成一个光洁平滑、犹如明镜一般的罩子。罩子闪烁着银色的光泽，显得漂亮极了。

"大师，和刚才没有什么两样。我仍然能够清楚地看见钳子。"系密特说道。

"看来，也不是因为光线被反射。好，我们再试另外一种办法。"波索鲁大师喃喃自语道。

系密特不知道过了多久，也不知道波索鲁大师到底尝试了多少次。他惟一知道的，便是波索鲁大魔法师绝对有着百折不挠的精神和毅力。

面对每一次失败，波索鲁大师都毫不沮丧。他总是毫不犹豫地转过身去，重新抓起那些瓶子，马上准备再一次的魔法试验。

那么多次失败，虽然没有让波索鲁大师那坚定的信念动摇，但是绞尽脑汁地思索着每一种可能的方法，确实令这位上了年纪的魔法师感到有些头脑发胀。

和之前一样，波索鲁大魔法师将手伸进水盆之中，低声念了几句咒语。当他将手抽出水盆的时候，水面上浮起了许多的冰块。

波索鲁大师从水里捞出一块冰，将它贴在自己的太阳穴上面。那冰冷的感觉，刺激着波索鲁大师昏沉沉的大脑，让他那发热发胀的脑子，慢慢地冷却了下来。

权谋玩偶

　　系密特站在旁边，兴致勃勃地看着那些冰块，他心中羡慕极了。在现在这个季节，如果能喝上一口冰镇的饮料，那将是多么美妙的享受啊！

　　当一个魔法师真是好极了，随时都能制作出冰块来。

　　系密特可没有兴趣将冰块放在额头上刺激自己的大脑，他从水中捞起了几块冰，放进了自己嘴巴里面。一阵清凉的感觉，从他的舌尖一直蔓延到全身，系密特顿时感到舒服极了。

　　正当他准备再捞几块冰让自己凉快一下的时候，波索鲁大师突然重新抓起瓶子，开始配制起新的药水来。

　　这一次，波索鲁大师的速度极快，好像他心中已经有了明确的想法一般。不一会儿，新的药水便配制完成了。

　　波索鲁大师将新的药水倒在钳子上。药水迅速地将钳子包裹起来，在钳子的表面形成一层流转着五光十色幻彩的薄膜。

　　"系密特，你再试试看。"波索鲁大师吩咐道。

　　系密特很无奈地看着桌子上那把钳子。如果不是因为这件事实在至关重要的话，他恐怕会说一番谎言，来安慰这位受人尊敬的大魔法师。

　　系密特转过身来。他想，恐怕自己不得不告诉波索鲁大师，他的试验再一次失败了。但是没想到，此刻在他眼前展现出来的，竟是一幅异常奇怪的景象。

　　只见波索鲁大师的额头和两边太阳穴上，好像开着两个很大的洞。顺着脸颊和脖子，则有两道暗色的条纹延伸下来。波索鲁大师看上去就像是身上长着奇特的斑纹一般。

　　"系密特，有所发现了是不是？"波索鲁大师催促道。他的声音之中有一种按捺不住的欣喜感觉。显然波索鲁大师以为，他这一次的尝试终于成功了。

"不，大师，桌上的钳子仍旧清晰可见。不过……您的脸上却有好多奇怪的条纹。"系密特说道。

"奇特的条纹？"波索鲁大师疑惑不解地重复了一句。

火光显现了出来。在火光之下，系密特看见波索鲁大师的脸上并没有丝毫的变化。

波索鲁大师也用手在自己脸上摸了一把，自言自语道："没有水啊，水都已经蒸发掉了。"

"但是我刚才明明看到你贴冰块的地方，显出异样的斑纹。那种斑纹很明显，我不可能看错的！"系密特争辩道。

"再试一次。"波索鲁大师又捞出几块冰，将它们贴在脸上四处涂抹。等到冰全部融化之后，他将脸擦干净，向系密特问道，"你再看看，我和刚才比起来有什么不同？"

说完，大师熄灭了火光。

"波索鲁大师，您的脸全变黑了！鼻子、眼睛、耳朵全都笼罩在黑影里面，我根本就看不清楚。"系密特将自己看到的东西，原原本本地说了出来。

波索鲁大师沉吟了半晌，突然惊叫起来："原来如此！原来并不是水阻挡了魔族的视线，而是因为水隔绝了热！魔族能看到热！也许热也是一种光线，只是我们人类无法察觉。因此，只要将热封锁住，魔族便看不到我们！"

波索鲁大师那欢快的声音，在房间之中久久回荡。被他所感染，系密特好像也一下子轻松了很多。

"来，再试试。我一定要将事情弄得一清二楚。"波索鲁大师坚定地说道。

陪着这位精力旺盛的魔法师，系密特度过了繁忙而有趣的

一天。这一天也是收获颇丰的一天。

对于波索鲁大师来说，这一天他最大的收获便是，他终于找到了魔族的秘密。用他自己的话来说，发现这个秘密，意义实在重大。利用这个秘密，他们不但能更有效地骗过魔族的眼睛，甚至还有可能学会魔族的本领，用这种方法来侦察夜间的敌人。

对于系密特来说，他的收获便是波索鲁大师送给他的一部经卷，那上面记载着几种基本的精神系魔法，以及冥想和修炼的方法。

这些魔法中，只有一种对系密特是有用处的。不过他可不会老老实实地只学那一种，如果有可能的话，他绝对会尝试学习另外几种魔法。

不过系密特担心，没有波索鲁大师的指点，只凭他自己一个人摸索，想要自学另外几种魔法，可能是相当困难的。

刚才，波索鲁大师为他举行了一个仪式。通过那个仪式，波索鲁大师将系密特的精神力塑造成了能够施展那种隐身魔法的类型。

这种塑造仪式，对系密特来说并不陌生。事实上，这就和他当初接受力武士传承时重新塑造力量是一个道理。只不过精神力的塑造相对而言比较简单，而效果也不如重新塑造力量那样立竿见影。

不过系密特相信，只要通过几次练习，他便可以学会如何施展魔法了。

当系密特从波索鲁大师的别墅中出来时，太阳已经向西倾斜下去了。系密特一边沿着湖岸漫步，一边思索着今天的奇遇。

毫无疑问，一大清早在树林里遇见教宗和大长老两位陛下，这绝对不会是一件偶然的事情。很显然，这两位陛下早已在树林里面等候多时，他们绝对是冲着自己来的。

系密特回想起与两位大人物刚刚见面的那一幕。很显然，教宗陛下对自己没有多少好感。

由于自己身上拥有魔族的力量，这位教宗陛下一开始的时候，显然将自己当做了危险的魔族来看待。所以他才会请大长老用那奇特的力量，将自己的行动封锁起来。

系密特相信，早晨，曾经有那么一刻，他的性命便捏在那位大长老手中。只要大长老稍稍一动手指，自己很可能就……

幸好，后来大长老从自己的记忆中，发现自己一直都是一心一意地想要对抗魔族。而自己对于力量的选择，也是为了达到这个目的而做出的，因此，大长老才放过了自己。

也许，只要发现他的记忆中有一点为己的私心，大长老便不会手下留情。

一想到这些，系密特便感到一丝寒意。

波索鲁大师的住所，几乎是距奥墨海宫最远的别墅。不过再远的路，系密特也不想乘坐马车。

一路上，有好几辆马车经过他的身边。车上的人全都殷勤地邀请他上车，但是都被他婉言谢绝了。

大概走了半个小时左右，系密特总算到了奥墨海宫前面。出乎他预料的是，万分焦急赶来迎接他的，竟然是王太子殿下。

"系密特，你这是怎么了？我找了你一整天！甚至连格琳丝侯爵夫人都不知道你去了哪里。"刚一见面，王太子殿下便嚷嚷道。

看到王太子殿下急急忙忙的样子，系密特感到很高兴。因

权谋玩偶

为他在这个十二岁的小孩子身上，看到了友情的存在。系密特决定和这位将自己当做朋友的王太子殿下分享他的喜悦。

"我今天一整天都待在波索鲁大魔法师身边，他教给了我一些魔法。"系密特凑到王太子殿下的耳边，低声说道。

"不可能！"王太子殿下惊叫起来。不过他的眼睛里净是兴奋的神采。

"我可以给你看证明，不过不能在这里。而且，这是你我的秘密。"系密特故作神秘地说道。他很清楚，对于小孩子来说，分享秘密的行为，是友情的最高象征。

果然，王太子殿下连连点头，一把拉着系密特向宫殿走去。

宫殿之中有很多小客厅。虽然小客厅本来是贵族们休息聊天的场所，但是很多时候，贵族们都会在这里商谈机密。王太子殿下看得多了，自然也清楚这些小客厅的用途。

不过这个时候，大多数小客厅都已经被别人占据了。在失望地连续找了四间有人的小客厅之后，王太子殿下决定动用自己身份上的优势。他将第五间小客厅的人赶出去之后，顺便将宫廷侍从也关在了门外。

"快让我看看，波索鲁大师到底给了你什么？"一进客厅，王太子殿下就迫不及待地嚷嚷道。

系密特从衣兜里将那部经卷取了出来。

王太子殿下瞪大了眼睛，满脸都是羡慕无比的神情。

看到王太子殿下这副羡慕的模样，系密特不禁有点担心。他担心王太子殿下会想要将这部经卷当成他新的收藏品。为了以防万一，系密特赶紧凑到王太子殿下面前说道："等到我学会这上面的魔法，我就传授给你。"

王太子殿下立刻欣喜若狂地跳了起来。他呼叫着在小客厅

里面奔跑着，大肆发泄了一通。

好不容易平静下来之后，他跑到系密特面前，满怀期待地说道："那么你快点学会，我等着你传授给我呢！你有什么需要，我请父王帮你解决。"

"我只需要你为我保守秘密。"系密特故作神秘地说道。

王太子殿下马上一本正经地板着脸，在系密特面前起誓道，一定会保守他们两个人之间的秘密。

得到了王太子殿下的承诺，系密特将经卷重新放回衣兜之中，和王太子殿下一起走出了小客厅。

小客厅门外早就挤满了人。除了侍从们和那些刚刚被小王子殿下赶出这间小客厅的宾客以外，王后陛下和格琳丝侯爵夫人，以及另外一些经常见面的贵妇人也聚在这里。

"塔特尼斯先生，您今天到哪里去了？我们大家为您担心了一整天。"一位抢着献殷勤的贵妇人笑容可掬地说道。

"这是我和王太子殿下之间的一个秘密。"系密特看了一眼身边十二岁的王太子殿下，神秘地说道。

王太子殿下也连连点头，表示肯定。

这下子，大多数人心中都升起了一个念头——这又是小孩子之间玩玩闹闹的把戏。虽然不知道是什么样的把戏，但是没有人会愿意将小孩子的事情当真。

不过，不以为然的人中，并不包括格琳丝侯爵夫人。

系密特跟着王太子殿下刚一出门，格琳丝侯爵夫人就从他脸上清楚地看到了一丝与往常不同的喜悦神情。她很清楚，能够令系密特感到喜悦的事情并不多，而这种喜悦，也绝不会是王太子所能给予他的。系密特刚才那番话，不过是糊弄那些人的敷衍之辞。

权谋玩偶

　　然而，她并不想在这里询问系密特白天到底发生了什么，反正到了晚上，有的是和系密特独处的时间。何况，以系密特的性格和他与自己的关系，他绝对不会向自己隐瞒任何事情。

　　现在，格琳丝侯爵夫人有更重要的事要和系密特商量。

　　即将开始的夏日祭，对系密特来说，将是一个为众人所熟悉和接受的大好时机。她和王后陛下已经反复地策划了好几天，只是为了让系密特成为贵妇人们的宠儿。

　　这无论是对他还是对塔特尼斯家族，都将是一件极有帮助的事情。而对于格琳丝侯爵夫人来说，系密特能够为众人所接受，同样也会令她感到轻松和自在。

　　在夏日祭来临之前的这一段时间，王后陛下和她有很多东西要教给系密特。

2 暗中较量

从母亲、玲娣姑姑和沙拉小姐身上，系密特就早已经知道，无论年龄多大，对于女人来说，洋娃娃永远都是她们最心爱的玩具。

惟一的区别或许便是，那些还没有成熟的小女孩只能选择玩偶，而那些已经成熟的夫人，却会千方百计将孩子变成像洋娃娃一样让她们任意摆弄的玩偶。

除此之外，系密特还知道了另一件事。

王太子殿下并非像他原本想像的那样，心甘情愿成为女人们手里的洋娃娃，他同样也是迫不得已。毕竟，他的身份再高贵，也无法违抗王后的意志。

而对于系密特来说，跟母亲和沙拉小姐在一起的那段日子，令他对这一切都已经习以为常，他甚至表现得比王太子殿下更为顺从。自然，这种表现也令那些地位高贵的女人们感到非常高兴和满足。

或许此刻，小塔特尼斯在众人的眼中，是最为幸运的小孩。因为，他已然成为了宫廷中女人们的又一个宠儿，而在此之前，这种待遇只有王太子殿下一人能够享有。

权谋玩偶

令系密特感到欣慰的是，至少他那位十二岁的朋友——丹摩尔未来的国王并不是这样认为的。这位殿下显然认为系密特非常可怜，可怜得就像是他自己一样。

对于女人们那从幼年时代便已拥有的喜好，王太子殿下同样有着深刻的了解。或许正是因为同病相怜，他更加觉得，在整个宫廷中，系密特与自己最为亲密。

在夏日祭之前的整整一个星期之中，系密特一直处在女人们的围拢之下。除了被她们当做洋娃娃随意摆弄之外，王后陛下和格琳丝侯爵夫人显然还有很多东西要教给他。

不过她们教的，并非是英芙瑞庄园的学者们教他的那种知识。他现在要学的，是如何成为一个乖巧、听话、讨女人喜爱的玩具。

他得学会如何装出一副纯真的模样，他得懂得如何顺从女人们的要求，有时候还得适时地撒点娇。在有必要显示出任性的时候，也绝对要把握好机会，拿捏好分寸。

系密特倒没有对这些感到厌烦。

他非常清楚格琳丝侯爵夫人和王后的苦心。事实上，这一切他也早就无师自通了。当初为了哄好他身边最为亲密的三个女人——母亲、玲娣姑姑和沙拉小姐，他已经能熟练地运用忏悔和道歉来令自己减轻罪责或免受惩罚—— 至少，能减轻惩罚的程度。

只不过，那些他自己摸索出来的办法，远不如格琳丝侯爵夫人和王后陛下此刻教给他的这些方法高深奥妙。

系密特被一团精致华丽的丝绸紧紧包裹着。蓝色的上衣配上雪白的裤子，使系密特显得分外可爱、乖巧。而他衣服上每一个衣角和看得见的地方，还都绣着繁复的花纹和亮丽的金边，

这些令他显得那么奢华、高贵。

无论是系密特本人还是在其他人看来，这身衣服都绝对称不上高雅有品位，却显然非常能满足那些贵妇人的喜好和虚荣心。

此刻，那些身份高贵的女人就围拢在这里，为了系密特该用什么样的领结而七嘴八舌地讨论着。在她们的身旁，七零八落地堆着那些没有被看上的领结。

不过，系密特并非是女人们惟一的玩具，在他的身边还站着另外一个牺牲品——王太子殿下。宫廷女侍们还在精心地给他俩描绘着眉毛，擦抹着乳霜、胭脂和口红。

正在这个时候，长廊尽头响起了一阵清脆的脚步声。

"王后陛下，国王陛下马上就要到了。"侍从传来的消息，让这两个"高贵玩具"暂时摆脱了苦难。

女人们可以花费一整天时间来打扮一样东西，却也可以在一分钟里完成相同的工作。

六位宫廷女侍同时给他俩的衣服镶上一团团的花边。涂抹指甲油等后续的工作，也在片刻之间就已完成。

四位宫廷女侍拿着两面镜子走了过来。

虽然系密特非常清楚，镜子里面的他肯定像个玩偶般惨不忍睹，但是他仍然走到镜子前面扭了几扭，看上去似乎很欣赏和得意这身装扮。这显然最能满足女人们的虚荣心。

王太子却没有这样做，他只是朝着镜子瞟了一眼便想要走开。这个不乖巧的行为显然令他的母后相当不满，当然这个行为立刻遭到了纠正。看着王太子愁眉苦脸的样子，系密特感到有趣极了。

或许，感到有趣的还有那些创造出这两个洋娃娃的高贵的

权谋玩偶

女人们。不过无论多么有趣的表演，都不能令国王陛下的到来有所耽搁。

此刻，在奥墨海宫的最高统帅，无疑便是王后陛下。这位微微有些发福的王后，就像是一位真正的统帅一样，带领着她的"贵妇人大军"，浩浩荡荡地来到奥墨海宫前面的草坪之上。

和当初国王陛下前往塔特尼斯家那座豪宅时的低调完全不同，这一次国王的到来，显得异常气派。

一队雄赳赳气昂昂的王家骑兵在前方开道。他们身上那铮亮的胸甲在阳光的映照之下，反射出令人不敢直视的光芒。他们骑乘的全都是品种纯正的名贵马匹，长长的马鬃迎着风轻轻飘摆着，显得异常好看。

国王陛下的马车，就在这支骑兵护卫队的后面。白玉般的车厢上镶嵌着繁多的金边，马车的四角镶饰着四顶王冠，显示着马车拥有者的特殊身份。

这辆豪华马车的车门之上，则以金色的边条勾勒出一朵盛开的玫瑰。这是丹摩尔王朝的象征，同时也是王室的徽章。

一长串马车跟随其后，但都与国王陛下的马车保持着一定的距离。

此刻奥墨海宫门前的草坪，仿佛成为了豪华马车的展示会场。一眼望去，可以看到各种各样的装饰和布置。高雅、奢华、时尚和奇特，各种风格应有尽有。

从这些马车上，可以看得出马车主人各色各样的品味和喜好，也能看到各种各样的家族徽章。

系密特一眼便看到了他家那个憨厚的牛头徽章。那个牛头在他哥哥塔特尼斯伯爵的眼中，代表着愚蠢和笨拙。

令系密特感到有些不可思议的是，自己家族的那辆马车居然显得简朴和优雅了许多。这可绝对不是哥哥以往的喜好。难道是哥哥的喜好在这段时间里面有了这么大的改变？

系密特还是相当了解哥哥的，他猜测，哥哥选择这种简朴优雅的风格，一定是出自哪位高雅之士的指点。

在浩浩荡荡的马车长龙之中，塔特尼斯家族那辆马车的位置显然已经相当靠前了，它就排在靠近湖边的地方。

系密特相信，他那位一心钻营的哥哥想必对此满意无比。能够进入丹摩尔最高高在上的那个圈子，是他多年来梦寐以求的一件事情。

系密特不禁想到了他自己。此刻他所拥有的一切，是否也令他的哥哥感到惊喜？因为他现在显然就像是一根木桩，牢牢地插进了丹摩尔王朝那原本可望而不可即的尖端。想必这是哥哥以往做梦都未曾想到过的高度。

不过，系密特也知道，虽然哥哥现在拥有了以前想像不到的豪华和荣耀，但哥哥肯定还没有满足。他绝对不会放弃现在的大好机会，而肯定会竭尽所能，抓住一切可利用的东西，让自己尽可能地再往上爬。

系密特正沉浸在思索和推测之中，突然，他感到有人在轻轻地压着他的肩头。看见其他人已经在必恭必敬地鞠躬行礼，系密特连忙跟着一起照做。

系密特显然有些意外，如此盛大而隆重的迎接仪式，国王陛下下马车却如此轻易而简单，军鼓没有擂响，乐队也未曾演奏。

"大家不必多礼。我希望这是个快乐的节日，过多的拘束无益于我们去感受这份快乐。"国王陛下简短地说道。他朝着王后

权谋玩偶

走去，亲自拉着王后的手，将她搀扶了起来。

轻松重新回到了所有人的身上。乐队也奏响了轻柔的圆舞曲。

伴随着圆舞曲美妙的旋律，那些马车一辆接一辆地驶过了草坪。不过没有哪辆马车敢在国王陛下刚才下车的地方停下来。谁都知道，那长长的一直铺设到奥墨海宫门前的红色地毯，并不是为他们而准备的。

那红地毯显然是为了告诉世人：虽然能够来到这里的人个个地位高贵，不过和那真正立于最尖端的国王陛下比起来，高贵的他们甚至显得一文不值。

随着那一位位大人物纷纷在宫门右侧下了马车走进宫殿，奥墨海宫立刻变得热闹欢腾起来。

高贵的女人们，立刻离开队伍去迎接她们高贵的丈夫。

国王陛下牵着王后的手朝着宫殿门口走去。在他的另一侧，跟着那个被打扮得是个洋娃娃似的王太子。

"我听说了约瑟和小塔特尼斯的那个有教宗陛下参与的游戏。真是非常遗憾，我居然没有亲眼看到那百年难遇的一幕。"国王陛下压低了嗓门说道。

"噢，那只是小孩子的游戏。能够令您有所耳闻，已然非常荣幸了。"王后笑吟吟地说道。

"不不不，亲爱的王后，你别忘了，教宗陛下拥有着至高无上的父神所赐予的力量，他能够穿透时间看到未来的景象。我怀疑他是已经看到了未来的什么景象，才会兴致勃勃地参与那个游戏的。那位陛下可不是一个喜欢玩闹的人物。"国王陛下低声说道。

"您能够猜测到那是什么样的未来吗？"王后有些紧张地

问道。

③

"反正不会是坏事。"国王陛下轻松地说道。他的嘴角挂起了一丝微笑。

"对了，这一次我真是得感谢你。我还在为如何说服长老院和内阁中那些顽固不化的家伙而烦恼的时候，他们居然主动提出了妥协。我后来才知道，那些家伙能转变立场，居然是因为不得不屈从他们夫人的压力。想必是你替我解决了这些令人头疼的麻烦吧？"国王陛下笑着问道。

"我可不敢居功，那全是密琪一手布置的。"王后回答道。

"密琪？她居然有这样的本事？"国王陛下显然有些不敢相信，他略显惊诧地轻声问道。

"在我看来，密琪实在是要比我哥哥，还有长老院和内阁里的那些先生高明多了。我相信她如果是个男人，在政治圈中必定是游刃有余，恐怕连大塔特尼斯也得甘拜下风。"王后微微有些得意地说道。

"噢，你这样一说，更令我觉得可惜。失去了里奥贝拉对我们来说是个多么巨大的损失！密琪的那些智慧，恐怕是跟随在里奥贝拉身边时所沾染上的。即便只有那么一点点，也足以替我解决了那令人头疼的难题。"国王陛下满怀遗憾地说道。他的无奈和遗憾，显然不是装出来的。

"不过，我还是非常奇怪，为什么密琪会突然插手这件宫廷中的事情？在我的印象当中，她一直都是那么淡然，好像从未对任何事情表现出兴趣。连拜尔克的繁华也不为她所喜，她宁愿住在宁静偏远的英芙瑞。"国王陛下有些好奇地问道。

王后的密友一共就那么几个，对于格琳丝侯爵夫人，国王陛下确实能称得上有所了解。因此，一向远离世俗的格琳丝侯

权谋玩偶

爵夫人这一次却居然这样入世，的确是他所想像不到的。

"这件事说起来非常有趣，您想必都不会相信。

"您记得吗，几年前密琪曾告诉过我们，她替自己选择了一个小丈夫？那个幸运的小家伙，其实正是塔特尼斯家族的幼子。"王后用折扇轻轻掩盖着笑容说道。显然，她至今都觉得这件事情相当好笑。

但是国王陛下注意到的并非是这件事情有多么好笑，他微微有些惊诧地说道："噢，如果是这样的话，我必须承认，我一直都太轻视密琪的眼光和智慧了。

"我相信你刚才所说的那句话：如果密琪是个男人，她将比大塔特尼斯更加出色。太不可思议了！她拥有着令人震惊的眼光，要不然，她就是拥有着和教宗陛下一样的神通，能够看透未来。

"或许，我应该立刻聘请她担任我的私人顾问才是。"国王陛下半认真半打趣地说道。

"您已然晚了，我的陛下，密琪已经是我的顾问。经过了这件事情，我相信，在政治圈中，我们女人同样能够有所作为。"王后微笑着说道。

"你让我感到紧张，我或许得担忧自己在不久的将来会失业。亲爱的王后，你是否正在组织一个'影子内阁'？我相信你的内阁能够轻而易举地操纵外面那个内阁，你的长老院也将比我的长老院更有发言的权力。"

国王陛下愉快地开着玩笑。不过，他确实非常希望能够看到自己的妻子建立起这样一个"影子内阁"，这将会有助于他进一步控制外面的那些势力。

国王陛下也非常清楚，在拜尔克，甚至在整个丹摩尔，惧内都是一种流行的风尚。

"那我们是否也能提出预算?"王后也打趣着问道。

"当然可以。谁都知道,我的国库控制在内阁大臣们的手里,而他们的脖子则卡在他们妻子的手腕之中。我为什么不让你的内阁官员发挥她们积极的作用呢?"国王陛下微笑着回答道。

"对了,有一件事情,我希望能够取得你的谅解。"国王陛下略微有些严肃地说道,"我希望,能从你和约瑟的身边带走小塔特尼斯。

"无论是他还是他的哥哥,都已经获得了我所有的信任。不过正因为如此,我更不希望听到外面的人说闲话。我不希望听到别人说我之所以信任大塔特尼斯,是因为他弟弟和王储的亲密友谊。更不希望听到诸如'小塔特尼斯将是又一个新贵'之类的言辞。"

"那您有什么样的打算?"王后小心翼翼地问道。她自然知道这件事情关系重大。

"过多的恩宠可能会毁掉一个人,更何况小塔特尼斯是个连教宗陛下都看重的人物。给他太多的恩宠,对他的将来可能有害无益。因此,我已经替小塔特尼斯找好了一个非常合适的职位。这个职位既不会使他显得太过瞩目,又能让他学到很多东西。

"兰妮需要一个贴身小侍从。这是个非常不起眼的位置,不过与我非常接近。我想,对于小塔特尼斯来说,这是最合适的选择,因为这样既能让他远离流言,又能使他得到我足够的关注。

"对于他的未来,我也已经有了一个安排,而这一切正是那

权谋玩偶

个游戏给予我的启迪。"国王陛下压低了嗓门，神情严肃地说道。

王后虽然无从猜测丈夫到底有什么样的安排，不过她知道，这绝对不是她应该去管的事情。

"对了，我还希望能够借此机会，让兰妮得到你的认可。我非常清楚，她的弟弟依维拥有着你的友谊，不过我也知道，因为我的原因，你始终无法认可兰妮。"国王陛下用异样温和的语调说道。

王后早已料到国王陛下会这样说。其实，一开始王后就猜测到，国王陛下要将小塔特尼斯留在那个已经得到了国王所有宠爱的情妇身边，显然也是一道桥梁，而最终目的，就是为了让自己认可那个情妇！

但是，无论是为了顺从自己的丈夫，为了拉拢大塔特尼斯，还是为了自己儿子的将来，为了让小塔特尼斯在任何时候都对王室忠心耿耿，显然，善待那个陛下的情妇，都是顺理成章的事情啊！

与此同时，密琪也无疑会因为小塔特尼斯而和国王的情妇搭上关系。经历过那场政治风波，此刻的王后越来越感觉，自己根本无法离开密琪和她的智慧。这也令她不得不接受那个让她嫉妒而痛恨的女人。

嫉妒是人性中最难以根除的一部分，王后心里难免有些不是滋味。她微微有些酸楚地说道："从来没有一个女人，能令陛下迷恋如此之久。"

"不，我发誓，你才是我最为迷恋，也是迷恋永久的女人！兰妮只能做一些你不会做、不能做、或者不方便做的事情。"国王陛下轻轻抚摸着王后的手背，缓缓说道，"我请你就像善待依维那样，善待兰妮。"

除了默默点头，王后没有其他的办法。

国王和王后的秘密交谈，自然不会被旁人听到。在这种场合，宫廷侍从们都相当知趣地尽可能离得远远的，自然，对于国王陛下要将系密特送到他的情妇身边的决定，也就没有任何反对的声音。

而王太子殿下还没有发言的权力。他虽然满肚子不愿意失去他刚刚拥有的这个好朋友，但是他知道，父亲的决定，并不会因他的反对而有所改变。

大人物们的到达预示着夏日祭即将开始。刚刚得以轻松下来的他们，此刻总算能够和家人、亲友聚在一起了。

一时之间，奥墨海宫热闹非常，几乎每一个人的脸上都充满了笑意。与众不同的，恐怕只有几位老人。

这些老人之中的一位，更是显得有些惆怅和苍凉。他冷冷地扫视着四周。那奢华喧闹的场面，令他发出了深深的叹息。

在他的身旁，一位高大魁梧的中年汉子同样用冷冷的眼神看着这一切。过了好一会儿，他才愤愤不平地低声说道："北部郡省还在魔族的威胁之下，数百万民众和十几万将士的生命随时都可能丧失，而这里却还沉浸在纸醉金迷之中！"

"瓦勒，闭上你的嘴巴。将你的想法告诉给陛下吧，但是别在这里说出来，这会使其他人觉得扫兴。"那位老者冷冷地说道。这句话既像是命令，又仿佛是讽刺。

说着，老者径直穿过那喧闹的人群，朝着楼梯口走去。

王室成员住在最顶层。此刻那位老者和那位身材魁梧的瓦勒先生，正静静地坐在顶层会议室外面的小客厅里。

权谋玩偶

瓦勒满怀惊诧地看着对面椅子上坐着的那个小孩。

那个小孩看上去只有十三四岁，打扮得像个洋娃娃似的。他坐在椅子上，两只脚甚至还无法够到地面，悬在椅子边上晃荡着。

最令他这位军团长大人感到惨不忍睹的，就是那小孩的装扮了。他非常庆幸，在他童年的时候，他的母亲没把他打扮成这副模样。

他实在很难将这样一个小孩同这样一个地方联系到一起。难道，这个小洋娃娃也有事情要向国王陛下报告？

那位老者并没有注意到对面的小孩。他的脑子里充满了忧虑、烦恼和等一会儿要用来打动国王陛下的言辞。更令他烦恼的是，他丝毫不知道此刻在办公室里面的两位刚刚崛起的新贵，会向国王陛下进言些什么。

对于那位老者来说，法恩纳利伯爵和塔特尼斯伯爵，都不是他最为反感的人物。

他曾听到过形形色色的流言，北方军团的将领们，对于那位塔特尼斯伯爵也颇有微词。不过，他却更愿意相信葛勒特将军在给他的信件中，对塔特尼斯家族两位成员的描述。

事实上，大塔特尼斯那翻云覆雨的手段，早已经为他所认可。在这位老元帅看来，如此厉害而精明的人物，他以前的确没有见过。传闻中那个愚蠢白痴的守备形象，无论如何都难以和大塔特尼斯联系起来。

除此之外，他还认为，用"虚伪"和"狡诈"来形容大塔特尼斯或许非常合适，但是用"吝啬"和"贪婪"来描述大塔特尼斯，显然就连参谋部里面的大多数人也不会认可。不得不承认，迄今为止，这个伪君子所展现的，无可否认都是大手笔。

就像国王陛下一样，他甚至已经成为了"慷慨大方"的代名词。

而塔特尼斯家族的幼子，同样不可能是传闻之中的那个虚伪的骗子。老元帅甚至不想去费力证实，塔特尼斯家族的幼子和他的亲友们，是否真的是从奥尔麦的死亡地狱之中，凭借着自己的力量冲杀出来的，他对此深信不疑。

不说别的，单单葛勒特侯爵在信中所透露出来的那个他从来不曾告诉过第二个人的秘密，就足以令老元帅相信，北方将领们的那些陈词中对于系密特的怀疑，不是为了发泄内心不满而发出的抱怨，便是被一些居心叵测之徒任意歪曲的谎言。

虽然对塔特尼斯家族两位成员的个人能力，老元帅颇有些认可，不过他也非常清楚，塔特尼斯家族绝对不可能站在军队这一边。事实上，无论对法恩纳利伯爵还是对塔特尼斯伯爵，这位元帅大人都怀有极深的戒心。因为他非常清楚，这两位伯爵与军队之间的怨恨由来已久，而此刻更是难以化解。

因此，他现在非常担心，这两人此刻在国王陛下的面前会说些什么。

法恩纳利伯爵曾经是保卫北方诸郡最强有力的支持者，在这次战役中，他确实也有一定的功劳。不过国王陛下对于这点功劳，却给予了过多的奖赏。这令军人们对这位依靠姐姐是陛下的情妇而成为国王宠臣的人充满了鄙视和怨恨。

想到这里，老元帅甚至有些后悔。这怨恨的根苗在刚刚萌芽时，并非不能加以铲除，但是当时却没有人去在意。那原本渺小的根苗，现在已然长成了一片莽莽森林，就连这位刚强勇猛、久经沙场的老元帅，此刻也感到异常茫然。

突然，会议厅紧闭的房门打开了。那两位此刻最炙手可热的新贵从里面走了出来。

权谋玩偶

　　微笑并不代表着善意和友好，点头致意也仅仅只是出于礼貌而已。

　　无论是两位国王的宠臣还是两位军人，都清楚地感觉到，此刻有一道厚实而冰冷的墙壁，横亘在他们面前。

　　"元帅大人、瓦勒大人、塔特尼斯先生，国王陛下请你们进去。"站在门口的书记官说道。

　　这显然令两位军人感到非常奇怪。塔特尼斯伯爵不是刚刚才出来吗，怎么又要被召唤进去？再说，为什么要让这位站在军队对立面的人旁听军队对于局势的看法？

　　令他们感到奇怪的是，那位新任财务大臣却丝毫没有走进会议厅的打算。难道他居然无视国王陛下的旨意？

　　正当两位军人疑惑不解的时候，他们愕然看到，刚才一直坐在他们对面的那个被打扮成洋娃娃一样的小孩，从凳子上跳下来，径直走进了会议厅。

　　"塔特尼斯先生？难道那个小家伙，便是传闻中孤身一人穿越奇斯拉特山脉的塔特尼斯家族的幼子？"瓦勒喃喃自语道。

　　"很荣幸，我弟弟那微薄的名声，居然有幸传到军团长大人的耳朵里。"塔特尼斯伯爵立刻笑着说道。

　　他的神情显得那么恭敬。不过，谁都看得出来，这仅仅是出于礼貌和正式场合上的礼仪而已。

　　自从离开蒙森特之后，自从收留了那些难民，并且拥有了那"圣贤"的名声之后，塔特尼斯伯爵就变得异常谦逊和礼貌，他甚至不再往脸上粘贴他那颗引以为傲的黑痣。

　　他总算领悟到，他以前所追求的"高贵气度"只是包裹在"愚蠢"外面的那个看起来豪华炫目的空壳，就像他那辆印着愚蠢的牛头族徽、但却装饰得异常豪华的马车一样。葛勒特侯爵的马车上面那三只金丝雀，就足以令蒙森特郡任何一辆马车丧失光彩。

同样的，"圣贤"无疑比"高贵"更为美妙。而要拥有圣贤的名声，所需要的仅仅是对每一个人表现出和蔼和谦逊，哪怕对方只是一个乞丐或强盗。

那座大获成功的宅邸，更令他对于曾经羡慕过的一切豪门气度和高贵优雅都不屑一顾。他可以创造优雅，他自己便是时尚和美妙！

塔特尼斯伯爵对自己创造流行的能力越来越自信。此刻他反倒要约束自己不要再去创造，免得令至尊的陛下以为他又犯了追求享受、奢侈靡烂、引领京城时尚的老毛病。

塔特尼斯伯爵的谦逊和微笑，令军团长瓦勒感到有些疑惑和迷惘。但是在老元帅的眼中，这位刚刚崛起的新贵，显然更加可怕了一分。

他曾经看到过同样的微笑。

那是他年轻时候的事情。那一次他在决斗场上看到对手露出了这样的笑容……而最终的结果，便是令他得知，自己的心脏并非长在左侧。

能够微笑着面对敌人，脸上甚至显露出谦逊的神情，这样的家伙如果不是白痴，便是可怕的高手。事实上，谦逊的微笑并不意味着恐惧和紧张，反而证明了他有无比的自信和强悍的实力。

看着两位国王的宠臣走出房间，塞根特元帅捅了捅还愣在那里的军团长瓦勒，示意他该赶快进会议厅去。他可不希望令陛下等待太久。

权谋玩偶

在走廊上，两位亲密的联盟者正悠闲地看着窗外。

"我非常奇怪，为什么你选择站在军方的立场上？"法恩纳利伯爵压低了嗓门问道。虽然附近没有一个侍从，不过他仍不敢掉以轻心。

"依维，我必须说，你被怨恨蒙蔽了眼睛。我也不喜欢那些军人，我对他们的好感，肯定比你更少。

"但是，你未曾被赶出家园，未曾像我一样，在最危险的时候，穿越最危险最可怕的地方。你也未曾亲眼见识过魔族的恐怖，你对于魔族的理解，或许只是历史书中的记载，以及呈文上来的报告。

"而我和我的家族经历过那可怕的一切。因此，在看到最后一个魔族从这个世界消失之前，我将一直会站在军方的立场。至少在表面和大部分事情上面，站在他们那一边。"

说到这里，塔特尼斯伯爵用眼角朝着四下张望了两眼。确信没有人会听到，他便凑到盟友耳边，接着低声说道："我可不像那些白痴那样吝啬和愚蠢！就算建议陛下拿出一些好处放在军人们的眼皮子底下又怎么样？别忘了，想得到这些好处，他们必须得用性命去争取。

"而你我用几句话、几个建议，便可以换取一个好名声，而不需要实际拿出多少。慷陛下之慨，你我何乐而不为？

"而我们的慷慨，更能衬托出军人们的贪婪。等到魔族被消灭之后，你想像一下，谁才是最后的胜利者？

"更何况，此刻宣布给予军人们再多的赏赐，他们也得等到得胜归来才能享有。但是那个时候，还有几个人能活着回来？

"那些能活着回来的家伙，必定拥有幸运之神的恩宠，我们绝没必要与他们为敌。但是那些死去的家伙，显然就不可能享受到陛下的慷慨了。想想看，到了那个时候，一切不还是掌握在你我手中？

"这个时候，我们可以给那些死去家伙的家属一点好处，让他们的子女担任一些闲职，让陛下慷慨的光芒照耀在他们身上。至少在外人看来，他们应该对我们的慷慨感激不尽。"塔特尼斯伯爵微笑着说道。

这番话令年轻的法恩纳利伯爵如梦方醒。此刻，他无比庆幸能拥有这样一位睿智的盟友。塔特尼斯伯爵比自己大了几岁，显然有着比自己更丰厚的阅历和更独到的眼光。

法恩纳利伯爵暗自下定决心，要尽快缩小这个差距。

一向以来他都相信，命运之神无比眷顾自己，令自己拥有堪称英俊的容貌、不错的家世和教养，还有一个美艳绝伦的姐姐。而此刻，他又拥有了一位绝佳的盟友和导师。不过，他很清楚，自己绝不能放弃努力，稍有疏忽，幸运之神就可能会从他的身边溜走。

小会议室两侧的窗户，低垂着厚重的天鹅绒窗帘。会议室中央有一张棕色的、没有丝毫装饰和雕刻的柚木长桌。长桌前方是一个平台，六级台阶令这里和其他地方完全隔绝了开来。

平台正中央摆着一对王座，此刻，只有那位年迈的国王陛下坐在宝座之上。系密特和两位军人则静静地站在台阶底下，谁都不敢显露出丝毫的不敬。

"方才，我已就目前的局势，询问过法恩纳利伯爵和塔特尼斯伯爵。塔特尼斯伯爵的看法显然最有分量，因为他来自蒙森特，而且在刚刚经历的那场战役之中功勋卓著。不过，我还是希望再听听其他人的意见。

权谋玩偶

"塞根特，我的老朋友，我首先想听听你的意见。"国王陛下淡然说道。

坐在旁边角落中的书记官，已经用手中的鹅毛笔蘸满了墨汁，准备记录下诸位大臣的意见。

"陛下，我只能说，北方的局势不容乐观。虽然魔族被我们暂时击退，但随着炎热夏季的到来，局势必将出现改变。

"历史书上的描述和对于冷血动物的研究都告诉我们，魔族这样的冷血生物，在炎热的夏季，最具生命力和攻击性。

"但是此刻，北方军团已然疲惫不堪。大量的军员损失，更是无法在短时间内得到补充。现在仅仅只是为了准备作战物资，便已经令他们感到捉襟见肘。"说到这里，塞根特元帅停顿了一下，好像在思考什么。

对于现在这种局势，军备处报告上来的原因，是前任蒙森特守备塔特尼斯伯爵在离开之前没有交代清楚账目。但是葛勒特将军私底下的报告却不是那么说，他认为，造成这种不利局面，责任都在那位新任的守备。看来，和那位新任守备相比，塔特尼斯伯爵还不算贪婪。而两人手段之高明和拙劣更是无法相提并论。

但是对于蒙森特郡的这种情况，无论是塞根特元帅还是葛勒特将军，都没有任何办法。因为现在这位守备，和蒙森特郡的郡守，以及北方军团的将领之间，有着纠缠不清的关系。

"你的话令我更加担忧。我一直以为塔特尼斯伯爵对于局势的预料太悲观，现在看来，这或许正是当前的实情。"国王陛下皱紧了眉头说道。他看上去确实忧心忡忡。

对于国王陛下的话，塞根特元帅和系密特并不感到惊讶，军团长瓦勒却愣在了那里。他原本以为，塔特尼斯伯爵这个同时受到军方和蒙森特大部分官员排挤的伪君子，肯定会趁此机会对军队落井下石。没想到，塔特尼斯伯爵居然会站在军方的立场上报告情况。

"系密特，我想听听你的意见。你能独自一人翻越奇斯拉特山脉，并且带回令我们反败为胜的情报，我想，对于魔族，你肯定拥有常人难以理解的认识。"

军团长瓦勒还没有从刚才的疑惑中回过神来，国王陛下的询问，又一次出乎了他的意料。他一直认为自己应该是第二位被询问者，没想到国王陛下竟然那么看重小塔特尼斯的看法！而更令他难以接受的，无疑便是这个小"洋娃娃"此刻的装束打扮。

如果说那传闻中的功勋、那甚至连圣堂武士都未曾创造过的奇迹，居然真的是出自于眼前这个整天被女孩子抱在手里摆弄的洋娃娃，他实在难以想像，更别说是相信。

"陛下，我并不想耸人听闻。不过在我看来，无论是我的哥哥还是元帅大人，对于局势的估计都太乐观。"

系密特的话令所有人悚然动容。显然谁都想不到，局势还能比他们形容的更坏更糟。

"陛下，我之所以能够侥幸翻越奇斯拉特山脉成功逃生，除了依靠幸运女神的眷顾、一个类似赌博的选择之外，还有便是依靠盖撒尔大师对于魔族的一些来自于直觉的猜测。

"盖撒尔大师曾经猜测，那些魔族飞船并不是没有生命的运送士兵的工具和载体，而可能是一种非常独特的生命体。这显然已经得到了证实。

"盖撒尔大师还猜测，魔族飞船能够在黑夜之中看到东西。这个猜测也已经被魔法师们所证实，并且现在，魔法师们也找

权谋玩偶

到了其中的原因。

"不过我一直没有告诉过别人，盖撒尔大师还有另外一些猜测。

"在我们翻越奇斯拉特山脉的时候，曾经遇到过一种比普通的魔族士兵拥有更强大的肉体、前额长着犄角的魔族战士。重弩虽然也能置它们于死地，不过却无法像对付普通魔族士兵那样，射穿它们的身体。

"盖撒尔大师猜测，魔族能够在非常短的时间里改造自己，并且创造出全新的兵种。对于这种不为我们所知的生物来说，兵种的更新并不困难。它们惟一的难题，可能只是如何令新的兵种拥有更多的数量。

"或许正是这个原因，使得魔族的飞行恶鬼和诅咒巫师变得如此珍贵。也正是这个原因，使我们得以在对抗魔族的第一次攻击时，多少占据了一些优势。

"不过，一旦魔族之中又出现了新的兵种，我们将会面临难以想像的危机。而更为可怕的便是，新的兵种可能并不像飞行恶鬼和诅咒巫师那样稀少。如果新的兵种拥有相当数量，那它们将会成为我们迄今为止都不曾遇到过的梦魇。"系密特一口气把他所有的担心和忧虑都说了出来。

"那位受人尊敬的大师是否曾经猜测过，魔族之中有可能出现什么样的全新兵种呢？"国王陛下急不可耐地插嘴问道。

那两位军人也都伸长了脖子专注地等着系密特的回答，显然，这也是他们最为关心的问题。

"在埃耳勒丝帝国时代，士兵们是用短剑和标枪来对抗魔族的。事实上，标枪根本就不能对魔族造成有效的杀伤。现在，重型军用弩是士兵们手中最强有力的武器，然而，经过与人类

43

的这么多次交锋，想必魔族对此也已经相当了解。

"盖撒尔大师最为担忧的，便是魔族之中也可能会出现能够发射箭矢的兵种。那将是最为可怕的灾难!"系密特神情凝重地说道。

"发射箭矢? 应该不可能。迄今为止，还没有迹象表明，魔族曾经尝试使用工具。它们用来作战的武器，全部来自它们那强悍的肉体。即便那些可怕的飞行恶鬼和诅咒巫师，也同样不懂得借助外力。"军团长瓦勒立刻驳斥道。

"我想，隐藏在窗帘后面的两位大师应该能够回答这个问题。"系密特不以为然地开口说道。

军团长大人感到莫名其妙，他根本没有注意到有人躲在窗帘后面。但是当他看到两位圣堂武士大师撩开窗帘走了出来，他显然有些吃惊和疑惑。这个像洋娃娃一样的小孩，是怎样知道窗帘后面隐藏着两位大师的?

此时此刻，这位军团长大人才有些相信，眼前这个小孩确实可能独自一人翻越奇斯拉特山脉。如此敏锐的感觉，或许便是令他逃脱魔族搜寻的关键。

"只要让这位大师稍稍展现一下肌肉的力量，各位便能够明白，劲疾的箭矢所能迸发出的强大威力，并不仅仅靠强硬的弩臂才能做到。"系密特淡然说道。

"大师，烦请阁下证明一下这位少年所说的一切。"国王陛下缓缓说道。

"这或许会令这个会议室有所损失。"那位力武士大师有些犹豫地回答道。

"但做无妨。为了获得真理，小小的损失算不得什么。"国王陛下不以为然地说道。

权谋玩偶

那位力武士大师点了点头，然后信手扯断了旁边用来拉窗帘的一根系索。系索的末梢吊挂着 个绒球。

显然无论如何，这都不可能令人联想到武器。难道要用这根漂亮的系索绞杀对手？可是恐怕在对方窒息而死之前，这根绵软的系索就已经被扯断了。

就连系密特也没想到，力武士大师用来演示的居然是这样一件武器。不过他马上就猜到，这位大师想要用什么方法来证明他刚才所说的那番话。确实，没有什么比这种方法更能说明问题的了。

只见那位高大魁梧的力武士大师猛地将系索抡圆挥舞了起来。系索发出了刺耳的呜呜声，仿佛那不是一根绵软的绳索，而是一根坚硬的木棍。

突然，大师闪电般地一甩手腕，只见那根系索如同劲疾的箭矢一般，朝着长桌旁边的一排椅子射去。

随着一阵劈里啪啦的声音，坚硬的柚木制成的椅背，变成了满空飞舞的一截截碎片。系索无可阻挡地一连劈开、砍碎了六张椅背，这才钉在一根碎裂的木板中间，重又绵软了下来。

看到此情此景，无论是国王陛下还是两位军人都目瞪口呆。不过，他们的神情立刻都变得异常凝重起来。

"这就是肌肉的力量。魔族士兵确实拥有着强悍无比的肌肉。如果魔族刻意要制造拥有更为强悍肌肉的兵种，它们的威力或许比我们眼前所看到的还要恐怖数十倍。"系密特叹息了一声说道。他同样也紧紧皱起了眉头。

系密特刚才的这番话并非是盖撒尔大师的猜测，而是他自己的担忧。这种担忧来自于那个曾经观察过他的力量塑造过程的陌生魔族。

如果说魔族中可能也有神灵的话，那个未知的生物，恐怕就是创造魔族的神灵。当初自己在塑造力量时所选择的，是强悍的肌肉和劲弩一般的力量，观察过这一切的那个陌生魔族不知道会不会因此而受到启发，创造出更为可怕的、带给人类巨大灾难的魔族生物。

"塞根特，万一魔族真的出现了这样的兵种，你有什么应对办法？"国王陛下忧心忡忡地问道。

年迈的塞根特元帅皱紧眉头思索了很久之后，无奈地摇了摇头叹息道："我想我能做的，或许就只有祈祷……"

国王陛下显然已经想到会是这样一个答案，他并不感到意外，只是缓缓地说道："圣堂大长老陛下和教宗陛下此刻正在奥墨海宫，看来，我只能求助于他们了。

"塞根特元帅，你递交给我的那份报告，我已经给塔特尼斯伯爵审核过了。他的回答是，报告中要求的款项没有问题，但其他的部分，都有些难以办到。"国王陛下皱紧了眉头说道。

"这怎么可能？我原本以为我的请求之中，军费开支对于此刻的国库来说倒是有些困难，但是其他的一切都应该轻而易举。"塞根特元帅惊讶地问道。

如果说，大塔特尼斯声称筹措军费比较困难，塞根特元帅还能理解为那是在刻意刁难，或者隐藏着某些私心。但是此刻他显然有些莫名其妙，大塔特尼斯这算是刁难还是慷慨？

"我可以转告你塔特尼斯伯爵的解释。

"他告诉我，虽然征用和制造弩炮以加强防卫的命令早在几个月之前便已下达到各郡，但是以往缺乏严厉的核查，地方上执行这道命令的官员也存在着许多问题。

"因此他一上任，便专门派人对这件事进行了核查。塔特尼

权谋玩偶

斯伯爵毕竟是来自蒙森特郡的人，他对于魔族的担忧和紧张，或许还在你之上。

"而这次核查的结果，甚至令他感到恐慌。各地上缴的弩炮不但数量不到三成，而且几乎大半是粗制滥造的东西，根本无法交付军队使用！

"此外，塔特尼斯伯爵还提到了军粮的供应。这是你我都不曾想到的。他在担任蒙森特守备的时候便已经担心，蒙森特所储存的粮食，或许会难以支撑到冬季。魔族的入侵，令蒙森特人根本就没有机会播种，到了秋季，必然颗粒无收。

"如果将粮食的运输考虑进去，那么眼前最令人担忧的，恐怕就是如何将所有这一切军用物资运往北方。而这，对我们来说正是最为致命的。

"我的元帅，你或许无法想像，塔特尼斯伯爵早已经替你准备好了大部分的物资。他的准备甚至在你的报告之前！但是，他却根本找不到愿意将这些物资运往北方的工人。"

国王陛下每说一句，塞根特元帅和瓦勒军团长便更忧愁一分。显然，这一切全都是他们未曾料到的。

原本，他们最为担忧的是来自长老院和内阁大臣的阻挠，担忧那些官员和大臣的贪婪和短视将会令一切陷入灾难。但是此刻，原本预料之中的困难根本就没有出现。而他们却发现，致命的短视并非只有他们的政敌才有，积怨和愤怒同样蒙蔽了他们的眼睛，令他们忽略了很多的东西。

"如果，塔特尼斯伯爵实在无法令工人们拿出勇气，把军需物资运到北方，我们只好考虑，让军队暂时承担起运输的职责。"

塞根特元帅叹了口气，接着说道："征用和制造弩炮实在至关重要，但我完全没有办法，我只能将希望寄托在塔特尼斯伯爵的身上。但愿曾经亲身经历过魔族入侵、亲眼见识过魔族可怕的他，不要让所有人失望。"

国王陛下点了点头说道："我的元帅，你如果感到局势吃紧，现在就可以去找塔特尼斯伯爵。

"他告诉我，他预先准备好的战备物资，其实已经放在了仓库里面。虽然数量还没有达到你的要求，不过足以应付眼前的需要。

"此外，他还准备了一些粮食，这是你的清单之上所没有的。他惟一找寻不到的只是有勇气的运输工人。当然，他会很乐意将这个职责交付给军队。"

说着，国王陛下微微点了点头。这是表示感谢，同样也是示意塞根特元帅可以离开了。

看着两位军人走出会议室的背影，国王陛下的眼神变得越来越冷漠。他从王座旁边的小桌上拿起一份文件，那正是塞根特元帅提交上来请求调配军备物资的报告。他将这份报告揉成一团，重重地扔到了脚下。

"系密特，到这里来。"显然有些愤怒的国王陛下转过头来，朝着系密特说道。显然，他打算让自己稍微换换心情。

系密特自然知道此刻他应该如何表现。在这个时候，让自己显得乖巧一点，绝对是最好的选择。

"你的样子非常有趣。看来夫人们都很喜欢你，这让我很高兴。"国王陛下轻轻地抚摸着系密特的头说道，"我听说了你和王太子之间的那个游戏，我希望你能永远牢记你的承诺。我相信，能够得到你的友谊，是约瑟最为幸运的一件事情。

权谋玩偶

　　"不过，我并不希望听到那些流言蜚语。我相信，你也不希望别人认为，塔特尼斯家族的繁荣是靠和王室的友谊得来，而不是靠你们兄弟俩的能力。

　　"因此，我替你安排了一个正式的职位。依维的姐姐需要一个可爱的侍从，我相信没有人能比你更为合适。你即将服侍的女主人是个非常聪明的女人，她拥有着很多常人所没有的优点。我相信，你肯定能从她的身上学到很多东西。"

　　说到这里，国王陛下轻轻拍了拍系密特的脸颊，就像他经常对王太了做的那样。

3 无形的对决

巨大的、迷宫一般的花园中，一座舒适而雅致的凉亭里，两位拜尔克最炙手可热的人物悠然地坐在两张躺椅上。这两张并排的躺椅中间放置着一个精致的茶几，茶几上面放着几盘糕点和一壶奶茶。

"我必须得承认，你的眼光独到而深远。

"我从我的姐姐那里得到了确切的消息。正如你预料的那样，你的那番布置令陛下甚为满意，同时，也令陛下对军人们的贪婪和愚蠢感到无比恼怒。

"事实上，如果不是现在的局势令国王陛下不得不对军队显示出足够的宽厚仁慈，恐怕塞根特元帅将受到一番严厉的训斥。"法恩纳利伯爵微笑着说道。他的语气中带着一丝掩藏不住的兴奋。

"这算不得什么。只要你愿意你也能做到，我确信。"塔特尼斯伯爵即便在盟友面前，也不显露出自己的真实面目，而仍旧保持着那种新学到的优雅和谦逊，"惟一的窍门便是：别让情感蒙蔽你的眼睛，别让情绪影响你的判断。"

"至理名言，这绝对是至理名言！我得将这番话永远牢记心

权谋玩偶

头。"法恩纳利伯爵连声说道。这绝对不是他的虚妄吹捧之辞。昨天下午从国王陛下的会议室出来之后,他就已经打定主意,一定要从这位精明的盟友的身上,尽可能地多学到一些东西。

塔特尼斯伯爵并没有将这番恭维当真,他一直认为这位受到陛下宠爱的盟友对自己的恭维只是说说而已。不过,此刻正是他显示自己的高明和缜密的绝好机会,这将有助于在他和盟友之间,确立自己的主导者地位。

"军队会向陛下伸手,这是毫无疑问的一件事情。猜到这一点的人根本算不上高明。在目前的情势下,只要不是太愚蠢的人,全都能够猜到。

"此外,事先进行准备永远不会有错。反正最后筹备军用物资的工作,还是会落到我的头上。而事先有所准备,会令我掌握主动。最终的效果,此刻恐怕你最为清楚。

"既然是事先进行的准备,那么就算准备得再不充分也用不着担心。事先都进行准备了,怎么可能再受到训斥呢?反倒是得到称赞的机会非常大。

"令我没想到的是,军队那帮人这次居然会出现致命的疏漏。连'没有播种就毫无收成'这样的常识都不明白,怎么跟我们斗?从这一点也完全能看得出来,我们的敌人之中,并没有什么非常值得我们关注的对手。

"这个疏忽对于我们来说,无疑是上天的恩赐。他们的这个疏漏,足以让我们在将来跟他们的很多较量之中掌握主动。任何一个疏漏和错误都能被反复运用。就像是白布上的污垢,虽然能够被洗去,却总是会留下痕迹。

"我这次能取得成功,还有最重要的一点便是:我事先准备的军备物资,对于前线的需求应该已然足够。我呈给陛下的清单上，罗列着详细的计算和数字。我相信，即便陛下看不懂那些东西，他的专家之中，肯定有人能够看得懂。

"我并不知道塞根特元帅的清单上所罗列的数字和我的报告有多少差距。事实上我希望差距越大越好，这只会对我们更加有利。因为我知道，至少，塞根特不可能附加一份和我的报告中一模一样的详细计算。要知道，堆砌数字也需要花费一番功夫，更需要拥有这方面的专家。

"准备物资和写一份报告，我相信在大多数人眼里，后者更为容易。但是他们错了。事实上，正是后者更为烦琐和困难。对于我来说，准备物资交给别人就可以了，我甚至不需要动一根手指；而写一份报告，我却要请很多专家进行反复的计算。

"不过这一次，因为仅仅是事先进行的准备，我连正式公函都用不着发布。给予陛下的那份报告，其实只是源自于当初递交到我办公桌上的几张纸片。我做的所有工作，除了乘着马车到达这里，便只是将那几张纸片稍微整理了一下。我保证没有写一个字，我甚至敢为此而发誓。"狡诈而虚伪的塔特尼斯伯爵悠然说道。

他的话令法恩纳利伯爵眼光发亮。显然，这是他从未听到过的绝妙言论。事实上，在法恩纳利伯爵看来，这一次他所看到和听到的带给他的震撼，丝毫不亚于那座气势恢弘、典雅独特、闻名遐迩的豪宅。

"这一次，军队那些人可受创不轻！他们甚至没有反击的机会和理由。"法恩纳利伯爵兴奋地说道。

"不不不，我已经给他们制造了一个反击的理由。那些弩炮就是最好的攻击借口。"塔特尼斯伯爵悠然说道。

"为什么？快告诉我其中的奥妙！我那贫乏的智慧，根本就

权谋玩偶

不足以看透这一切。"法恩纳利伯爵急切地问道。

"即便是圣贤也会有疏漏的地方。但令人遗憾的是，没有人能在疏漏被发现之前，知道疏漏的存在。而我所希望的，仅仅只是让我的敌人不要去费尽心机寻找我的疏漏，这可能会令我措手不及。因此，我给他们提供了一个不错的目标。

"弩炮这件事情是一个反击我们的借口。但是，这件事情的所有责任，全都可以让老亨利去承担。反正他的存在对于你我来说，始终都是一个威胁。虽然他的势力已被彻底铲除了，不过他的影响仍然存在。所以，我必须让他成为瘟疫一般令人不想靠近的人物。而想要这样做，单单靠挤兑那件事情，还不足以达成目的。

"当然这是一个方面。另一方面，便是军队绝对不可能去攻击一条落水狗，他们的目标肯定是我，因为我使得陛下给予他们的财富和物资大量缩水。然而，他们越是猛烈攻击，就越是能令所有人对我充满同情。其中最为重要的，便是来自国王陛下对我的同情。

"我丝毫不希望陛下的同情和怜悯，令军方施加在我身上的压力减少分毫。事实上，到了那个时候，我非常希望你能够劝阻陛下这样做。因为，这些压力积累得越多，对你我来说就越有利。等到魔族被彻底消灭，等到平安重新返回这个世界……到了那个时候，我们所承受的压力，将会得来巨大的回报。"塔特尼斯伯爵淡淡地说道。

如此深远的眼光，再一次令法恩纳利伯爵赞叹不已。

而此刻，在拜尔克郊区一片占地极广的仓库区，几位身穿着制服的军人神情异常严峻。

　　为首的正是塞根特元帅。身材魁梧的瓦勒军团长也在其中，此刻正在检收货物的军人正是他的部下。

　　此外，队伍中还有几位高级军官。为首的那位军官有着高耸的额头和深邃的目光。他的脸颊瘦削，下巴旁边有一道伤疤。从那纠结的收口看来，这道伤疤显然由来已久。

　　"唉，我相信，此刻我们的处境更加不妙了。如果陛下的手中已有了另外一份清单的话，我们递交上去的那份，恐怕已令他异常恼怒。"这位有一道伤疤的军官神情凝重地说道。

　　"这正是我所烦恼的事情，参谋长大人。"塞根特元帅同样叹息道，"塔特尼斯伯爵准备得相当充分，无论是针对我们还是针对魔族，他的准备都无可挑剔。

　　"如果我没有猜错的话，他提供的这些物资想必刚够补充前线的需求，没有丝毫的空余。而我们提交上去的那份清单，又有太多水分。如果我的粗略估计没错的话，恐怕两者的差距在一倍左右。这还是我们删改过的清单！

　　"我真是弄不明白，前线的那些家伙到底是在搞什么名堂！他们难道要让国王陛下勃然大怒才肯甘心？还是想要乘着国家的危难，狠狠地捞上一笔？"

　　对于塞根特元帅的责问和诘难，没有一个人能够给予回答。军队中有些人同样为此而感到忧心忡忡，不过也有人另怀心思。

　　"我真正担忧的是，前线的那些军官，还会在这件事情上继续纠缠下去。他们的意愿没有得到满足，肯定会找理由发泄一番。"那位下巴上有一道伤疤的参谋长冷冷地说道。

　　"你有什么好办法吗？"瓦勒军团长立刻问道。

　　"办法？我们已被夹在陛下和前线军官中间了！元帅大人砍削掉他们清单中三分之一的项目，已经令他们感到非常愤怒和

权谋玩偶

不满了。现在到他们手里的东西，又只能说刚刚足够，这件事情恐怕更难说清。

"偏偏此刻军务紧急，我们根本无法用强行弹压的方式将这件事情处理干净。我非常担忧，在北方的前线军官，或许会惹出一些乱子。"参谋长缓缓说道。

"如果顺从军官们的意思，我们自己无疑将暴露在陛下的愤怒和不信任之中。"旁边的一位参谋立刻补充道，"不过在我看来，陛下确实应该从国库之中多拿些东西出来。前线的将士，毕竟是在用生命来捍卫国家的安危。"

"军人的天职便是守卫国土的平安！如果照你那么说，和平时期，军人是否就应该失业？"参谋长瞪了属下一眼。他对于这个不识时务的家伙，显然有些讨厌。

"但是，万一北方发生彻底的动乱怎么办？"另外一位参谋凑上来问道。

"哼！你以为前线的军官是白痴吗？现在他们或许会制造一些麻烦，但是让他们真正动乱，除非他们吃了豹子胆！陛下只要下令切断所有通往北方的道路，他们就只能坐以待毙。没有补给和援军，单单魔族就可以将他们全部吞噬。

"更何况，圣堂武士也还驻扎在那里。平时他们或许不会管这种闲事，但现在魔族大入侵已经开始，他们肯定会有所作为。一旦发生动乱，圣堂武士恐怕是那些动乱者会首先遭遇到的对手。圣堂武士的闪电风暴或许会在顷刻间，将他们彻底摧毁。"参谋长面无表情地说道。

"当然，将前线将士逼到绝路，显然对我们是最不利的。我们无疑将失去士兵们的信任，而且仍然得承受陛下的愤怒和质疑。因此，我们绝对不能自己去消化和承受所有的压力。我们应该做的，是将压力卸开，并且转移到其他地方。

"我考虑，让前线军官的要求得到部分满足还是必要的。我想陛下也不是完全无法说服，他应该会体谅到我们的难处。当然，如何让他得知我们的难处，这确实是个难题。"

对于参谋长的建议，无论是其他军官还是塞根特元帅，都觉得事情的确如此。

"进言的事就由我负责。我来承受陛下的愤怒。"塞根特元帅决然地说道。

"不如我们联名进言。这样或许更能令陛下通过前线将士的请求。"耿直的军团长瓦勒说道。

"瓦勒，你难道还不明白吗？你的办法只会令陛下更为愤怒，甚至引起他的恐慌！

"丹摩尔王朝的王权是被军人篡夺还是被魔族毁灭，对于国王陛下本人来说，恐怕没有什么区别。而比较起来，陛下更担忧的会是前者！毕竟魔族远在北方的莽莽森林之中，而军人就在他的身边。

"况且无数的历史记载也表明，魔族彻底获得胜利，还一次都没有发生过；但是在历史的长河中，被手持实权的权臣和执掌军队的将领所推翻的王朝，却比比皆是。

"更何况，正如克贝尔所说，我们能够轻而易举地令胆敢动乱的前线士兵彻底丧失一切希望，坐以待毙，同样，陛下也能用这种办法来对付我们。

"要知道，现在已不是埃耳勒丝帝国时代。在那个时代，只有一线兵团才能装备全副铠甲、金属巨盾和锋利长剑。现在也不是五世陛下时期。在那个时期攻下一座城堡，便能令自己得到足够的补给，并且令敌人犹豫不前。现在，只要封锁大道、

权谋玩偶

烧毁粮仓，哪支军团能够支撑过一个星期？

"再说，现在有哪一位军团长敢宣称，他能令整支兵团听从他的命令，没有丝毫违背？丹摩尔军队的士兵来自五湖四海，他们在自己的故乡有父母、老婆和孩子，背叛者的身份，会令他们的家人被吊挂在绞首架上！

"丹摩尔军队士兵的详细名册恐怕不下一百份。这些名册散布在各个地方，每一个郡省乡村都有一份当地的士兵名录。只要陛下宣布某支兵团集体叛变，第二天早晨，兵团士兵们的家属，就会被当地法庭宣判死刑。因此，或许刚刚宣布一位军官叛变，他那些害怕牵连自己和自己家人的部下，便会将他斩杀或者擒拿。

"绝对不能令陛下感到恐慌，这只会令我们的处境更加不利！进言的事情就由我全权负责，我来承当所有责任。"塞根特元帅用无可争辩的强硬语调说道。

"我还有另外一个建议：组建特别军事法庭和特别监察团。元帅大人为了国家和前线将士，已不惜牺牲自己的荣辱和安危，我们更不能让那些眼光短浅的前线军官把局势搞得更加糟糕和不可收拾。

"我相信，前线军官之中，确实有人在制造麻烦。不管他是出于嫉妒、怨愤还是个人的私欲，这种家伙都必须被彻底铲除！

"同样必须被铲除的，还有那些在背后煽动的地方官员！老实说，和那些坐在市政厅里的官员比起来，军队里最贪婪的军官也要干净正直许多！地方上那些污秽不堪的东西和纠缠不清的恩怨恐怕由来已久，葛勒特侯爵原本有机会将这一切彻底斩断清洗，但是他却在这件事情上大大失误了。

"他的失误，令前线的一些军官深深卷进这些纠葛之中，恐怕很多人已受到了严重的污染！正是这些军官和幕后操纵者的贪婪，令呈报上来的清单出现了那么多水分。那些连我们都看得出太膨胀的数字，无不散发着令人作呕的腐臭！

"组建特别法庭和监察团，不仅仅是为了针对这些贪婪堕落的人物，同时也是为了令国王陛下对军队放心。而要做到这一点，让陛下安插一些亲信在特别法庭和监察团里，显然是最合适的选择。"

参谋总长大人的提议获得了所有人的认可。在军人们眼里，实在没有比这更加完美的对策了。

奥墨海顶层的主厅，一向只对丹摩尔王朝最有权势、最得陛下宠信的人开放，就连此刻炙手可热的塔特尼斯家族的长子——新上任的财政大臣，也没有资格进入。

不过，没有人对塔特尼斯家族的幼子出现在这里感到意外。毕竟传闻之中，小塔特尼斯给予众人的感觉，比他的哥哥更有潜力。

虽然，每一个人提到那个替身骑士授予仪式，都说那只不过是小孩子的游戏，可事实上，没有一个人真的将其当做是一场游戏。如果说，大塔特尼斯从国王陛下那里得到的是信任和赏识的话，小塔特尼斯从王储身上获得的无疑便是友谊。

小塔特尼斯和格琳丝侯爵夫人的关系，也已在京城的贵族之中传了开来。而格琳丝侯爵夫人所拥有的影响力，早已经为京城中的贵族们所熟知。因此，几乎每一个人都相信，塔特尼斯家族的幼子，无疑将比他的哥哥更加飞黄腾达。

这样的人物，自然需要极力巴结！

不过，令那些望眼欲穿的贵族感到困难的是，他们根本没

权谋玩偶

有机会下手。

系密特实在过于幼小，他还只是一个孩子，根本无法进入大人的社交圈。虽然也有几个人自作聪明，让自己的小孩去接近系密特，但是小孩毕竟是小孩，这样重大的使命对他们来说，显然有些难以完成。

另一个比较麻烦的事情便是，系密特只要在公开场合露面，他的身边肯定会出现王太子殿下。京城中几乎每一个人都知道，他们俩是形影不离的亲密伙伴。

王太子殿下厌烦旁人待在身边的脾气是众所周知的，他能和小塔特尼斯如此合得来，当初便被人当做是一个奇迹。就像此刻，王太子殿下便将侍从和女人们远远地驱赶开，不让他们靠近半步，而他则和系密特悠然地站在阳台上谈心。

"对了，你的魔法修炼得怎么样了？"年幼的王太子凑到系密特耳边，低声说道。

"波索鲁大师最近非常忙碌，他在研究中遇到了难题，根本就没空给我指点。我只能自己摸索和练习。"系密特轻轻地叹息了一声，说道。

系密特当然不敢让这位渴望占有所有好东西的王太子知道他已经掌握了初步的窍门，这只会令他更加渴望能够拥有同样的能力。

"噢，真是遗憾！"王太子皱紧了眉头，一脸不高兴的样子。突然间，他仿佛想起了什么似的，"对了，我可以给你介绍几位魔法师，他们或许能帮上你的忙。"

听到王太子的提议，系密特当然异常高兴。他一直对魔法师充满着迷恋和崇拜，也真的很希望能够有魔法师来指点他。不过，王太子的慷慨，又令他感到有些愧疚。毕竟一直以来，

魔武士

3

他对王太子殿下所说的一切，都只不过是在逗弄小孩。

"对了，我的小木人已制作得差不多了。"多少觉得有些惭愧，系密特把话题转到王太子感兴趣的东西上面。

小孩毕竟是小孩，王太子立刻兴奋地跳起来，高兴地叫道："我要看，我要马上看！"

"我做了两个，一个是剑手，一个是棍棒手，你要哪个？"系密特问道。

他再一次逗起这位小王太子来了。因为他非常清楚，如果直接将两个人偶都送给这个喜新厌旧的小孩，他很快便会对此失去热情。这只要看一眼他的收藏，就可以知道。

"有什么区别吗？"王太子果然钻进了圈套。显然，狡诈并非只有系密特的哥哥一个人独有，系密特也不亚于他。

"当然有区别。和剑手对战的时候，你用不着穿铠甲，保持速度和灵活性最为重要；但是面对棍棒手，你最好穿上全副铠甲……你有自己的铠甲吗？"系密特故意问道。

"怎么可能没有！我的父王几乎每年都要送给我一件铠甲，我的那些铠甲非常漂亮！只不过有些重，穿起来也不太方便。"王太子理直气壮地说道。

两个小孩正说得起劲，突然间，身后传来一阵喧闹之声。年迈的国王陛下出现在大厅之中，身旁还跟随着一位美艳绝伦的女人。系密特知道，那肯定便是他即将服侍的女主人——那位赫赫有名的国王的情妇。

从这位小姐的面容轮廓之中，确实能够看得出法恩纳利伯爵的影子，这对姐弟的确有很多地方非常相似。

这位没有什么正式地位、身份却异常高贵的小姐是那么的

权谋玩偶

美艳。系密特相信，这绝对是他见过最漂亮的美女。无论是玲娣姑姑还是沙拉小姐，在这位国王的情妇面前，都会逊色许多。

这位美艳的小姐拥有一双令人沉醉的眼睛。那眼睛如同海洋一般湛蓝，如同山泉一般清澈。不过更为吸引人的，或许还是她那红润的脸颊和柔嫩的皮肤。那么娇嫩的皮肤，仿佛轻轻一弹，便会流出水来。怪不得国王陛下会对她如痴如醉，甚至迁爱于她的弟弟，千方百计将法恩纳利伯爵提拔到如此高的位置上面。

看到父亲进入大厅，王太子乖巧地迎了上去。系密特自然也跟随王太子，随同众人一起鞠躬行礼。即便是高贵的王后和王太子，面对这位备受国王宠爱的情妇，也不得不彬彬有礼。

国王的美艳情妇也必恭必敬地对王后和王太子回礼。不过系密特相信，这绝对不能令两位感到愉快。

对此，系密特感到非常奇怪，国王陛下为什么非要这样自找麻烦？难道他不知道这样做，丝毫无助于加深王后和情妇之间的友谊？难道他一定要让自己的情妇在众人面前，享受那一丝恭敬和虚荣？

就拿系密特自己来说，尽管他同时深深地爱着母亲和玲娣姑姑，但是他绝对不会让她们俩待在一起，更不用说毫不掩饰地偏袒其中的一个！

国王现在这样做，是系密特根本难以理解的事情。这其中的奥妙，或许只能从格琳丝侯爵夫人那里得到答案。自从和侯爵夫人确定了那层关系之后，系密特感到自己在很多方面，越来越迷恋和依赖这位年龄比他大许多的夫人。

国王陛下将围拢过来的人们驱散开，让宾客们进行各自的娱乐，然后，将系密特拉到了自己的美艳情妇面前。

"这便是塔特尼斯家族的幼子，一个非常了不起的少年。他拥有着非凡的勇气和超越常人的智慧，并且得到幸运之神的眷顾。"国王陛下用异常温和的声音说道。即便是对王后和王太子，他也不曾如此温和过。

"我早已经听说了他的故事。听说他千里迢迢独自一人翻越了奇斯拉特山脉，给蒙森特郡带去了胜利的希望和曙光。我很高兴您将这样一位小天使赐予我。我将无比珍惜和疼爱他，就像对我自己的孩子一样。"国王的情妇同样温和地说道。

"噢，我得承认，我从来没有想到过要求你这样。不过没有关系，任何事情都可以，只要你喜欢。"国王陛下没有丝毫犹豫，满口答应道。

系密特对这位国王陛下的情妇将怎样对待他并不十分在乎。他现在反倒是有些奇怪，为什么女人总是忌讳别人将她们称呼得太年长而显得衰老，却偏偏又喜欢用大人的身份，来看待那些不比她们小多少的小孩？

当初，自己从奥尔麦森林出来，在那条逃亡的路途上遇到的西赛流子爵夫人就是很好的证明。那位夫人仅仅比自己大三岁而已，她也只是刚刚成年，却老是称呼自己"小系密特"。

而眼前这位国王的情妇，同样也显得异常年轻。虽然她的真实年龄始终是个秘密，不过，系密特非常清楚她弟弟法恩纳利伯爵的年龄。系密特由此推断出，这位美艳迷人的小姐绝对不会超过二十五岁，做他的姐姐或许还比较合适。

不过，系密特自然知道那并不合适，毕竟这位国王的情妇有一个亲弟弟，而法恩纳利伯爵又并非是默默无闻之辈。

系密特的心思自然没有人能够猜到。那些尊贵的夫人都有着另外一番想法。

权谋玩偶

当这位美艳迷人的国王情妇出现在大厅之中的时候，包括王后陛下在内的贵妇人们，全都退出了那最为辉煌的中心。她们尽管不情愿，但是都不由自主地聚集在大厅靠近窗口的一角。

能够站在王后身边的，自然是王后最亲密同时也是她最信任的密友。她们的聊天内容，同样也是不能为外人所知的秘密——女人的秘密。

"这个女人真是不要脸。"不知道是哪一个女人先开的口，也不知道这是愤怒的宣泄，还是不满的嘲讽。

"密琪，你可要小心一些。这个女人对系密特显然没安好心。"王后的嫂嫂，同时也是格琳丝侯爵夫人密友的埃莲轻声说道。

"我必须承认，伦涅丝小姐确实是个非常有心机的女人。她说要将系密特像'自己孩子'那样对待是有用意的。既然王太子殿下和系密特的那场游戏能够被大家当真，她自然也能让今天的这个玩笑被大家当真。今天见证这个玩笑的是国王陛下，我相信，国王陛下的威望和神圣，丝毫不亚于教宗陛下。

"就像当初我们希望依维得到承认，就不得不连带承认他的这位姐姐一样，如果我们不想失去系密特，那就也得对她表现出亲密。

"此外，我相信这位小姐肯定还隐藏着另外一番心思。或许她对于系密特的了解，甚至超过我们这里的大多数人。她知道系密特前程远大，无疑是一个极好的投资对象。而且，现在她的身边已经有国王陛下和依维，此刻进行投资，无疑将获得最丰厚的回报。

"但是对于一个小侍从过于亲密，难免会引起众人的猜疑。众所周知，国王陛下最讨厌和痛恨的，除了那些拥有的地位和权势与实际的能力和贡献不符的人之外，还有那些逾越了自己身份和地位的人。

"而且，这位小姐也相当明白，当一项极有潜力的投资还处在萌芽状态时，投入得越多，日后所能获得的收获也会越丰厚。

"因此，我相信那位小姐希望尽可能地在系密特的身上进行投资，但是她又不想令国王陛下感到不满。那么最好的办法，自然是在一开始的时候，便得到陛下的认可。"

格琳丝侯爵夫人的话，令站在角落里的那几个女人简直是佩服极了。她们已然认定，她们的这位密友拥有着足够的智慧和才能，或许，长老院议长和内阁总理大臣的位置都应该为她而保留。

"那么，我们该如何应对这个糟糕的局面？"王后压低了声音问道。

"噢，刚刚经历过的那场纷争，难道您现在就忘记了？男人们的尊严和固执会蒙蔽他们的眼睛，而女人则会因为嫉妒和吃醋而难以辨明方向。我亲爱的王后，我们这里的每一个女人，都没有资格像普通女人那样去嫉妒、去吃醋。别忘了，我们的家庭也是政治的一部分。

"我不是告诉过你们政治的游戏应该怎么玩吗？和强者做对家，而不是和强者做对手，这才是最正确的选择。

"我曾经建议埃莲的丈夫去接纳依维和大塔特尼斯。同样此刻，我也希望能够劝服您，我的王后，承认并且向您的丈夫所宠爱的那个女人表示友好。

"您别忘了，此刻对于您来说，最重大也最重要的事情，便是令王太子殿下顺顺利利地登上王位。不过要做到这一点，至关重要的是，让他获得大臣和所有人的认可。

权谋玩偶

　　"我不知道这里有几个人详细研究过历史。在历史上，国王对王太子不太放心，以至于削弱其部分权力的例子并非少数。特别是当国王到了垂暮晚年，或者当王后和王子无法令他感到满意的时候，这样的例子就更多了。

　　"一般来说，稍稍上了一些年纪的人，总是愿意信任他最为亲密的人。在丹摩尔王朝的历史上，拥有着众多权力和威严、曾经风光一时、人们必须仰视的国王情妇并非没有，甚至不是一个两个。

　　"我亲爱的王后，如果此刻的您仍被嫉妒冲昏了头脑，而还不开始进行您的政治部署，恐怕小约瑟将成为最大的受害者。"

　　格琳丝侯爵夫人的话，令所有人都胆战心惊。显然这番话让那些还深陷在嫉妒中的女人立刻明白，那将会是多么可怕的灾难。

　　每一个人都清楚，无论是王后陛下本人还是她身边的这些女人，能够拥有此刻的地位，必须有赖于国王的信任和"王后"这个身份本身。

　　"噢，快告诉我，我的顾问大人，我应该怎么做，才算是正确的选择？"王后忧心忡忡地问道。

　　"其实也很简单。我记得我的前夫侯爵大人曾经说过：政治家的战场就是那张六尺长的谈判桌；政治艺术的表现便是谈判。说服是政治家的铠甲和盾牌，威吓是政治家的长矛和大剑。不过在政治斗争中，最有效的手段无疑是收买，它就像是战场上的重弩。"格琳丝侯爵夫人微笑着说道。她的眼神之中闪烁着智慧的光芒。

　　"噢，我的顾问，现在我同样也任命你为我的骑士。穿起你的铠甲，拿起你的长矛，装备上你的重弩，请你代我去迎战那

魔武士

③

强大的敌人。"王后同样微笑着说道。

　　显然，她已然采纳了格琳丝侯爵夫人的意见。对于国王以往的那些情妇，她都已经容忍到现在，在这最后的时刻，为什么还要表露出不满呢？

　　奥墨海宫顶层大厅中正在进行的这场聚会，既不是宴会，也不是舞会。在系密特看来，这只是一场身份的展示。这场聚会的每一个细节显然都是在告诉别人，能够参加这次聚会的都是了不起的大人物。

　　正因如此，每一个站在这里的贵族，眼睛里都充满了兴奋和骄傲。不过他们也都显得小心翼翼。在这个充满了微妙和复杂关系的地方，把握每种情绪的分寸是很重要的一件事情。

　　几乎每一个角落都簇拥着一群人。族群的概念似乎很是明显，不同族群的人，即便互相致意，也只是远远地点点头。

　　当然，也有一些人是游离于所有族群之外的，法恩纳利伯爵便是其中的一位。他几乎朝着每一个人都点头致意，特别是对王后陛下显得更为关切和殷勤。

　　但是，他几乎没有在任何一个族群之中停留太多时间。他总是走来走去，插入到一些无关紧要的闲聊之中。不过，当有人聚在一起窃窃私语的时候，他就马上远远离开，仿佛是在躲避着什么嫌疑一般。

　　这令系密特突然间想起在英芙瑞时，罗莱尔先生所说的那番话：无论是法恩纳利伯爵还是他的哥哥，再怎样备受宠幸，都不可能真正成为"那个圈子"的一部分。

　　身处于这个陌生的地方，系密特感到非常难受，他不禁怀念起在奥尔麦森林时的那份悠闲和自在。即便是当初自己翻越

权谋玩偶

奇斯拉特山脉时，死亡、恐惧、紧张时刻压迫着他的神经，也远比此刻要令人舒服得多。

更令他烦恼的是，在不久之后，这一切都将成为他生活中不可分割的一部分。

系密特相信，如果他的哥哥处于他此刻的位置，肯定会兴奋得浑身发抖。或许哥哥会立刻向父神和幸运之神高声赞美，赞美神让他得到的这一切。

但是，系密特却丝毫都不感到高兴，他情愿待在格琳丝侯爵夫人的身边，待在英芙瑞那座恬淡幽静的小镇。那里虽然同样有些陌生，不过却能令他感到温馨。

系密特不知道自己是否还能再回到那里，他也不知道夏日祭过后，格琳丝侯爵夫人是会留在拜尔克，还是会回到英芙瑞的庄园。他只知道，他将前往另外一个陌生的地方，而且整天和国王待在一起。

哥哥或许会非常羡慕这种生活，但系密特自己真的很不愿意。然而，自己的生活，并不能由自己来决定……

"系密特，你有什么需要吗？"国王陛下的问话，令系密特突然惊醒过来。

"嗯……我是否能被允许回家看看？我非常想念我的母亲和姑姑，还有沙拉小姐——我的嫂子。"系密特回答道。

"这算不上是什么要求，你让我慷慨的名声受到了损伤。"国王陛下半认真半开玩笑地说道。

"每个人都有自己的愿望，特别是小孩子，至少我小时候便是如此。不要害怕，我的小系密特。"旁边那位国王的情妇——美艳的伦涅丝小姐轻轻地抚摸着系密特的额头说道。

"我的小系密特"这个称呼多少令系密特有些介意，不过他也无可奈何。他必须表现得像是一个乖巧的孩子，一个最讨女人喜爱的洋娃娃一般的小孩。

不过，系密特希望能暂时离开这种让他感到难受的氛围，而他正好拥有一个不错的借口。于是，他很乖巧地说道："陛下，王太子殿下刚才答应我，要替我引见几位魔法师。我仍希望能够拥有这样的荣幸。"

"我的小系密特，你是否梦想着能够成为一个魔法师？我知道，几乎每个小男孩都有这样的梦想。"国王的情妇轻笑起来。显然，她觉得这个想法非常有趣。

旁边的人也都听到了这番话，几乎所有的人都露出了微笑。显然，他们认为系密特的这种梦想又是小孩子天真烂漫的表现。

这时，惟一显得郑重其事的，反而是那位至尊的国王陛下。他知道，系密特的愿望，并不仅仅是小孩子的天真梦想。他隐约记得，菲廖斯大魔法师曾经向他提起过，系密特拥有着常人所没有的魔法师潜质。能够令菲廖斯大师注意到并且产生收徒念头，绝对不是一件简单的事情。

那可是数十万人之中也难以寻觅到的能力和天赋！

想起了这些，国王陛下的脑子里原有的计划又有了一些改变。惟一没有变化的，便是依然坚信，眼前这个孩子拥有着无穷的潜力和价值。

"可惜，菲廖斯大师不在这里。我知道他对你寄予了厚望。"国王陛下仿佛在喃喃自语。

"是的，很可惜！而且波索鲁大师也那样繁忙，他根本就没有时间给我指点！我只能自己摸索，自己修炼。"系密特就像是普通小孩子那样，有些无奈地鼓起腮帮子叹息道。

他的话，显然令在场所有人都感到震惊。虽然小塔特尼斯

权谋玩偶

的神奇早已经为众人所耳闻，但是人们现在才知道，他居然还是个魔法师！如果这一切都是真的，那么对于塔特尼斯家族的地位和前景，必须要重新进行考量。

要知道，国王陛下对大臣的宠爱和信任，或许会随着时间流逝而减少变弱，但是对于魔法师的尊崇和敬畏，却永远不会消失。那些拥有神秘能力的人，即便犯下严重到近乎叛乱的罪行，都能得到宽恕。在此之前，已经拥有了一个绝好的证明。

震惊的神情，同样出现在那位国王的美艳情妇脸上。显然，她同样不知道这件事情。在此之前，她还自信对于塔特尼斯家族的每一位成员都有着深刻的了解。

"波索鲁大师已经收你为弟子了？什么时候的事情？"国王陛下轻声问道。

"就是在最近。同样也是在这里，我遇到波索鲁大师，并且有幸得到了他的指点。不过大师最近正在研究一个重要的课题，但进展却很艰难，他根本抽不出空闲指导我。"系密特故作无奈地说道。

听了这番话，国王陛下几乎立刻就猜测出，波索鲁大师正在研究的课题到底是什么。此刻能够称得上"重要"的，无一不与魔族人侵有关。

同样，和眼前这个小孩有关的事情，也全都关系到如何战胜魔族，这令国王陛下感到无比欣喜。

此刻，他极为庆幸自己的情妇刚才的决定。让系密特去担当侍候女人的小侍从，或许并不像他最初想像的那样，对系密特是一种荣幸和恩宠。或许真的应该让系密特正式成为兰妮的养子。

不过，这必须要获得系密特母亲的同意。

另一个不得不考虑的因素，便是系密特的哥哥和兰妮的弟弟之间有着牢固的友谊。让系密特成为兰妮的养子，这会令他们之间的关系和辈分变成一团乱麻。

"既然约瑟已经对你有所承诺，那就必须做到。我可不希望他成为言而无信的人。"国王陛下点了点头说道。

"好吧，你再说一个愿望。刚才那个是约瑟的承诺，他本应该做到。我总不能用它来搪塞你。"国王陛下再一次问道。

这一次犹豫不决的，换成了系密特。事实上，他确实有着许多希望。他希望能够摆脱这个令人感到束缚的地方，希望能够回到故乡，希望能够驱除魔族，希望能够再一次看到奥尔麦……

同样，他也可以说是没有任何愿望，因为他非常清楚，他真正想要的东西，根本就无法得到。

思索了片刻之后，系密特轻声说道："陛下，我听说夏日祭对于拜尔克人来说，是最值得庆祝的节日之一。我也听说夏日祭的喧闹和繁华，才是节日之中最亮丽的精华。但是，只有平民才能拥有和真正体会那份快乐。

"我的一些朋友是住在英芙瑞的学者和艺术家，他们曾经无数次在我面前提到那美妙的景象和热闹的场面。因此，我一直希望能够亲眼目睹他们所形容的美景。我真的希望能从另外一个角度，去欣赏夏日祭的繁华。"

对于系密特所说的一切，周围大多数人都有些不以为然。能够来到这里的，无不是贵族之中的贵族，他们都坚信，他们的生活和乐趣，要远比平民们所能享受和想像的快乐高雅得多。

默默点头的，只有国王陛下一个人。他年轻的时候，也曾经接触过平民的生活。最初，他只是想像历史上那些闻名遐迩

的英明君王一般，亲自探察一下民情，不过最终，他却从平民的生活之中，找到了一丝自己平常体会不到的乐趣。

想起自己年轻时候的事情，这位青春已逝的国王陛下突然间心头一动。

当初他亲自安插的那些眼线，到今天有些已经去世，有些甚至已经历了三代。这些眼线之中，有些对自己仍然忠心耿耿，并没有因为未曾飞黄腾达而对自己不满。不过也有一些却已然堕落，甚至变得异常贪婪。

即便是那些忠诚的眼线，岁月的无情流逝也令他们再难胜任他们的工作。他们的眼睛不再锐利，脑子也变得有些迟钝。

而自己，随着岁月的流逝，也已经失去了年轻时候的活力，不可能再一次混迹于平民之中，亲自从最底层的平民那里掌握到最真实的情况。想到这里，国王陛下想起了自己当初对于塔特尼斯家族的那些不应该的不满和抱怨，显然，那全得归咎于那些老眼昏花的密探。

这些虽然忠心耿耿、但却上了年纪的老家伙，已经无法判断外表和内在有着多么巨大的区别。他们浑浊的眼睛，已无法在泥沙之中搜寻到黄金。这令国王陛下非常担心。他担心或许悬崖就在他眼前的时候，他的眼线们仍无法发觉，无法提醒他去注意。

"很高兴你能懂得这一点！现在真正懂得欣赏美妙和真实的人实在少之甚少。不过我确信，塔特尼斯家族的成员都是真正的鉴赏家！你家的宅邸，至今令我印象深刻。

"我答应你的请求，你可以尽情去欣赏平民的快乐。我希望等你回来之后，我们能听到你有趣的故事。"至高无上的国王陛下微笑着说道。

魔武士

3

"为什么要等回来以后？我一直都想听听小系密特的经历！虽然我早听到过一些夸张到极点的传奇，不过，真相或许更能令我的心脉为之跳动。"伦涅丝小姐撒娇一般地对国王陛下说道。这显然是她的特权，同时也是她最为有用的武器。

"只要你希望，当然没问题。"国王陛下在自己宠幸的情妇面前，总是显得异常和颜悦色。他转过头说道，"系密特，现在显然是让大家对你有所了解的最佳时刻。"

对于讲故事，系密特从来不会感到无聊，这是他那位爱吹牛的教父给他的最大影响。事实上，无论是当初在奥尔麦让小墨菲俯首帖耳，还是现在在王宫令王太子惟命是从，全都是那一个个足以牢牢抓住他们兴趣的故事换来的。

所有故事之中，最精彩、最激动人心的，自然是那段他们从奥尔麦的大森林中，逃脱恐怖魔族的威胁成功逃生的经历。这段故事经过了好几个人的润色和修饰，显得更加惊险刺激、扣人心弦。对故事进行过润色的人中包括撒丁，他同样是个极为优秀的演说家，特别擅长讲故事。

系密特的故事非常引人入胜。即便对他们那段经历早已了如指掌的法恩纳利伯爵也不得不承认，每一次听这个故事，他都会有不小的收获。

或许，有朝一日他能从这些故事之中获得巨大的好处；或许，他有可能因此而逃脱某些危险……

正当所有人都沉醉在系密特的精彩故事之中时，一位消瘦的老者突然插嘴说道："陛下，那几位从奥尔麦森林之中冲杀出来的勇士，显然都是不可多得的人才。我非常希望能够见识一下他们之中几位，我的部门之中正好缺少几位像他们那样既有能力又有勇气的人物。"

权谋玩偶

　　虽然，大多数人都感到这位老者有些煞风景，不过没有人敢有所抱怨。因为这位老者同样也是深受陛下信任的人物，而且这样的信任，从他和陛下一样年轻的时候便已经开始，而现在更是越发坚定。

　　老者的这番话显然点醒了至尊的国王陛下。有才能的人必然应该得到重用，这原本是他的座右铭。

　　"依维，我相信你对于这几位勇士应该相当熟悉。我希望能够尽快见到他们，我需要他们的效劳。"国王陛下威严地说道。

4 身不由己的选择

系密特早就知道，被夹在女人们中间的感觉非常糟糕，而现在他更加确信了这一点。

他现在还知道，无论是多大的女人，都能从"过家家"的游戏之中得到乐趣，即便最初她们原本抱有另外的目的。

此刻他正在进行的受洗仪式，便是最好的证明。

当初那个教宗陛下主持的替身骑士授予仪式对于他来说，也许还算有些意思，而此刻这个游戏，系密特无论如何也发现不了任何乐趣。

虽然以往从战场回来浑身上下沾满血迹时，母亲和沙拉小姐同样会亲自为他洗浴，不过，系密特从来没有当着这么多人的面裸露过身体，虽然此刻他的身上还包裹着一条大毛巾。

令系密特有些愤愤不平的是，当初自己在奥尔麦森林中惹上麻烦的时候，小墨菲总是喜欢在一旁幸灾乐祸；而现在，同样有个人在那里幸灾乐祸，只不过不再是小墨菲，而换成了王太子殿下。

或许在某些事情上，这些小家伙有点讨厌。但更令系密特讨厌的，是那些围观的人。他们仿佛是在观看有趣的表演，只

权谋玩偶

不过演员有些与众不同。

不过，令他感到奇怪的是，教宗和大长老两位陛下，居然也有兴趣站在一旁观看表演！

被一位宫廷女侍从水里抱起来，用一块松软的大毛巾擦干身体，系密特知道游戏已经结束。不过他也知道，更麻烦、更尴尬的事情正在等待着他。

"亲爱的兰妮，拿出最大的热情去拥抱你的孩子吧！我想虽然现在就快要进入夏季，刚从水里出来的系密特恐怕仍会感到浑身寒冷。"国王陛下和颜悦色地对他宠爱的情妇说道。

系密特从不介意被女人紧紧拥抱，特别是一个美艳的绝世佳人。他只是介意，他得称呼那个女人为"妈咪"！这原本是他的母亲才能拥有的特权。

当然，他非常清楚这位陛下宠幸的女人这样做的原因。储存在他脑子里那些圣堂武士的记忆和智慧足以告诉他一切。更详细而深刻的解释，则来自那位现在他最信赖和最亲密的女人——格琳丝侯爵夫人。

显然，他已经成为了一条桥梁、一块踏板。无论是国王的情妇还是王后陛下，都希望能够通过他这块踏板，尽可能地彼此靠近。

事实上，这样的踏板，原本已经有了一块。法恩纳利伯爵成功地获得了王后陛下的友谊，并用自己的努力赢得了国王陛下的认可，这显然也使得那位伦涅丝小姐的地位更为巩固。

而王后的宽容，显然也替她扫清了许多障碍。她能够得到其他情妇从没得到过的长久青睐，显然便是最好的证明。

虽然美艳的容貌、温柔而无微不至的服侍，能够令国王陛下感到喜悦，但是年迈的老人最喜欢的还是平安和宁静。如果因为情妇而招致王后乃至宫廷中人的怨言，长此以往，再美艳的容貌都会为之失色。

伦涅丝小姐虽然在王后和其他人的沉默之中，赢得了国王陛下长久的青睐和宠幸，但是她不得不为自己的将来而考虑。国王陛下总会衰老，总有一天会衰老到难以握住手中的权杖，到了那个时候，她肯定会面临灭顶之灾。她的弟弟和王后陛下之间的友谊，恐怕最多能为她保住一条性命，她的后半生或许将在凄惨和孤寂之中度过。

因此，她必须拥有另外一块踏板，以便直接联系上她自己与王后及王太子之间的友谊。而系密特，无疑便是那块最好的踏板。突然间崛起的塔特尼斯家族的影响、传闻中这个家族隐藏着的无穷潜力和智慧，都令这个刚刚在京城站稳脚跟的弱势家族，拥有了超乎想像的奇迹般的能量。

面对这一切，系密特感到深深的无奈。此刻他才明白，为什么圣堂武士都选择那种自我禁锢的生活方式。他不知道自己是否也将失去自由。和狭小的圣堂比起来，他眼前的这片天地同样也广阔不到哪里去。

系密特的忧虑和烦恼，除了对格琳丝侯爵夫人诉说之外，根本就没有其他人可以倾诉。以往，玲娣姑姑和沙拉小姐总是会站在他这一边，但是现在，这两个女人显然已经被那位手段高超、容貌美艳的国王情妇彻底地俘虏和收买了。此刻，她俩也站在一旁兴致勃勃地看着热闹。

系密特清楚地看到她们俩的嘴角挂着明显的微笑，这显然不是善意的表示。系密特相信，至少有一个月的时间，京城上流贵族圈里的女人们，在闲聊之中将不会缺乏谈论的笑料。

事实上，系密特觉得，这个隆重而滑稽的洗礼，原本就是

权谋玩偶

那位美艳的伦涅丝小姐为了讨好那些无事可做的贵妇人而安排的一场游戏。如此隆重却又有些半真半假，神圣之中却带有一丝戏谑……

这令系密特突然想起自家那座奇特的宅邸，那座能够满足每一个人喜好的建筑。这两者之间显然有着某种异曲同工的妙处。只要看一眼那些笑得起劲的贵妇人，系密特就确定了这一点。

夏日祭对于拜尔克的贵族们来说，原本就没有什么特定的仪式。

早在埃耳勒丝帝国最为强盛的时候，夏日祭就失去了最初的神圣和庄严。而现在，对于太阳的崇拜和将太阳神森恩当做诸神中最高位者来顶礼膜拜的传统，早已经成为了过去。

现在的太阳神，只是父神脚下诸神之中的一位。虽然他的地位仍旧那么崇高，但是父神的光芒，早已将诸神笼罩了下去。因此，夏日祭原本的意义，现在已经荡然无存。

现在的夏日祭对于这些高高在上的贵族来说，只是一个休假、聚会、娱乐的借口。每年夏日祭，他们都会想出一些新奇有趣的事情作为开始。

原本这一次夏日祭，已经安排了由十二位宫廷骑士组成的骑兵队进行气势恢弘的宫廷马术舞蹈表演，以此作为整个夏日祭的开场演出。但是英俊潇洒的骑士和他们那优雅漂亮、珍贵无比的纯种骏马，显然远远比不上一个有趣的游戏更能令尊贵的夫人们感到高兴。至于那些先生，自然是对夫人们的喜好惟命是从。

所有人中，最为得意和高兴的，自然就是至尊的国王陛下。

此刻，他真的觉得自己的心肝宝贝实在是再聪明不过了！她居然能够想到这样一个主意，既能堂而皇之地令所有人接受这个半真半假的游戏，又能令每一个人都印象深刻，因为他们全都亲身参与其间。

事实上，在这位年迈的国王陛下看来，在场的每一个人都从中享受到了乐趣。惟一例外的，或许就是小系密特本人。这种皆大欢喜的结果令他感到非常满意，他甚至猜想，或许这将有助于化解情妇与王后之间的僵局。

让女人们共同拥有一件有趣的玩具，或许是拉近她们之间距离的最好办法。

在国王陛下的记忆之中，女孩们最终总是能够找到一种办法来共同享有那件玩具，当然男孩们完全相反。他记得，自己小时候总是渴望着对任何东西都能独自拥有。现在，约瑟显然继承了他这个脾气。

如果兰妮能够被王后所接受，国王陛下心中一直悬着的一块巨石，便能够稍稍放落到地上。他毕竟不希望自己心爱的情妇，在幽暗的牢房里衰老而直至死亡。

随着岁月的流逝，国王陛下知道，自己衰老的速度正在加快。或许用不了几年，他就不得不放下王权。到了那个时候，他最宠爱的情妇，恐怕将会大难临头。

对于国王陛下来说，魔族大入侵、贪婪而渐渐失控的军队将领、腐朽而无能的长老院和内阁，全都令他忧心忡忡。而最令他感到担忧的，却是宫廷中的女人们。他不希望王后和兰妮之中的任何一个，在痛苦和忧郁之中结束下半生。同样他也不希望自己在枕边的一片争吵声之中，走完最后这段人生。

这位至尊的国王陛下这段时间经常独自一人坐在书房里感

权谋玩偶

叹。为什么自己的命运如此坎坷？为什么当他年轻气盛、拥有着无穷精力的时候，这一切都不曾发生？为什么所有的灾难，全都在他年迈衰老、精力不复当年的时候，突然间一起降临到他的头上？

季节已经是初夏，天气微微有些炎热，四周的气氛更是热闹非凡。但是国王陛下的心头，却如同深秋一般萧瑟而凄凉。

悠闲的贵族们，三五成群地聚拢在奥墨海宫前面的草坪上，谈论着刚才那场有趣的游戏。

从夫人小姐们那微微抿着的嘴唇和男士们脸上堆满的笑容可以看得出来，刚才的游戏令他们感到非常有趣。

"或许这将成为拜尔克的下一个时尚，就像那座空中花园。"

"我必须承认，塔特尼斯家族非常善于制造新闻。明天报纸的头版，肯定又将被塔特尼斯这个姓氏所占领。"

"为什么大塔特尼斯没有出现？我原本以为他会插上一脚。"

"尊敬的财务大臣正在忙着筹措军费。噢，那可是现在的头等大事！"

"真是可惜！我相信他是最愿意看到刚才那一幕的人。他那位亲爱的弟弟令塔特尼斯家族左右逢源，而这原本是只有法恩纳利伯爵才享有的特权。"

"我倒不这样认为。必须承认，塔特尼斯家族之中的任何人，都用不着通过这样的手法去获取信任。这个家族历代都拥有着精明的头脑。你难道不知道，那些用来维持温度的精致铁管，在几个世纪以前就已经存在于塔特尼斯家的花园？"

"我想这一次最感到兴奋的，应该是那位美艳迷人的伦涅丝小姐。通过这一次游戏，她和塔特尼斯家族的未来，多少搭上

了那么一点关系。"

"有谁能猜测到，格琳丝侯爵夫人会如何处理她和王后以及伦涅丝小姐之间的关系？想必此刻，她是最感为难的一个人。"

"噢，我刚才看到侯爵夫人的嘴角挂着一丝微笑。显然，她同样觉得这个游戏非常有趣。"

"格琳丝侯爵夫人非常有头脑，据我所知，她的智慧并不在尊敬的财务大臣之下。我相信她肯定会有什么高招，能够令自己置身事外。"

"能够置身事外的人中，是否也包括她的那位小丈夫？"

"那个充满奇迹的小孩难道还需要其他人的帮助？别忘了他可是个魔法师！谁会对一个魔法师表示不满？陛下？王后？还是未来的国王？"

"这确实是一个相当有分量的砝码！丹摩尔多少年没有出现过贵族魔法师了呢？"

"噢，这可是一个敏感的话题，你难道忘了那个背叛者的身份？"

"各位，各位，在如此热闹的时刻，最好避免这个糟糕的话题。"

"或许，我们该猜测一下小塔特尼斯能够享有国王陛下多久的宠爱。毕竟他不算幼小，十四岁的年纪显然有些尴尬。当他到了十五岁的时候，至少应该被看成是半个大人。更何况，这个年龄的小孩子发育最为迅速，难道陛下不担心……"

"这就用不着你我来担忧啦，我相信陛下早已有所安排。或许这也是一种补偿？毕竟陛下的精力已大不如前，而他的慷慨大方又众所周知。他对于他的情妇的爱意，同样无可怀疑……"

"更何况，又不是没有先例。法恩纳利伯爵当初不也曾担任

权谋玩偶

过王后陛下的小侍从？嘻嘻嘻……"

"这显然也不是一个合适的话题，不是吗？"

"那些讨厌的军官会怎么样？不知道蒙森特的夏日祭是否同样热闹？"

"或许应该去问问那个小孩，他不就是蒙森特人？"

"但是他一直被夫人们围拢着。我相信，没有人能从她们手里抢走心爱的玩具。"

"噢，可怜的塔特尼斯家族的幼子。"

"我倒对他羡慕无比。我多么希望此刻被夫人们簇拥的人是我！被紧紧拥抱的感觉，肯定非常美妙。"

"对了，你是否听到过一些传闻，那个小孩居然请求陛下让他到平民之中，去欣赏他们的快乐？"

"这或许仅仅是一个姿态。必须承认，塔特尼斯家族的子孙都有着精明的头脑。陛下年轻的时候曾经流连忘返于街巷之间，或许此刻他那有些苍老的心中，仍然留存着那时的美好记忆。毕竟，每一个人都有自己独特的喜好。而塔特尼斯家族的子孙，显然比别人更擅长挖掘别人这些不为人知的秘密。"

"我倒不这样认为。我还听到过另外一些传闻。你是否记得二十年前，曾经有个北方贵族相当有名？他之所以那么出名，是因为他宣称放弃自己的贵族身份，而和平民们混迹在一起。"

"是吟游诗人'自由的风'。我非常欣赏他创作的诗篇，他的音乐至今仍在广为传唱。或许正是他的才华令他彻底疯狂……不过我听说，他的疯狂最终令他丢了性命。"

"或许你无法想像，那个疯狂的人，正是财务大臣和那个小孩的父亲！塔特尼斯家族的血脉之中，世世代代都流淌着无人能及的智慧和才华。他们的父亲又是一个证明。"

81

"我还听说，那个小孩继承了他父亲的所有喜好，包括那种令人不可思议的疯狂！我相信，我们当中谁都不可能从亲友身边逃离，独自一人踏上那条几乎是去送死的旅程。"

"这个消息是否确切？"

"我相信宫廷侍卫队长不是一个喜欢撒谎的人。而他的父亲葛勒特侯爵的眼光，更是能够让人相信。"

"如果那个小孩真的继承了那疯狂的性情，现在他的感觉必然糟糕透顶。被美艳迷人的伦涅丝小姐抱在手里，恐怕并不是他所喜欢的生活方式。"

"我必须承认，我羡慕他的'不幸'。为什么命运之神总是不肯让我们这些凡人得到我们想要的东西，却将我们不需要的东西硬塞到我们手里？"

……

各种各样的传闻，在奥墨海宫前面的草坪上流传着。

贵族们似乎忘记了他们往日最喜欢的娱乐。那些王室和豪门所收藏的、血统无比珍贵的、平时难以骑乘到的纯种马，此刻根本就无人问津。

旁边的秋千架下聚着一些年轻男女。不过此刻，他们玩耍的心情，显然远远比不上闲聊来得强烈。

只有那群老头儿仍旧像以往那样，拎着长长的球杆，在旁边的一块开阔的草坪上打着十二洞球。不过看他们那严肃的样子，与其说他们是在娱乐，还不如说是在决斗。或许这个小小游戏的胜负，又将决定某项难题的解决方案。

而此刻，那极力争夺着胜利的双方，毫无疑问就是军队和内阁。双方的队长，无疑便是军队那位年迈的元帅，和内阁那

权谋玩偶

位同样衰老的总理大臣。

众所周知，在拜尔克，这两人是争斗了数十年的冤家对头。但是每年的夏日祭，他们都要在一起打球，这几乎已成为了每年夏日祭的一道独特的风景。

至于围观的那些人，与其说是在欣赏他们的球技，还不如说是在探听风声更加合适。

在草坪之上，总理大臣悠然地站在他的球旁边。他用长长球棍顶端的小锤，轻轻地碰了一下那红色的椴木小圆球。

他丝毫不在意那两位对着球门环圈轻轻跺脚的高级参谋。他拥有足够的自信，能够将对手那个靠近环圈的白色小球打进球门，而他的球却能刚好停在环圈边沿。这样即便不能令对手失分，至少也能阻挠对手的一次有效击球。

对于老对手心中的打算，塞根特元帅自然了如指掌。他看了一眼那停在最糟糕位置上的白球，不禁微微有些遗憾地叹了口气。以往大多数的胜利都为他们所有，但是这一次，或许要让佛利希这个老家伙得意了。

其实今天，对手和自己一方都缺席一位得力的大将。以往葛勒特总是最为信任自己的第三击球手，而对方阵营中，亨利那个老啬鬼同样也不好对付。今天，这两员大将都没有到场，双方看起来似乎仍旧势均力敌，但是他自己最清楚，代替葛勒特侯爵的人有多么差劲。

"你别得意！我知道，你现在肯定已经以为自己即将取得胜利。"塞根特元帅冷冷地开口说道。

"噢，尊敬的公爵大人，我怎么敢小看您？反败为胜不正是阁下的专长？"总理大臣用极为谦逊的口吻回答道。这也是他每次即将获胜时的一贯姿态和伎俩。

魔武士

3

塞根特元帅冷哼一声，然后用力猛击自己脚下的木球。白色的木球将那个小红球远远地撞了开去，而自己则稳稳地停在了刚才红球旁边的位置。这一次，得意的微笑出现在塞根特元帅的脸上。

"或许我们还有机会。"塞根特元帅说道，"如果我赢了，希望你能够信守诺言。"

"我真是不明白，既然你打算组建特别法庭和监察团，那自然是相信前线的军官出现了问题。你甚至希望陛下在监察团之中安插几个亲信，但为什么极力阻止内阁派出同样性质的监察团？为什么不希望军队和内阁同组特别法庭？"总理大臣说道。

"你应该清楚我为什么这么做。我相信前方的军人之中，即便有几个存着私心，但他们最大的愿望，还是要将魔族彻底消灭。而各位心里所想的，恐怕是如何让前线的军官与魔族同归于尽吧？"塞根特元帅直截了当地说道。

"这只是您的猜测，我对此坚决否认。"总理大臣连忙回答道。

"难道我说错了吗？据我所知，老亨利在任的时候，很多不知道用在哪里的开支，都以军费的名义丢在了我们的头上。侯爵大人您难道对此一无所知？"塞根特元帅边进攻边说道。

突然间，他的脸上露出了喜悦的笑容。对方的第二击球手显然有些失误，他将球停在了一个对自己非常有利的夹角上。

此刻的局势令总理大臣感到了来自两方面的压力。他当然能看出草坪上的战况有些糟糕。虽然他们仍旧占据着领先的优势，不过这个愚蠢的球，却至少给对手制造了两个机会。

"对于老亨利的彻查不是正在进行之中吗？陛下也已经发现，他的宽厚仁慈显然被某些居心叵测的人所利用。正是出于

权谋玩偶

这个原因，我相信，今后做事应该更加小心谨慎。

"现在的局势可容不得我们有一丝差错！北方的魔族至今仍潜伏于密林之中，谁都不知道它们会在何时再一次发起进攻。而前线的军官们，显然被贪婪和欲望冲昏了头脑。受到排挤不得不离开的塔特尼斯家族，无疑便是最好的证明。

"尊敬的元帅大人，想必您不会否认这件事情吧？陛下已再次就此质询葛勒特将军，将军的回信证实了一切。我相信，您应该也看到了那些回信。"

总理大臣说话的语气有些咄咄逼人，但他的神情却显得有些无奈。因为他只能眼睁睁地看着对手将己方的球击中，穿过球洞。

"我看到了。那上面提到了蒙森特的地方官员在幕后挑拨这个事实。而当初席尔瓦多侯爵出巡归来，却一连串提名表彰了三十多个官员。那些官员之中，并不包括塔特尼斯伯爵。那份名单，反倒是和葛勒特将军所罗列的那份名单有些相近。"

塞根特元帅稍稍提高了声音说道。因为他看到席尔瓦多侯爵正拎着球棍，走到他的那颗球前面。

这番话显然彻底打乱了正准备击球的席尔瓦多侯爵的心绪，这位以往从不出错的优秀球手，竟然将自己的球直接击入了环圈之中。

"五分！我的总理大人，现在我们已经反败为胜。"塞根特元帅悠然地笑着说道。

总理大臣脸色铁青，显然他确实感到既愤怒又窝火。如果可能的话，他真想用手中的球棍，将席尔瓦多侯爵彻底打扁！而下一个要被打扁的，就是眼前这个讨厌军人！

事实上，总理大臣对于席尔瓦多侯爵的不满已由来已久。

塔特尼斯伯爵一来京城就得到了国王陛下的宠信，而后又稳稳地坐上了财务大臣的宝座，飞黄腾达的速度让所有贵族都瞠目结舌。几乎所有贵族都想尽快能与他拉近关系。但这位拜尔克的新贵，却始终与内阁同僚若即若离。

总理大臣早已经将这一切，归咎于席尔瓦多侯爵的贪婪和愚蠢。当初塔特尼斯伯爵遭到排挤离开故乡，席尔瓦多即便丝毫不看好这位来自北方的伯爵，也不该将"过河拆桥"诠释得那样明显。

那张推荐名单里没有塔特尼斯伯爵的名字，这已经有些说不过去，却还偏偏有这位伯爵所痛恨的所有仇人。显然，这已经可以被他看做是一种挑衅。

事实上，这位谨慎而理智的总理大臣早就在想，席尔瓦多什么时候会成为下一个牺牲品？他已经在心底打定主意，如果塔特尼斯伯爵准备对付席尔瓦多，他将对此视而不见，更不允许和自己有关的任何人参与此事。

在这位总理大臣的眼里，席尔瓦多原本就是一个给他带来麻烦的该死家伙！

经历了这么多事情，此刻京城之中的每一个人，都重又想起了前任长老院议长所说的那句名言：政治的游戏，是要与高明的玩家成为对家，而不是对手。

"席尔瓦多侯爵或许有些失误。毕竟他在前往蒙森特之前，甚至不知道北方有这样一个郡省，有些失误也在所难免。不过现在，真正和那些家伙纠结在一起的，却恰恰是前线的军官！"总理大臣反击道。

这番话，令旁边的席尔瓦多侯爵浑身一抖。混迹于政治圈如此之久，他当然非常清楚，被公然指出自己犯了错误意味着

权谋玩偶

什么。那个后果令他不寒而栗。

他无法不想到老亨利此刻的处境。老亨利虽然乖乖地献出了财务大臣的位子，却仍无法得到平安。虽然席尔瓦多侯爵不知道老亨利最终的结局如何，但他已然嗅到了一丝血腥的味道。

同样的忧虑，也出现在塞根特元帅的心头。

蒙森特那些腐败到了极点的官员，就像是一根绞索同时绞住了两根脖颈。无论军队还是内阁之中，都有很多人将脖子牢牢地套进了里面。

"这正是我向陛下提出组建特别法庭和监察团的原因。"塞根特元帅叹了口气地说道。

听到这番话，总理大臣立刻高兴地笑了起来："问题显然又转回了原地。为什么我们不联手组建监察团？我相信更多的眼睛将会带来更多的仔细；同样，更多的人脑能够拥有更多的公允。"

总理大臣的笑容没有持续多久，便随着对手一颗意外连中的球而显得僵硬起来。刚才对方的第三击球手显然球技并不纯熟，却有着出奇好的运气。

"呵呵，又拉开了两分差距！

"总理大臣阁下，我可以非常坦率地告诉您，我根本就不相信您手下的任何人！

"更多的人只会有更多张嘴巴。而内阁中的每一个人，都有着一个厚实而巨大的手掌，和一个永远也装不满的、令人惊讶的口袋。"塞根特元帅显然有些兴奋。

"这是污蔑！是否公允完全可以由陛下来判断。陛下要派出的亲信，肯定是自己最为信任的人。教会的信使，肯定也会整天等候一旁。谁是谁非，谁对谁错，应该由他们说了算！"总理大臣愤怒地说道。

没有人知道他的愤怒到底是因为真的受到了污蔑，还是因为这即将到来的球场上的失败。

"啪"的一声，一枚木球重重地撞击在环圈之上。这颗木球不但精准地击中了目标，还再一次停在了环圈的边缘。

看着这个球，总理大臣有些眉飞色舞，塞根特元帅则紧紧地皱起了眉头。因为接下来击球的，正是他们中技术最为薄弱的那个，现在的形势对己方并不有利。

"我根本不担心公正无法得到伸张，我只是担心，有人要借机将水搅浑。"塞根特元帅并没有把他的担忧全说出来。事实上他最为担忧的，是内阁派出的代表可能会将北方的局势弄得一团糟。

对于这些居心叵测的、甚至比魔族更加令人憎恨的家伙，他的参谋长已无数次提醒自己要小心谨慎。参谋长说，北方一旦发生动荡，最能从中渔利的无疑便是内阁，而军队则将承受国王陛下所有的愤怒。

事实上，在塞根特元帅看来，无论是特别法庭还是监察团，真正的目的是给予北部郡省那些蠢蠢欲动的家伙一些制约和警告。雷霆的手段，只能落在几个最为猖獗、而且证据确凿的家伙头上。

精确把握分寸，显然是成功的不二法则。因此，这位老迈的元帅即便向国王陛下提议的时候，也坚持一点，那便是陛下的亲信只能担当"眼睛"，而不能插手具体的事务。

随着击球手轻轻的一击，一颗白木球有气无力地停在了另外一颗红球的旁边。这令塞根特元帅长长地舒了口气。虽然浪费掉一个机会，但这总比受到严厉的惩罚要好得多。

权谋玩偶

　　总理大臣却显得有些沮丧。看来这些该死的军人，并不像他想像的那样愚蠢。他拎起球棍朝着自己的球走去。此刻他能做的，就只有想办法进一步给对手制造麻烦。

　　在奥墨海宫底下一个最为奢华的小客厅里，此刻几乎人满为患。

　　清脆悦耳的金属击打声从小客厅里传来。那一连串金属交鸣声，似乎组成了一首奇特而优美的乐曲。

　　这座装饰奢华的小客厅，靠近窗口的地方空出很大一片地方。两位身着单薄衬衫、套着一件黑色皮质击剑背心的剑手，正在那里进行着对决。

　　他们将手中的武器舞动成一片流光四射的屏障，而长剑碰撞出的串串火花，更是令人心情激荡。即便是对于舞枪弄棒一点兴趣都没有的小姐们，也仿佛能从这场激烈的对决之中，欣赏到一丝美感。

　　这样的剑术对决完全提不起系密特的兴趣。他在思考的是，自己是否能在一招之内，将这两位剑手击倒。在他看来，这场所谓的剑术对决，想必花费了很多时间进行排练，或许称之为"优美的舞蹈"更为恰当。

　　而那些摆放在几位大人物面前的武器，在系密特看来也是华而不实。

　　那把长剑镂空的剑身固然雕刻精美，但丝毫无助于增强那把剑本身的威力，反而会令它显得更为脆弱。

　　而那柄造型如同闪电一般曲折奇异的弯刀，甚至让系密特觉得不知道该如何运用！即便动用历代圣堂武士的智慧，系密特也找寻不到能令这件武器发挥威力的办法。因为它根本就是

魔武士

3

一个错误的设计！

而此刻，那两位剑手握持着的那对能分拆变成两把、又能合并在一起的细刺剑，也被系密特看做是废物。他情愿携带两把普通的细剑，也不想使用那件华而不实的东西。

"维恩大师的设计真是越来越美妙高超了！这实在是多年未见的精品！"居然有人为那些废物喝彩叫好。

"只可惜，波尔玫到这里的路被封掉了。无法使用那里最优质的铁矿石来打造这些兵刃，显然可惜了几位大师的绝妙构思！"国王陛下开口说道。

正如侍卫队长埃德罗伯爵所说的那样，这位喜好剑术和武器的国王陛下在武器的使用方面，显然是个十足的外行。

"对了，我听说格琳丝侯爵夫人也带来了一件武器，不是说要让我们欣赏一下的吗？"旁边的一位身材微微有些肥胖的老者说道。他无疑这里最兴致勃勃的一位了。

"丘耐大公，那件武器只是系密特的私人收藏而已，恐怕无法和大师们的杰作相提并论。"格琳丝侯爵夫人连忙解释道。

她确实没有想到，这位比国王陛下更喜欢奇特兵器的丘耐公爵，居然会打听到这件事情。当初她之所以说那件武器是带来给国王陛下欣赏的，只不过是为了搪塞那些检查行李的侍卫。但是此刻，这个随口一说的谎言无疑成为了一个糟糕无比的话题，或许系密特的圣堂武士身份将因此而暴露……格琳丝侯爵夫人微微有些焦急。

"这样啊？我听侍从偶然提到这件事的时候还兴奋了一阵。"丘耐公爵显得有些落寞。显然，他并不认为一个小孩的私人收藏值得他欣赏，至少他知道王太子殿下和自己的孙子平时都收藏些什么。

权谋玩偶

　　"密琪，让系密特将他的收藏拿来。我相信，这里希望开开眼界的人不在少数。"国王陛下也来了精神，高兴地说道。

　　陛下的意思自然无法违拗。系密特只得乖乖地让几个侍从跟着他往门口走去。

　　小客厅里面，则继续进行着那乏味的武器展示。啧啧的称赞声和曾经令系密特发笑的惊叹声不时响起。

　　当系密特再一次出现在小客厅的时候，已过去了将近一个小时，武器的展示也已接近尾声。两位对各式奇特兵器颇感兴趣的大人物，手里各自拎着一件自己心仪的武器。

　　"噢，亲爱的小系密特，你总算回来了！我们都有点等不及了。"国王陛下笑容满面地说道。

　　国王说话的语气有些像在逗小孩子。毕竟，他见过了很多的奇特武器，对小孩子的收藏并不寄予多大的希望。

　　但是，当他看到系密特拿回来的那两把形状奇特的"双月刃"的时候，他显然非常惊讶。

　　这确实是一件漂亮优雅的兵刃。简洁流畅的线条，赋予了它一种奇特的美感。那略微带有一些青蓝的亮丽银色，更使它显得绚丽而神秘。

　　"我必须承认，小系密你非常有眼光。这显然是某位大师的杰作。真希望我的收藏之中也能有这样的珍品。"国王陛下目不转睛地盯着那镜子般明亮的刀面说道。

　　这样的神情，系密特觉得非常熟悉。他经常能从王太子殿下的脸上看到一模一样的表情。

　　系密特联想到刚才那令他讨厌和尴尬的游戏。他想，或许对于玩具的执著，并不仅仅局限在女人身上。

女人们似乎永远改变不了对于洋娃娃的喜爱。只不过随着年龄的增长，她们会将抱在怀里的对象从布偶或者木头人偶，换成了有血有肉的小孩而已。

男士们其实也没有改变他们对于玩具的执著。只不过年龄增长以后，他们也将玩具换成了另一样更符合他们身份的东西——兵器。

"陛下，这两件武器恐怕不太合适在这里进行演示。它们的体积过于庞大。而且没人敢保证，这两件兵刃的材质足够坚实紧密。万一因为互相碰撞而有所折损，甚至令碎片飞溅出来伤到人，无疑都是煞风景的事情。"沙龙的负责人连忙凑上去说道。

虽然他听说过系密特的大名，也非常清楚，塔特尼斯家族的任何成员都是绝对不能得罪的人物，但这次武器展示却可能关系到他今后的财富。万一陛下见猎心喜，从此让塔特尼斯家族来举办这个沙龙，他岂不是将多年的心血毁于一旦？因此，他赶紧找了个不赞成展示这件武器的借口。

国王陛下的脸上露出了犹豫的神色。

这时，刚才站在沙发后边一言不发的力武士大师用沉闷的语调说道："陛下，能否允许我仔细看一下这把奇特的武器？如果我的观察和记忆没错的话，那恐怕是一位历史上非常出名的圣堂武士大师曾经用过的兵刃。"

这位力武士大师所说的话，显然令所有人都大为震惊。

"我从来没想到，圣堂武士的兵刃中也有形状如此奇特的！怎么我以前所看到的全都是普通的弯刀？"丘耐公爵兴奋地说道。

显然这样的收获，是他原本绝对没有预料到的。

权谋玩偶

　　能够看到力武士大师所使用的兵刃，对于他这样身份高贵的人或许算不了什么。但是能够看到力武士所使用的兵刃中，居然也有他所喜欢的奇特造型，这可就有些难得了。

　　"公爵大人，每个力武士的兵刃都是完全不同的，至少对于我们来说确实如此。我们的兵刃，无论是刀刃的弧度还是刀背的宽度，甚至连握柄的造型，都是按照各自的特点而打造的。因为我们一向都将兵刃当做是身体不可分离的一部分，是手臂和手指的延伸。

　　"我们中的大部分人在成为力武士的时候，都有一次机会来选择所希望拥有的力量。这种选择决定着我们的一切，包括战斗方式和最终的成就。而我们之中的大部分成员，都遵循同样的准则来进行选择。因此我们的追求接近平衡，只是稍稍保留一些独特。

　　"这就像是人世间的大多数人，既遵守着既定的规律，又存在各自的性格。比如，如果没有必要，很少有人会选择在白天睡觉而在夜晚外出；人们面对恐惧都会感到害怕，面对美丽则将绽放笑容。

　　"差不多的选择，自然表现出差不多的特征，对于力量的运用也差不了多少。因此，我们的武器在外人看来全都一模一样，虽然对我们自己来说截然不同。

　　"不过，就像这个世界上总是会有一些不平凡的人做出一些奇特的事情一样，力武士中也有人做出了不同的选择。无论是力量还是技巧，抑或是坚韧的身躯，对于任何一方的偏重，都会创造出完全不同的力武士，偏颇的能力自然也衍生出奇特的武器。

　　"陛下，您此刻看到的，或许便是其中的一个明证。如果我没猜错的话，这柄'双月刃'便来自于一位非常著名的力武士大师。他的选择令人惊诧，这位大师放弃了对于平衡的追求，转而追求最为强悍的力量。虽然这令他的武技自始至终都无法有所成就，但是在实战中，却很少有人能够战胜他。

"奇特的力量令他拥有了奇特的战斗方式，他用令人震撼的速度弥补了技巧方面的损失。而这柄奇特的武器，更能令攻击永远不会停顿。它那月牙一般的弧度，那向两边舒展伸延的弯刃，一旦周而复始地旋转起来，想要令它停止，绝对是一件相当困难的事情。

"不过，那位大师之所以为我们所知，并不是因为他的武技，而是因为他从中领悟的力量真谛。到了晚年，这位大师最终还是回到了寻求力量平衡的道路上。

"他曾经说过，如果他的兵刃只有一把，而不是两边得以平衡，如果他的双月刃那弯曲的弧刃不是朝着两边伸延，令重心正好位于握柄，他无论如何都难以令兵刃周而复始地盘旋飞舞。

"所以从某种意义上来说，他虽然放弃了一种平衡，实际上却找到了另外一种平衡。正因为他所拥有的极度偏颇的力量，才使得他比任何一位力武士都能更清楚地看到力量的真谛。

"平衡而完整的圆可以周而复始地运用力量，那位大师对于力量的研究，最终令所有的力武士都受到启发。而他所说的那番话，也成为了我们所传承的武技的基本。

"当然，还有很多大师为完善力武士的武技而做出了巨大的贡献，正是他们的研究令力武士的武技和普通人的武技彻底分离。他们的名字或许会被我们忘记，但是他们的功绩，却会永远留在力武士的记忆之中。"那位力武士大师缓缓说道。

他再一次凝神注视着那造型优美、形状奇特的弯月形弧刃。

权谋玩偶

现在，这位力武士大师已然确定，那正是传说中的大师用过的兵器。

事实上，他早就注意到了这个奇特的少年。他的呼吸、他的眼神，以及他走路的姿态，无不暴露出他的身份。只有力武士才能拥有这些特征。而选择这样一件武器，也更表明了他是怎样的一位力武士。

不过，这位力武士大师并不打算令这个秘密彻底暴露。圣堂武士在拥有力量的同时，也已经拥有了智慧。这位力武士大师相信，眼前这个小孩既然选择了掩饰自己的身份，肯定有他自己的理由。

"这确实是圣堂武士所使用的武器。看到它我便会想起在翻越奇斯拉特山脉时保护我、用自己的生命换取了我的生命的盖撒尔大师。我相信，此刻的我正是他的延续。"系密特神情凝重地说道。

那位力武士大师缓缓地点了点头。他已经听懂了系密特那番话的含意，也知道了他的力量的传承来源。

"盖撒尔大师是我的好友。如果你希望对他有更多的了解，欢迎你到圣堂来。你永远是受到欢迎的贵宾！你完全可以将那里当做是你的家，因为我们都将你当做是盖撒尔大师的延续。"那位力武士大师语带双关地说道。

不过，除了系密特之外，其他人都不会去思索和猜测隐藏在这番话后面的意思。

魔武士 ❸

❁ 5 ❁ 难得的自由

来到奥墨海宫以来，系密特还是第一次在这座古老而奇特的宫殿里过夜。他丝毫没有感觉到住在这座宫殿和住在其他地方有什么不同，不过，他相信他的哥哥此刻肯定羡慕不已。

系密特猜想，如果有可能的话，他的哥哥肯定会不惜一切代价来换取昨晚他过夜的这个房间。虽然，那仅仅是宫廷侍从们住的最角落的一个小房间。

这同样也是他到奥墨海宫以来第一次独自一人睡在床上。以往，夜晚总是他最快乐的时光，因为格琳丝侯爵夫人令他沉迷。侯爵夫人那成熟但不世故的性格，那高贵而恬淡的气质都令他觉得，她简直是自己心目中的女神。

不过，系密特也非常清楚，从现在起，他和格琳丝侯爵夫人之间，必须保持一定的距离。

具有讽刺意味的是，之所以这样，是因为他和格琳丝侯爵夫人之间的关系已正式得到确认。这种关系传扬开来，却反而令他们无法像以往那样亲昵和接近。

看着窗外那淡淡的晨光，系密特意识到他确实起得太早了。即便他有着早起的习惯，但以往的这个时间，他仍然还沉浸在

权谋玩偶

甜美的梦乡之中呢。今天这么早就起来，或许是因为格琳丝侯爵夫人不在身边的缘故。

曾经拥有却突然失去，无论是对成年人还是小孩，都是一个不小的打击。

系密特独自走出房门穿过走廊。守卫在走廊和门口的宫廷侍从显得有些精神委靡。值了一整夜的班，现在无疑是他们最困倦的时刻。

轻轻地展开双腿，系密特绕着湖泊飞快地奔跑起来，他已将这当做是每天早晨的锻炼。他总是寻找那些树丛茂密的地方进行自己的锻炼，这是出于小心，也是出于喜好。

早晨清新的空气令他心旷神怡。而那薄薄地弥漫在湖边的雾气，更令他感到了一丝神秘。

这令他想起了姑丈文思顿伯爵经常说的一句话：清晨就仿佛是刚刚出浴的少女。当然姑丈说这番话的时候总是背着玲娣姑姑，要不然，私下里他就得向玲娣姑姑好好解释，他是怎么知道"刚刚出浴的少女"的美妙的。

能够再一次见到家人，能够和所有他所喜欢的人聚拢在一起，系密特感到非常高兴。

他还听说，西赛流子爵夫妻也即将来到这里。这也令他相当高兴。系密特虽然还是有点讨厌那个"小系密特"的称呼，不过对于这一对年轻的夫妻，他仍旧充满了喜爱。

突然间，远处一扇窗户里透射出来的朦胧光芒引起了他的注意。那里是波索鲁大师居住的包厢，看来大师还在为研究而苦恼着。显然，他至今无法得知魔族能够感知到热量的原因。

系密特从那座令他向往的包厢旁边轻轻跑过。他并不想打扰这位令人敬仰的大魔法师的研究。他顺着湖岸绕了一个大圈。

在一片树林中间，建造着一座孤零零的别墅。那原本就是他和格琳丝侯爵夫人居住的"包厢"。系密特有些怀念那段不受别人打扰的美妙时光来。

或许很多人对能够住在奥墨海宫羡慕无比，不过这些人之中，并不包括系密特。因为那里没有他最想要的自由。

系密特沿着湖岸跑了一大圈，重新回到奥墨海宫门前草坪上的时候，天色仍旧半明半亮。系密特正犹豫着是否要再跑几圈，一位宫廷侍卫从远处朝着他奔跑过来。

"塔特尼斯少爷，伦涅丝小姐在召唤您。"

系密特微微地仰起了头。他看到那位国王的情妇正站在窗口看向他这边，嘴角还挂着一丝微笑。

那位美艳迷人的国王情妇住在顶楼西侧拐角处的一间相对独立的房间。这令系密特想起了自己母亲所住的那个房间。这两个房间同样都显得与世隔绝，同样都显得孤独落寞，或许在这一点上，这位国王的情妇和母亲有些相似。

奥墨海宫的两侧也建造着楼梯，不过以往很少有人从那里行走。显然，这样的布置还能减少很多麻烦。

在上流社交圈里面，连走路和上楼梯都有着严格的身份区别。系密特很难想像，如果王后陛下和伦涅丝小姐整天在楼梯上相遇，她们的关系将会糟糕到什么程度。

系密特沿着那幽暗的楼梯走上最顶层。房间两边那五颜六色的彩色玻璃大窗，丝毫没有令这里显得优美，反倒更增添了一丝孤寂和幽深。

和奥墨海宫的大多数房间不同，这里被布置得美轮美奂。房间里到处是用金丝盘旋而成的优美曲线，就连门把手也被雕

刻得犹如一颗刚被拨开的石榴。

对于这种卧室的豪华布置，系密特并不感到陌生。他在格琳丝侯爵夫人那里就已经知道，恬淡和优雅并不会被带入卧室之中。卧室对于女人们来说，无疑是另外一个世界。那里是完全属于她们的世界，在那个世界里面，她们能够尽情地展现自我。

还没等系密特敲门，门就被打开了，一位女仆将他拉了进去。

系密特一直不明白，这位美艳迷人的伦涅丝小姐，为什么要用这些古板而冷漠，还有些上了年纪的女仆。他相信，这位小姐的绝世容貌，已经用不着依靠别人的丑陋来对比和衬托。

这是一间被前后分成三部分的卧室。

最外面的一间被布置成小客厅。小客厅的正中央吊挂着一个巨大的水晶吊灯，烛光透过那晶莹剔透的水晶坠子，散射出绚丽的光彩。

一个小橱紧靠着西侧的墙壁，一张狭小的书桌横放在窗沿下面。除此之外，这里便只有两张靠背椅。显然，房间的主人并不欢迎客人的到来。

这个房间里无论是装饰布置还是那几件家具，都显得精致而小巧。在系密特看来，这里有太多的卷曲和花纹，多少令这个房间显得有些拥挤。

两扇房门都开在同一侧墙壁。一扇通往外面的阳台，而另外一扇此刻正微微敞开着。系密特被那位女仆推搡着走进那虚掩着的房门。

这里才是真正的卧室。里面最显眼的，无疑便是正中央的那张大床。

这间卧室的面积几乎是外面小客厅的两倍。卧室里面的布置同样极为简单。比较大的家具除了正中央的一张大床，便只有角落里的梳妆台。除此之外，还有一扇屏风立在旁边。

和外面的小客厅比起来，这间卧室显得简洁而优雅。天花板四周用贴着金箔的格栏围拢着，正中央描绘着一幅天使望人间的巨幅天顶画。淡色柚木墙壁被自然地分隔成两米长的小块，上面布满了各种花草树木的浮雕镶嵌。

伦涅丝小姐正坐在梳妆台前，精心修饰着自己的眉毛。三个女仆手持着粉饼，在旁边小心翼翼地替她拍粉。另外一个女仆则熟练地调弄着胭脂。

"亲爱的小系密特，到这里来。"伦涅丝小姐轻轻地拍了拍旁边露出半截的皮凳说道。

表情冷漠得如同一块石板的女仆，推着系密特径直来到皮凳前面。几乎不容系密特有丝毫反抗，便按着他的肩膀，让他坐在上面。

"为什么不叫我妈咪？难道你忘了昨天晚上陛下的命令？"伦涅丝小姐微笑着说道。她把系密特拉过来，让他坐在了自己腿上。

"先洗个脸，等一会儿我把你打扮得漂漂亮亮的。"说着，她用尖细的指甲，轻轻地碰了碰系密特的脖颈。

系密特从来没有像现在这样不知所措过。这是他从未经历过的生活。

在这里，任何事情都用不着他动手。即便是洗脸，也会有女仆将盛满清水的脸盆送到他的面前。盆里的水温度正合适，既不太冷也不太热。

而另一个女仆早就拿着毛巾等候着。远远就能闻到毛巾上

权谋玩偶

散发着一股浓郁的香水味道。虽然这种香水和格琳丝侯爵夫人常用的那种并不一样，不过价格却一样高昂。

洗脸的整个过程都用不着他动一根手指。那个冷漠的女仆给他洗脸的时候，简直就像是一个挑剔无比的雕刻家。放过任何一个角落，对于她来说仿佛都是不可容忍的事情。系密特猜想，这位女仆或许希望她手里拿着的是一张砂纸，而并非是一块毛巾，那样就可以把系密特刮得更干净一些。

"我的小心肝，你打算如何度过这一整天？"伦涅丝小姐轻笑着问道。

系密特接下来的回答，显然不太令她满意。

"妈咪。"系密特憋了半天才挤出这一声称呼，这令他感到异常尴尬和难受，"昨天陛下不是答应，让我能够领略夏日祭的另外一番景象吗？我非常希望能够穿行在拜尔克的大街小巷，看看平民们是如何庆祝这个节日的。"

美艳迷人的伦涅丝小姐将系密特的身体转了过来，让他用另外一个姿势跨坐在她的腿上。她紧盯着系密特的眼睛，仿佛想要从里面读出一些什么。

"你讨厌待在我的身边？"伦涅丝小姐问道。她的神情之中带有一丝淡淡的失望。

"不，我绝对没有那种意思！"系密特连忙解释道。他的话显然令伦涅丝小姐感到了一点安慰。

"我好像觉得，你极力想要找个借口从我身边逃离。"伦涅丝小姐咄咄逼人地说道。

她靠近了系密特，紧盯着他的眼睛。她那挺翘而小巧的鼻子，几乎顶住了系密特的脸。那严厉的目光令系密特感到有些紧张。显然，眼前这位小姐，和他以往所熟悉的女人们有着天

壤之别。

虽然，系密特也看到过玲娣姑姑和沙拉小姐用严厉的目光紧紧盯着自己，那大多是在他闯祸之后。不过那种目光与其说是严厉，还不如说是疼惜和关爱更为确切。但是此刻，系密特在伦涅丝小姐那严厉而冰冷的目光后面，却仿佛看到了一丝凶相和敌意。

这种目光，系密特只有在带领他翻越奇斯拉特山脉的骑士们的眼睛里看到过。至少一开始，在他还没有从骑士们身上获得友善的时候，他们的目光确实如此。

"您误会了，我不是想要逃离开您，我只是喜欢自由。事实上在奥墨海宫，我一直感到压抑和拘束。说实话，相比起来，我更喜欢奥尔麦的生活。即便英芙瑞那近乎于一成不变的平静，也远比这里的繁华和高贵更令我感到喜悦。"系密特小心翼翼地说道。

那始终紧紧盯着他的美丽双眼令他紧张。他仿佛感到自己被那凝视的目光穿透了一般，这是他从来未曾有过的感受。

过了好一会儿，伦涅丝小姐才缓缓地把目光从系密特脸上移开。她用尖细的指甲，轻轻勾画着系密特的耳垂。

"我相信你说的是真话。将一个敢于独自翻越奇斯拉特山脉的小孩锁在牢笼之中，这确实会令他感到难以忍受。

"好吧，亲爱的小男孩，我给你自由去外面玩耍。或许可以将这看做是给你的假期。不过，你得给予我足够的补偿。"

伦涅丝小姐用力地捏了捏系密特的鼻子，仿佛这便是给他的惩罚，对于他令她感到不满的惩罚。

"我相信，无论是玲娣还是沙拉都没能有效地约束住你，要不然你也不至于像她们说的那样胆大妄为和调皮捣蛋！看来我

权谋玩偶

得给你拴上一条链子，自由可不意味着不受管束！"

说到这里，伦涅丝小姐轻轻拉开了梳妆台的抽屉。抽屉里面真的放着一条链子，链子的一端，系着一枚金质圆盘。

"这是陛下送给我的一件有趣的玩具，它能随时告诉我精确的时间。不过我从来不觉得它有用。"伦涅丝将金链子轻轻吊挂在系密特的脖子上，微笑着说道，"你必须在晚上八点之前回来，否则就得领受惩罚。"

伦涅丝小姐让系密特从她身上下来，并且轻轻地拍了拍他的脸颊，接着说道："好好去玩吧，我的小系密特。"

"噢，谢谢您。"系密特高兴地说道。看到伦涅丝小姐那双迷人的眼睛里流露出一丝不满和愠怒，他赶忙又加了一句，"妈咪……"

令系密特感到有些不知所措的是，听到这样的称呼，伦涅丝小姐虽然不再愠怒，不满却仍然流露在她的眼神之中。

系密特被伦涅丝小姐一把抓住衣领拽了过去。她将系密特拥在怀里，在他左右脸颊各亲吻了一下，然后又重重地在他的屁股上用力拍了一下。

"记住，这是最基本的礼貌！如果再忘记，抽屉里可有根不错的皮鞭。"伦涅丝小姐严厉地说道。不过她的嘴角隐隐约约露出了一丝笑容。

自由是如此难得，系密特自然不肯浪费一点时间。他甚至等不及向格琳丝侯爵夫人、玲娣姑姑和沙拉小姐告别，因为现在她们应该还躺在床上。

要离开奥墨海宫，系密特不得不乘坐马车。这倒不是因为他无法徒步前往拜尔克，也不是因为不认得路，他只是为了减少麻烦，不用去应付那盘查紧密的哨卡。

　　因为有国王陛下的特许，系密特乘坐在一辆王室专用的马车上。一路上，那些哨卡根本就不敢拦截和盘查。

　　从奥墨海宫到拜尔克，只有一个多小时的路程。

　　一路上，没有哪辆马车敢和这辆王室马车并驾齐驱。这可是一辆国王陛下的专用马车！即便是那辆当初他们刚刚到达拜尔克时见到的、宫廷侍卫队长埃德罗伯爵驾驭的那辆王室专用马车，也无法和这一辆相提并论。

　　系密特自然知道自己是因何而得到这样的恩宠。显然，这完全是因为那位深受国王陛下宠幸的情妇——伦涅丝小姐。这令系密特感到非常尴尬，与此同时又令他感到有些忧愁。他知道自己已被卷入了丹摩尔最大、也是最复杂的一个政治漩涡之中。

　　夏日祭的拜尔克，正如传闻之中的那样热闹和拥挤。即便是有王室的威严，此刻也难以令系密特的马车行进得更快。因此，系密特吩咐驾驭马车的宫廷侍从，将这辆地位显赫、金碧辉煌的马车停在了离城门很近的开阔广场旁边。

　　对于京城拜尔克的居民来说，王室的马车三天两头都能看到。不过王室的马车会停在平民聚集的广场之上，这倒是一件非常新鲜的事情。

　　更为新鲜的，便是看到居然有人从马车上走了下来。

　　最令围观者感到惊奇的就是系密特的年纪。几乎每一个人都在猜测，这个小孩为什么来到这里，他和王室有什么关系？

　　各种各样的传言和猜测，像长了脚似的飞散开来，甚至跑到了系密特的前头。一路上，系密特总是能听到人们在谈论和猜测有关他的事情，有些猜测甚至显得异常离奇和滑稽。从王

权谋玩偶

太子殿下微服私访，到国王陛下拥有一个私生子，什么样的猜测都有。可见，人类的想像力是多么可怕。

系密特没有选择从人群中穿过离开，而是选择穿过一栋公寓，从公寓的后门离开。

穿过了公寓，他仍能看到远处密密麻麻的人群，正朝着那幢公寓围拢过去。或许此刻，一些胆大的有心人已经在开始搜寻那位所谓的"王太子"或者"国王陛下私生子"的踪迹。

对于拜尔克，系密特并不感到陌生。事实上他相信，他对于这里的街道和广场，甚至可能远比那些一辈子住在拜尔克的豪门贵族熟悉得多。

那些"橱柜"从来不会到这种平民聚集的地方来，他们甚至不会让自己的鞋子沾染上大街上的灰尘和泥土。而他在刚来这里时，就曾经在文思顿和撒丁的带领下游览过这座城市，至今他的姑夫还保留着当时的许多素描和绘画。

系密特在拥挤的人群之中穿行着。他从来没有像现在这样惊奇，拜尔克居然拥有这么多人口！这座曾经在他看来大得难以想像的城市，此刻每个角落中都挤满了人。

偶尔也能看到一两辆马车艰难地穿行在人群之中，不过它们的速度恐怕比蜗牛还要慢。对于这些马车来说，最难通过的，就是人群最拥挤、而且没有人愿意让路的地方，那里肯定有艺人正在表演。

系密特远远地就能听到那里传来的阵阵欢笑声。虽然他对于那些表演充满好奇，但他非常清楚，凭着他的个头，想要挤进去恐怕没那么容易。

几乎每隔十几米就能看到这样一群围拢在一起的人们。欢笑声和表演者发出各种的声音混杂在一起，听起来特别热闹。

突然，一团火光从人群正中央直窜天空。系密特立刻兴奋起来，因为那正是他向往已久的喷火表演。

他的故乡蒙森特虽然也算是一个不小的城市，不过却还不足以吸引喷火者到那里表演。因此，蒙森特的小孩对于喷火表演的向往，只能在大人们那滔滔不绝的描述当中获得满足。事实上，就在不久以前，成为一个喷火者，也是系密特的诸多梦想之一。

这种向往已久的表演自然不能错过！系密特一头钻进了人群当中。力武士拥有的就是超越常人的力量，而他的力量即便在力武士当中，也能算得上数一数二。

在一片"嗷嗷"的呼痛声中，系密特硬是挤到了最前方。

最前方同样围着一圈小孩。显然无论是在蒙森特还是拜尔克，喷火者全都是最受小孩欢迎的角色。

被人们团团围拢着的，就是三位喷火者。他们全都像传闻中的那样，赤裸着上身，光着头。那颗亮铮铮的光头和他们身上涂抹着的一层油，更令他们显得光亮无比。

一位年纪最老的喷火者交叉着手站在一旁，另外两个年轻人正在卖力表演。他们手持着点燃的火炬，时而将嘴唇凑近那熊熊燃烧的火把。

系密特相信，正是那些涂抹在他们身上的油膏使得他们的嘴唇和皮肤不至于被烤焦。

熊熊燃烧的火焰映照在他们的眼睛里面，仿佛他们的眼中也燃烧着火苗。他们的身体被火光照得异常油亮，这令他们看上去就仿佛是传说中灯里的精灵。

突然间，随着"噗噗"两声轻响，两团火球从他们的嘴里喷射了出来。火球直冲着两边的人群飞去，惊起了阵阵紧张的

权谋玩偶

呼叫。

不过，这只是一场虚惊。火焰迅速消散开来，迎面而来的只是一股灼热的气浪。

"各位，如果你们对于我们的表演多少有些满意，请各位在今天这个充满快乐的日子里慷慨解囊！这会令我们更有激情。我们将奉上更精彩的表演！"那位上了年纪的喷火者高声说道。

听到这番话，系密特不由自主地朝口袋里一摸。令他尴尬的是，这件专门为了今天而准备的衣服里面空空如也，他并没有将钱袋带在身边。

"哦，看得出来，您是一位慷慨的少爷。"正当系密特感到尴尬的时候，一个年轻的喷火者凑了过来。

"噢……对不起。我出来得过于匆忙，忘记带钱了。"系密特连忙说道。

一片哄笑声从周围传来。人们都觉得这个回答非常有趣。事实上那个年轻的喷火者原本就是在开玩笑，没有谁会觉得小孩子身上能带着钱。

"你这根链子倒是不错，或许能够充当观看演出的费用。"说着，那个喷火者将吊挂在系密特脖颈上的项链拉了出来。

项链下那精致的挂坠，显然令所有人眼前一亮。而那个喷火者比其他人都更为清楚，那绝对是好东西！那挂坠比金币还要大，还要厚实。而那沉甸甸的分量，更证明那绝对是货真价实的黄金。

"那就把这件东西抵押在我的手里。表演结束之后我再还给你。"那个喷火者笑着说道。

旁边原本起劲笑着的人们突然间变得鸦雀无声。不过没有人敢站出来，阻止这正在发生的、明目张胆的抢劫。另外两个

喷火者那凶狠的眼神，以及他们那一身凸起的结实肌肉，令围观者不得不保持沉默。

"这条项链对于我有着特殊的意义，因此我无法答应阁下的要求。这条项链一刻都不能从我的身边离开，更别说放在别人的手里！"系密特立刻拒绝道。

那个喷火者眼神中流露出来的贪婪目光，立刻引起了他的警惕。因此当那个喷火者猛拽那根项链，想将项链扯断并且抢夺过来的时候，系密特的手掌已经落在了对方的脖颈之上。

没有人想到结局竟然会是这样。如果被打倒的是那个小孩，或许没有人会觉得奇怪，不过当那个喷火者摔倒在地的时候，几乎每一个人都瞪大了眼睛。显然，事情的发展超出了他们的想像。

惟一没有犹豫的便是系密特本人。他立刻掉转身体，挤出人群，头也不回地消失在那汪洋一般的人海里面。

刚才那一幕令系密特感到相当无奈。离开奥尔麦以来，他实在是看到了太多的贪婪。

系密特将金项链塞进衣服里面，然后小心翼翼地将衣领最上面的纽扣扣上。这样一来，项链便不至于露出来被人看到，也免得引起麻烦。

那令人不快的一幕，令他原本的好心情荡然无存。伴随着好心情同时消失的，还有以往对于喷火者的崇敬。

面对着那些拥挤在一起的人群，面对着那阵阵欢笑声，系密特感到有些无所适从。因为此刻已没有任何一样东西能引起他的兴趣。

而就此回去，他又有些舍不得。好不容易才争取到的自由，怎么能如此轻易地放弃？就连系密特自己都不知道，下一次从

权谋玩偶

那精致而严密的牢笼之中出来，将会是什么时候的事情。

或许可以回家看看？探望一下母亲是个不错的主意。不过这又会令他不可避免地遇到哥哥……

自从哥哥担任了财务大臣以来，他家的宅邸便成为了财政部的办公地。显然，内阁财务部的那些官员非常喜欢那座奇特的豪宅，因为那里的各种时尚享受都令他们流连忘返。

而哥哥也用他的这座豪宅诱惑和拉拢着他的部下。这种诱惑手段或许不能保证他的部下永远对他一片忠诚，但足以令他的每一个命令得到彻底的执行。

在系密特看来，哥哥做得最为成功的一件事，便是顶住了国王陛下的压力，没有让他的部下将办公室搬回市政厅。

哥哥担任财务大臣之后，财务部的工作效率越来越高，远远超出了内阁之中的其他部门。

国王陛下在两次突袭检查中亲眼看到，财务部将近半数的官员夜晚仍在加班。他当时一句话都没说。但接下来，他给那些加班的官员各自都增加了一成工资，并且让内阁专门拨出了一笔款子，让哥哥修缮房屋。

对于哥哥越来越高明的手腕和越来越精明的头脑，系密特感到有些茫然。他跟他哥哥的追求显然不同。他有些犹豫，要不要回去见他的哥哥。

走两步停一停，系密特最终放弃了回家的主意。他开始搜寻起另外的目标。这时，他想起了斯巴恩和威尼尔。在英芙瑞，他们俩是系密特最谈得来的伙伴。

威尼尔是最早离开英芙瑞来到拜尔克的一个，他说要为他的诗篇寻找灵感。系密特根本无从得知他此刻身在何处。

虽然系密特也不知道斯巴恩现在在哪里，不过他记得，斯

巴恩是跟随一个巡回剧团离开英芙瑞的，那个剧团的名字叫
"森林妖精"。

系密特一路向人询问是否听说过"森林妖精剧团"，一路往
前行进。

还好，斯巴恩跟随的那个巡回剧团在拜尔克显然有一些小
名气，很多人都知道它。人们告诉他，去蛤蜊广场就可以找到
"森林妖精剧团"。不过令他感到奇怪的是，那些给予他明确指
点的人，脸上多多少少都有着一丝讶异和暧昧。

曾经有人说过，拜尔克是一座由广场和街道组成的城市。
和其他城市不一样，拜尔克的建筑，仿佛都只是依附于街道和
广场的点缀物而已。

系密特当初和文思顿、撒丁一起游玩拜尔克的时候就已对
这些广场极为熟悉。在他看来，这里的每一座广场仿佛都有着
自己的性格，甚至平日聚拢在各个广场上的人，性格似乎也截
然不同。比如，青春广场上很难看到老头，而胜利广场周围，
全都是拜尔克最为有名的武器铺。

不过，系密特却从来没有听说过蛤蜊广场。一路上系密特
都在猜想，难道蛤蜊广场旁边布满了以制作海鲜而闻名的餐厅？
如果真的是那样的话，他倒是非常可惜自己今天没有带钱。

海鲜的鲜美和可口，他早已经闻名已久。但无论是蒙森特
还是奥尔麦，离海岸都实在太远，系密特对于海鲜的美味，也
只是停留在想像，从来没有过真正的体验。

想像着蛤蜊的美味，系密特不知不觉加快了脚步。他发现，
此刻自己对于美食的急切向往，实在是不太符合一位圣堂武士
应有的修养。

权谋玩偶

　　真正到了蛤蜊广场，系密特感到相当疑惑。在蛤蜊广场上，根本就看不到任何和蛤蜊有关的东西。虽然广场四周确实布满了餐厅，不过门口竖立着的黑板上写着的食物中并没有海鲜。那些到处都司空见惯的菜谱，丝毫不能引起系密特的兴趣。

　　这些餐厅还有一个奇怪的地方，那就是餐厅里每一对面对面的坐位都构成了一个个独立的包厢。而包厢中，无论是靠近窗口还是靠近走廊的一面，都挂着厚重的窗帘。

　　看到蛤蜊广场上并没有他所想像的海鲜，系密特有些失望。不过还好，那个"妖精森林剧团"确实在这个广场上，他这趟总算没有白来。

　　看来，拜尔克的居民非常热爱戏剧，因为很明显，流连于这座广场的人比其他地方的要多得多。在这座位置有些偏僻却异常庞大的广场之上，至少聚集着二十多个巡回剧团。这些巡回剧团将马车围拢在一起，其中的一辆马车成为了露天的舞台。

　　这一次，系密特倒是用不着再往人群里挤。露天舞台很高，他可以远远地欣赏演员们的表演。

　　系密特觉得这些表演非常有趣。

　　在蒙森特的圣殿旁边有一座相当气派的剧场，也时常有些巡回剧团在那里表演。但是与汇聚到这里来的剧团和演员比起来，他在家乡看到的表演，实在是差得太多了。

　　系密特被那些演员的表演深深吸引，他甚至忘记了自己为什么要到这里来。或许系密特此番到这里来，原本就不是要找斯巴恩，那只不过是一个借口，以使他糟糕的心情稍稍平静。

　　夏日祭的表演在子夜来临之前是不会结束的。一部剧目终了，立刻会有另外一部剧目紧随其后。专注地欣赏着那些节目，系密特都不知道究竟过了多久。最终，是饥饿让他想起了自己此行的目的，他径直朝着森林妖精剧团的大车走去。

森林妖精剧团的五辆大车圈拢在一起。系密特从车底的缝隙之中，可以看到里面忙忙碌碌正在化妆的演员。这里是一个嘈杂的世界，系密特总是能够听到那隐隐约约传来的应该是剧团团长喊叫的声音。

系密特觉得那个团长的声音很好听。不过他也感到有些惊讶，领导这个剧团的，竟然是个女人。

系密特弯下腰，从大车前面车夫蹬踏脚板的地方钻了进去。

剧院后台的风光与前面截然不同，这里的景色真的会令任何一个男人沉迷。

一道布帘将这里分隔成为两块。系密特钻进来的地方，显然是女演员们的天地。年轻和美貌是这里的女演员们共有的特征。一张长桌上七零八落地放着小镜子、化妆笔、胭脂膏、口红和用来涂抹面部的香粉。

旁边一个长长的衣架上面，拥挤地挂着一长串戏服。这些戏服对于剧团来说极为珍贵，演员们只是在登台之前才匆匆忙忙地跑过来穿上。因此现在系密特看到最多的，便是女演员们那光洁细腻的长腿和滑溜溜的臂膀。

"噢，真讨厌，又有小家伙钻进来了。"一个女演员抱怨道。

"小家伙，你有两个选择。或者你从刚才钻进来的地方再钻出去，或者挨我们一顿揍，然后被扔出去。"另一个女演员转过身来说道。

"发恩在哪里？今天该由他负责维持秩序。"一个女演员问道。

"发恩有场演出，我看到他往包厢去了。"

"我记得今天没给他安排演出啊。"

权谋玩偶

"哦，或许是哪个老主顾吧。发恩以前很受欢迎，他也曾经风光过。"

"算了，不就是个小孩吗？"一个女演员站起身朝系密特走过来，然后一把抓住他的衣领说，"交给我处理好了。"

"我并不想惹麻烦。我只是想打听一下，斯巴恩在这里吗？我知道他和你们一起离开了英芙瑞，我想找他。"系密特抢先说道。因为他已看到那个女演员张开巴掌、扬起了手臂。

这个女演员的身材极为修长高挑。一头卷曲金发在脑后盘成一个发髻，令她显得异常成熟。她那高挺的鼻梁更是令她具有了一种刚毅的美。这个女演员的样子，令系密特想起了神话传说中的女武神瓦希娅娜。

"斯巴恩？现在想找他可不容易。"那个女演员缓缓地放下了手臂，说道，"他和他的老朋友威尼尔一起，正在找大剧团推销他刚刚创作的一部剧目。现在恐怕还在四处钻营吧。"

"是那部'夏月'？"系密特问道。他这样说只不过是为了证明，他和斯巴恩确实有着很深的交情。

显然，系密特的话有一定的作用。女演员们总算相信，这位小男孩确实认识那个有才华却没门路的潦倒艺术家。

"你也住在英芙瑞？"那个女演员问道。此刻她才仔细地打量起系密特来，"如果我没猜错的话，你就是服侍那位侯爵夫人的小侍从？"

那位女演员看着系密特白嫩而细腻的皮肤，大致猜测着系密特的身份。在京城中这样的小孩很多，那大多是一些贵族家庭的幼子。事实上，系密特原本也应该是他们中的一员。

"或许可以这样说。"系密特耸了耸肩膀，然后向那个女演员问道，"我想找斯巴恩和威尼尔，应该怎么做？"其实他原本也并不是非要找到他俩的，不过现在，他却有些骑虎难下了。

"那两个家伙在晚餐前肯定会回来。他俩就住在我们这里。两个可怜的穷鬼，他们甚至都住不起旅店！为什么你的那位侯爵夫人不资助他们一下？"旁边的一位女演员开口问道。

"斯巴恩和威尼尔从来没有提出过需要资助啊！我相信，如果他们提出来，格琳丝侯爵夫人绝对会答应他们。格琳丝侯爵夫人一向都不吝啬和小气的。"系密特连忙争辩道。

"小家伙，干吗这样生气？"那个女演员轻轻地刮了一下系密特的鼻子，轻笑道，"那两个家伙或许是为了保持他们所谓的尊严吧，当然是在侯爵夫人面前，而不是在我们面前。我越发感到他们可怜了！这两个可怜的家伙，甚至还不如我们自由快乐呢，或许也没有我们富有。

"好吧，小家伙，或许你也是一个可怜的小孩子。接下来你打算怎么办？你也可以去城里闲逛到傍晚，那两个家伙肯定会赶在晚餐之前回来的。他们缴了饭钱，就绝对不会放弃任何一顿晚餐。"

她说到这里，旁边的女演员们纷纷轻笑了起来。

"当然你也可以待在这里，如果这里令你感到愉快的话。"这句话再一次引起了旁边女演员们一阵讪笑。

"当然你还可以到台上去表演表演。你有什么擅长的东西吗？"那个女演员笑着说道。不过她显然没有将这个建议太当真。

"我的歌唱得不错。"反倒是系密特异常兴奋起来。上台表演可是他从来未曾尝试过的事情。事实上，一直以来他都在猜想，当年他的父亲云游四方的时候，到底是一番怎样的情景。

"好吧，就让你试试。不过咱说好了，如果有臭鸡蛋朝你扔

权谋玩偶

下来，你得自己打扫干净。"那位女演员笑着说道。

"你有决定权吗？"这下子系密特更兴奋了。显然，他很想感受一下在别人面前崭露才华的感觉，就像他父亲当年那样。

"当然，我是剧团的团长。"那个女演员再一次刮了刮系密特的鼻子，笑着说道。

系密特一愣。他一直以为，刚才那个叫喊着指挥演员们换装和上台的女人，才是剧团的团长。

"好了，好了，女孩们，轮到你们上台了！别磨蹭！快！"那个女演员一转头，立刻发出一连串的吆喝和催促。此刻，她的嗓门变得很洪亮，还带有一些男性的感觉。

这与刚才截然不同的嗓音，确实令系密特吓了一跳。他的神情在一瞬间的变化在那些女演员看来，异常精彩有趣。

在咯咯咯的笑声中，女演员们如同乱成一团的麻雀和鸡雏一样，到处钻来钻去，她们的动作相当麻利。

"小家伙，如果你真的有兴趣到台上去玩玩，我给你三分钟的时间。下一幕表演的是王子出巡和打猎，换幕需要三分钟。这段时间里，你可以来上一段牧童独奏。如果能轻松一些那就更好了。"身为团长的女演员弯下腰来对系密特温和地说道。此刻的她那么温柔，和刚才吆喝催促演员们时的她判若两人。

"我可以演奏一段家乡的音乐。不过，我需要一支短笛。"系密特说道。

"我给你去准备短笛。你赶快去换上戏服。米琳，来帮帮这个小家伙。"剧团团长说道。

系密特朝着四周看了一眼，这里连一扇屏风都没有。他犹豫地说道："或许我可以到大车上去换衣服。"

有着男性阳刚气质的女团长看了系密特一眼，立刻明白了他的心思。她二话不说，三下两下解开了系密特的纽扣，将他剥得只剩下一件内衣。

"好了，我亲爱的小少爷，这下子我们公平了。我们让你看了这么久，现在也轮到你给我们欣赏一下。"她讪笑着将一件衣服扔到了系密特的头上。

那被大车所围拢着的后台，响起了一片清脆而愉快的欢笑声。

系密特非常兴奋。他没想到自己第一次演出便能够赢得观众的认可和欢迎。他想，或许正是这种满足感，令他的父亲沉溺于这种隐藏身份、四处旅行的快乐之中吧。

他刚才所演奏的，是他的父亲早年的作品之一。因为作品中带有太多故乡蒙森特郡的味道，父亲从来没有将这部作品演奏和发表过。不过，系密特自己很喜欢这部作品。因为它总是令他想起故乡，想起蒙森特，想起那块养育他们的土地。

成功的喜悦确实令他感到沉迷，不过那些女演员也令他感到非常无奈。因为他发现，喜欢玩具和洋娃娃的，并不仅仅只有贵妇人。大概这是女人的通病，和身份地位没有丝毫关联。

而这些女演员，显然比贵妇人们更加出格和粗鲁。就连系密特也能清楚地感觉到，她们的举动之中，有一种非常明显的暧昧感觉。

那些女演员还喜欢恶作剧。令系密特感到尴尬和难堪，仿佛是最让她们欢欣雀跃的一件事情。

正当系密特因为这些而感到烦恼无比的时候，从旁边的马车上，突然走出来一位系密特刚才没有见到的女演员。

那个女演员的美貌，丝毫不逊于刚才那位女团长，不过她

权谋玩偶

却要年轻许多。系密特猜想，她或许和西赛流子爵夫人同样年纪，或许还要小一些。

那个女演员有一头绿色的头发，显然那绝对不是自然生成的。看样子，或许她的角色就是是森林之中的精灵或者妖精。但她那张娇巧的面容，看上去又是那么纯洁天真，或许天使才是她最适合的角色。

"安妮，轮到你了，快到包厢去！那里已经有个观众等得不耐烦了。你要是去晚了，或许他会等不及就退票了。"这个绿头发的女演员从马车上跳下来说道。

刚才还不停逗弄着系密特的一个女演员立刻站了起来。说实话，她的美貌最多只能算是二流，不过她拥有着令人羡慕的绝妙身材。她二话没说便从刚才绿头发女演员进来的地方翻了出去。

"收入还可以吗？演出了几场？"旁边一位女演员笑着问道。她信手从桌上一叠卸妆用的面纸中抽了两张，折叠了几下，塞到了那个新来的女演员手里。

"噢，谢谢，我正需要这个。"

系密特有些好奇地看着这位新来的绿头发的女演员。突然间，他感到自己的脸被人扭转了过来。

"噢，米琳，有必要这样吗？我可不介意让他欣赏。"绿头发的女演员娇笑着说道。她那有些放肆的娇笑声听起来一点都不像是一位天使。

这时，系密特听到一阵窸窸窣窣的声音。

"对了，就是这个小家伙在找斯巴恩和威尼尔吧？他俩已经回来了，正在乔治八世酒吧呢。"绿头发的女演员说道。

"难道他俩的推销成功了？"旁边的一个女演员问道。

魔武士

③

"不，幸运之神好像还没有眷顾到那两个家伙。只不过是有个阔佬请客。"绿头发的女演员不以为然地说道。

系密特他连忙说道："我得去找斯巴恩和威尼尔了。"

"米琳，你带这个小家伙到酒吧去吧。"那个绿头发的女演员说道。

离开那拥挤的后台，系密特跟随着那位一直照顾着他的女演员，往广场旁边走去。

这个叫米琳的女演员有着一种令人温馨的感觉，她的美妙之处在于她的淡雅。正因如此，她在台上总是扮演王后、公主和贵族小姐之类的角色。

这里沿街的店铺，几乎全被开辟成了酒吧和餐厅，甚至连那狭窄幽深的小巷中也不例外。

系密特跟随在米琳小姐身后，钻进其中最为喧闹的一条小巷。那里的喧闹大多来自一个叫做"乔治八世"的酒吧。

和其他地方不同，这个酒吧显得极为开阔。不过里面的灯光却有些幽暗。两个门卫一左一右站立在门口。从他们那肌肉膨胀的手臂和大腿可以看得出来，他们真正的工作恐怕不仅仅是迎接客人。

这两个人显然全都认识米琳，对于站在一旁的系密特却都有些疑惑。显然，系密特这样的小孩，绝对是这里很少见到的宾客。

米琳对那两位孔武有力的门卫说了几句话之后，回过头来对系密特说道："如果露希没有说错的话，你应该可以在这里找到斯巴恩和威尼尔。不过这里人多，光线又暗，能不能找到就得看你的运气如何。"

权谋玩偶

"我可以告诉你一个窍门。这个地方很少有穷人，能来这里的，手里多多少少有些钱。斯巴恩和威尼尔却是例外。话说回来，威尼尔擅长花言巧语，想要找到他确实要费些手脚，不过斯巴恩找起来应该会比较容易。"

"我已经找到他们俩了。正如你所说的那样，威尼尔有一位小姐陪着，斯巴恩则独自坐在角落里喝酒。"系密特说道。对于他来说，暗弱的灯光根本不是问题。哪怕连一点光线都没有，他也能穿透黑暗看到任何东西。

"噢，我不得不说，你让我感到惊奇。"米琳小姐说道。

"可惜我没带钱。要不然我就请你喝一杯，作为你照顾我的报答。"系密特对她说道。

"哈哈，这里的酒很贵的，我可爱的小东西。更何况，邀请我喝酒的代价更为昂贵，不是你这小家伙能够负担得起的。"

米琳小姐温和地拍了拍系密特的脸颊，接着说道："好吧，祝你玩得愉快！我还有自己的工作，不能在这里陪你了。"

说着，她便准备转身离开。不过稍微犹豫了一下，她又重新转过身来，"对了，你身上一点钱都没带，那两个家伙也是穷光蛋。"

米琳小姐从那条刚刚换上的长裙侧袋里掏出六枚银币放在系密特的手里，接着说道："拿着，就当这是给你的工钱。你的表演非常成功，辛苦应该有所报答。"

然后，米琳小姐才转身离开。

捏着那几枚银币，系密特的心中荡漾起一种异样的温暖。这种温暖的感觉，之前只有玲娣姑姑和沙拉小姐能够给予自己。系密特猜想，或许正是这种感觉，令他的父亲深深着迷，不忍放弃。

魔武士

3

无可否认，平民们的这个世界要比他原来所处的那个世界，
拥有更多的欢笑、更多的温情。

权谋玩偶

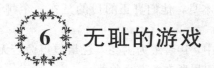

6 无耻的游戏

系密特看了一眼那昏黄的天色。离伦涅丝小姐给自己规定的最后期限还有一点时间，他于是直接钻进了那间酒吧。

这是个非常奇怪的地方，拥挤得几乎令人无法通过。正如米琳小姐所说的那样，来这里的每一位先生，几乎都有小姐陪着。

系密特还注意到，在他挤进来的一路上，有很多人满怀好奇和惊讶地看着他。或许他对于这里来说，实在是一个太突出和显眼的宾客。系密特甚至怀疑，如果没有米琳小姐领路，那两个门卫是否会放他进来。

在门口的时候，系密特便觉得这座酒吧非常宽敞。而走进到里面他才发现，在门口看到的仅仅是酒吧的一部分。这座酒吧之大，是系密特从来没有见过的。

这里至少能坐得下千余人，但光线却非常昏暗。酒吧四周只有一些零星的灯光，稍微明亮一点的，就只有拒台前面那一小块地方。

两位年轻美貌的女歌唱家正在两侧的舞台上献艺。她们的声音异常优美甜腻，不过除此之外什么特点都没有了。这令系

密特想起了自家宅邸里的那些歌者。

酒吧中处处可见的窃窃私语显然表明，到这里来的人，真正在意的并非是表演本身，他们真正的目的是找一个聊天聚会的场所而已。

窃窃私语的人群中，声音最为洪亮，也最显得旁若无人的，无疑便是威尼尔和斯巴恩所在的那个角落。

斯巴恩独自一人坐在角落里。他的面前堆满了酒瓶，而他的眼神，也显得有些醉醺醺的。

系密特正打算和斯巴恩打个招呼，突然间，他听到坐在正中央位置上的那个衣着奢华、看上去颇有暴发户气质的人有些放肆地说道："不瞒各位，我活到现在，总算感到人生有了些滋味。"

"这是你应得的。你能够从波尔玫活着回来，并且带回了巨额的财富，真的很不简单。你应该得到那些。"旁边一个人立刻说道。

"噢，我这辈子绝对不会再一次走上那条亡命之路！只要一想起，当初我们一起出发的总共有五十多个人，而现在回到这里的却只有三个，我还是心有余悸。"那个人一边摇着头，一边说道。

但是，显然没有人真正注意他的话，旁边的人仿佛个个都在专注于什么事情一般。过了好一会儿，才有一个人重重地喘了口气说道："我一直很奇怪，你是怎么从魔族手底下逃出来的？"

那个人轻轻地搂紧了他怀里的小姐，过了一会儿才说道："我必须承认，那些魔族确实是最为可怕的梦魇。不过我们非常幸运，一路上只遇到了一头魔族。后来我听说，在我们前面不

权谋玩偶

到十公里的地方，有另外一支逃亡的队伍。他们的实力非常了得，一路上扫除了不少魔族。

"不过，即便只有那一头魔族，也使我们之中将近半数的人在它的爪下丧生。这还亏得我们早已从军队的口中得知那些魔族的弱点——它们能被重弩射穿大脑而死亡，要不然，我们恐怕早已经全军覆没了。"

"那支在你们前面开路的队伍，是不是赫赫有名的塔特尼斯家族？"旁边的威尼尔突然说道，"塔特尼斯家族有一个传奇般的幼子。"

"说实在的，我不太相信那个传闻。没有亲眼见识过魔族的你们或许会认为，一个小孩有可能因为幸运之神的眷顾，独自一人翻越魔族最为强盛时牢牢控制的山脉，但我不相信。一头魔族已经令我们几乎全军覆没了，要知道，我们总共雇佣着四支佣兵队呢！"那个暴发户说道。

"我的老朋友威尼尔怎么想，我不知道。不过我本人愿意相信那个传闻，因为我亲眼见识过那个小孩有很多与众不同的地方。我敢跟你打赌，如果你和那个小孩掰手腕，你会在瞬息之间被折断手臂。

"那个小孩有着不可思议的强大力量。他用来防身的是一对非常奇特的武器，如果换做是我和威尼尔之中的任何一个，不做别的，单单是拎着那件武器，都可能会令我们的腰瞬间折断。"斯巴恩有些醉醺醺地说道。

旁边的威尼尔也一起帮腔："那对兵刃恐怕有四十公斤！英芙瑞庄园里最强壮的佣人都搬不动它，但是那个小孩拿着它就像是拿着课本一般，丝毫看不出沉重的感觉。"

"噢，必须承认，你们的描述让传奇显得更为离奇。不过，对于我们这些凡夫俗子来说，我们此刻更关注的是蒙内的好运和他的成功，当然我们也惊叹于他的慷慨。这一点，他不像此刻正飞黄腾达的理士顿先生。"旁边一个人笑着说道。

"对了，蒙内，你是从波尔玫过来的，你对于魔族有什么看法？你觉得局势会不会发生变化？"另外一个人插嘴问道。

"里亚米，在这种时候谈论这种煞风景的事情，是会令小姐们感到不满的。"那个叫蒙内的暴发户大笑着说道。

"我的美人，你是否也对这样的话题不满呢？"威尼尔问他身边的那个小姐。

"我的诗人，你必须答应我，夏日祭过了之后，你要继续留在拜尔克，至少陪伴我一个月。"那位小姐并不回答他的问题，而是用异常亲昵的语气说道。

"没问题，我的美人。这是我的荣幸。"威尼尔轻笑着说道。随之而来的，便是一连串能够令任何女人都能融化的甜言蜜语。

看着这一对男女亲密的样子，旁边的人微微有些嫉妒。因为他们非常清楚，自己身边的女人对自己显示亲密，可能只是为了得到他们的金钱，而威尼尔却能得到真正的感情。

"真不知道明天又会有什么新闻，又会有哪个新贵登上政治舞台。"那位里亚米先生说道。

"最近全都是有关大小塔特尼斯的新闻！大塔特尼斯现在红得发紫，他受到的宠幸自然不用多说。但是，跟小塔特尼斯有关的那两条新闻，其实只是两场游戏。对此，你们有什么看法？"蒙内试探着问道。

他真正想要询问的对象，其实只是威尼尔和斯巴恩。他从各种渠道得到了一些意外的消息，小塔特尼斯和格琳丝侯爵夫人的关系，在上流交际圈里刚刚流传开来。

权谋玩偶

　　"我相信，国王陛下是想通过建立某种亲密的私人关系来笼络塔特尼斯家族。不得不承认，这个家族确实有些本事。然而，小塔特尼斯想要登上政治舞台，或许还得需要一些时间。至少没有人会在他举行成人仪式之前，提名他担任公职。"旁边的一个人说道。

　　"王太子殿下的替身骑士，国王陛下那位美艳情妇的养子——这两个身份可有些微妙。不知道塔特尼斯家族打算如何平衡两者之间的关系。"又一个人说道。

　　"大塔特尼斯恐怕正在为这突如其来的恩赐而苦恼吧？要不然，他也不会在这个时候离开奥墨海宫。能有什么公务如此紧急，甚至要令他放弃与各位豪门拉近关系的绝好机会！"另外一个人幸灾乐祸地笑道。

　　同样的笑声从其他几个人那里传来，甚至连小姐们都发出了轻笑声。

　　"如果是你，你会在王太子和国王的情妇之中，选择哪一方？"坐在刚才发言的那个人身边的小姐轻声问道。

　　"一个非常艰难的命题。未来和现实，哪个更重要？"威尼尔插嘴说道。

　　"诗人毕竟是诗人！能用最简练的语句，阐述出最奥妙的真理。"蒙内笑着说道。

　　"我们为什么要谈论这个话题？别人这些'快乐的烦恼'和我们又没什么关系！或许威尼尔和斯巴恩会对塔特尼斯家族有一些好感，毕竟大塔特尼斯和他们有些交情。而我只希望大塔特尼斯能够减轻一些税收，最近的生意真是越来越难做了。"旁边一个人不以为然地说道。

　　"我承认，我对于塔特尼斯家族确实有一丝好感，我想斯巴恩也是如此。不过这并不是因为大小塔特尼斯的关系，而是因为他们的父亲。'自由的风'这个名字，你们应该都听说过吧?"威尼尔说道。

"那不是你和斯巴恩最崇拜的流浪艺人吗? 你不会告诉我说，他就是老塔特尼斯伯爵吧?"蒙内显然有些惊诧地问道。

"千真万确。我已经同格琳丝侯爵夫人确认过了，'自由的风'正是老塔特尼斯伯爵。"威尼尔说道。

"嗯，不错。这下子，塔特尼斯这个姓氏让我觉得有些亲切了。"旁边的一个人轻轻地舒了口气说道。

站在角落中的系密特听到这番谈论，那原本想要去找威尼尔和斯巴恩的念头，此刻已荡然无存。

虽然身处于这样一个热闹而喧哗的酒吧之中，系密特却深深感到，自己是如此的孤独。此刻，他总算真正了解了格琳丝侯爵夫人的那种孤寂的感觉，那种不属于任何一个世界，无法被任何一个圈子真正认同的寂寞感觉。

垂头丧气的系密特正打算离开，突然间，他看到带他来到这里的米琳小姐，被一个身材瘦削的小老头紧紧依搂着走了进来。

虽然光线是如此黯淡，系密特却能清楚地看到，米琳小姐那温柔的微笑中，此刻又增添了一丝刻意显露出来的妩媚。事实上，这种刻意多少有些破坏米琳小姐原有的淡雅之美。

米琳小姐显然在这个地方人缘非常好。从外面进来的一路之上，总是有人在和她打招呼。

"噢，看谁来了! 不中用的查伯顿。"蒙内轻轻地吹了个口哨说道。

权谋玩偶

　　"没有办法，谁叫查伯顿有钱！能够包下'妖精王后'的可没有几个。"旁边一个人叹了口气说道。

　　"有钱有什么用？他敢去招惹'妖精之王'和那位'刁蛮公主'吗？只有米琳可怜这个不中用的老家伙。他也只能用金钱来购买自尊。"旁边的威尼尔不以为然地说道。

　　"对了，我们全忘了，你和斯巴恩对那些'森林妖精'最为熟悉！说说看，你们是否曾经享受过妖精之王、王后和公主的美味与激情？"旁边的蒙内立刻兴奋起来。

　　"别开玩笑！汉娜和那位小公主，我们可不敢招惹。米琳小姐虽然绝对不会拒绝我们，但是我们怎么会做这种不知羞耻的事情？我们还没有堕落到那种程度！"威尼尔叹了口气说道。

　　正当这几个人为了米琳的善良和不懂拒绝而感到可惜的时候，那个小老头已经带着米琳小姐，转到了对面一个别人看不见的角落之中。

　　系密特沿着边缘，悄悄地朝着那里走去，他甚至不知道自己为什么要这样做。

　　那个小老头显然非常有钱。因为靠近右侧舞台那最好的位置，居然为他而空留着。米琳小姐就像其他小姐一样，坐在那个小老头的身边。她那飘摆的长裙轻盈地低垂着。

　　看到这幅情景，不知道为什么，系密特突然间有一种心酸的感觉，想要转身离开。虽然他内心极不愿意，但是他现在却不得不承认，或许那个没有自由的、他极力想要逃离的世界，离他更为接近。因为，他原本就是那个世界的一分子，至少曾经是。

　　突然间，一阵再熟悉不过的音乐声，深深地吸引了他的注意。那是他的父亲创作的曲子。那渴望并享受自由的感觉，从音乐之中毫无保留地释放了出来。

虽然演奏者的技艺相当拙劣，虽然演唱者也没有那种感受自由的激情，系密特还是听得如痴如醉。

这是他第一次听到有人演奏他父亲的音乐。以往在蒙森特，父亲和他的经历、他谱写的乐曲，好像全都是禁忌。没有人会提起，更没有人会去演奏。

被父亲创作的音乐深深吸引，系密特不知不觉地朝着前面走去。他丝毫没有注意到他已成为了众人注视的目标。这样的年纪来到这种地方，使他在这里实在非常显眼。

当然，他的行为也引起了米琳小姐的注意。不过此刻，她不能有丝毫的表示。

"查伯顿先生，查伯顿先生，巴厘尔大人有急事要召见您！"一阵轻微的说话声将系密特从沉醉之中惊醒。

系密特回过头来才发现，自己已然走到了舞台跟前。只见刚才站在门口的一个门卫，正和那个紧紧拥抱着米琳小姐的小老头低声耳语。

过了一会儿，那个小老头显露出万般无奈的痛苦神情。他重重地叹息了一声，轻轻拍了拍米琳小姐，哭丧着脸说道："噢，我亲爱的小美人，我得为这件事向你道歉。你知道，我们这种人永远身不由己！我比不上那些贵族老爷，他们的任何差遣，我都难以违背。"

"查伯顿先生，我了解您的苦衷。"米琳小姐用她那足以令任何人心情平静的声音说道。

查伯顿先生显然也知道米琳小姐只是在安慰他，他摇头叹息了一声，朝着门口走去。

米琳小姐原本也想跟着离开。不过她回头看了一眼身边的

权谋玩偶

系密特，稍微犹豫了一下便轻轻地走了过来，向系密特轻声问道："没有找到威尼尔和斯巴恩？"

"谢谢您的关心！我找到了，只是发觉不便打扰他们。"系密特轻轻地叹了口气说道。

"你好像很喜欢听这首曲子。喜欢'自由的风'的作品？"米琳小姐问道。

"是的，从小就喜欢。他是我最崇拜的人。"系密特说道。他的神情是那样诚恳。

"那么，你可以在这里听个够。'自由的风'的作品在这里很受欢迎。几乎每隔三首曲子便能听到一次。

"如果你愿意，可以坐过来。你可以坐我们刚才坐的那个位置，钱已经付过了。如果你想来点饮料，只要别太贵，就自己叫好了。钱算我的。"米琳小姐笑着说道。

"米琳小姐，你可以留下来陪我吗？在这里我很寂寞。"系密特说道。他的脸上满是落寞的神情。

说着，他一把拉住了米琳小姐的手。令他感到惊讶的是，米琳小姐的皮肤居然火热滚烫，就像是 个正在发烧的病人。在系密特的印象中，米琳小姐刚才带他到这里来的时候还不是这样。

米琳小姐那绯红的脸颊也引起了他的注意。而她那皱紧的眉头，仿佛是在苦苦忍耐着什么。

他立刻为刚才那番话感到后悔。因为他突然想起那几位先生说的，米琳小姐是个"不懂得拒绝别人"的人，特别是那些看上去非常可怜的人。

系密特的话，令米琳小姐有些错愕，她感到又好气又好笑。不过当她看到系密特脸上那落寞的神情，又禁不住心软下来。

米琳小姐还是稍微犹豫了一下。她并不是在为如何拒绝而犹豫，事实上此刻她正忍受着煎熬。她非常清楚，如果她答应下来，她就得将这种煎熬忍耐到底。对她来说，那种煎熬几乎是一种折磨。

"真是一个小傻瓜！要知道，这里可有这里的规矩。"说着，米琳小姐用手指了指旁边那些人。

"我相信我足够强壮！"系密特说道。他最为自豪的，便是自己拥有圣堂武士的力量。

"噢，小傻瓜，你一点都不了解强壮在这里的真正含意……"米琳苦笑着叹息道。她本来打算直接拒绝，但是系密特那期盼的眼神，最终令她彻底心软了，"我必须告诉你，我的身体非常肮脏，肮脏得让你无法想像……如果你还是希望我留下来的话，我就陪你。"

系密特想都没想，立刻兴奋地回答道："好啊！"

他的脸上露出灿烂的喜悦神情。米琳小姐虽然仍然温柔地笑着，笑容中却有一丝苦涩。

系密特悠然地坐在了刚才那个小老头坐的坐位上面。米琳小姐也缓缓地走到他的身边坐了下来。

系密特知道，接下来将会发生什么……

美妙的感觉，令系密特感到有些神志恍惚。

突然间，他警觉起来。在他的记忆之中，历代圣堂武士对于精神和意志力的动摇都有着强烈的恐慌，那会令他们失去对于强大力量的控制。不过以往，动摇只会发生在生命垂危的时刻，而不是在这种极度欢愉之中。

将意识沉到心灵的最底层，一种奇特的感觉，从系密特的

心头涌起。

他仍旧清楚地感受着那无比快乐的感觉，感受着米琳小姐此刻赋予他的一切美妙，而他的精神却在轻微地脉动着，顺着每一道血管和每一条神经，游移回荡。

系密特仿佛能够看到自己的内脏，甚至能够看到血液随着心脏的跳动，正缓缓流淌着。

这种感觉奇怪无比，令他不由得想起当初他得到力武士传承而重新化为胚胎的情景。那个时候，他同样能够看到自己的身体，能够看到体内的血肉。系密特突然意识到，他或许在无意间，窥探到了力武士另一个不为人知的秘密。

只不过此刻他还无法肯定，这个秘密是会令他得到另一种更为强大的力量，还是会令自己彻底毁灭。

系密特继续着意识的流转。他感到此刻的自己非常滑稽，如果这也算是一种修炼方法的话，他倒是非常愿意经常进行这种快乐无比的修炼。

不知不觉之中，系密特感到自己的精神力仿佛被消融了一些。不过，他并不感到可惜。当初在蒙森特的圣殿之中，他令自己的精神力接受了太多、也太紧密的打造，这反而令他的精神力变得毫无用处。

重弩的钢质弩臂是因为坚韧才强劲有力，最好的弯刀刚硬却不失弹性，力武士的精神力同样如此。太刚、太硬都会成为废物。因此，精神力受到销蚀，丝毫不令他感到烦恼。或许从某种意义上来说，这还是一件好事。

当系密特从那令人感到不可思议的奇特状态中清醒过来时，他发现米琳小姐正倾侧着身体，看着他。

"满意了吗，我的小坏蛋?"米琳小姐微笑着说道。她的笑容原本就那么温柔甜美、令人心醉，而此刻她的脸上，更是充满了柔情蜜意。

"现在几点了？"系密特突然想起一个重要的问题。他猛地摘下系在脖颈上的那条项链，打开那块金色圆盘看了一眼。

圆盘正中央显露出满天的星辰。北斗星那长长的柄，正指着十点和十一点之间的地方。

"你是否担心回家太晚会受到惩罚？我可以为你提供一个避难的场所。当然只要你不担心回去之后，会受到更为严厉的惩罚。"米琳小姐轻笑着说道。

系密特手里的这块东西引起了她的猜测。

米琳小姐算不上见多识广，她所接触到的，也顶多是查伯顿先生那样的人物，不过她还是看得出，系密特手里的这样东西绝不简单。那无疑是用神秘的魔法制造出的物品！谁都知道，任何同魔法有关的东西，都价值连城。

几乎是下意识的，米琳猜测起系密特的身份来。

她甚至感到深深的遗憾。因为她非常怀疑，自己是否还能再一次见到这个可爱而又"可恶"的小男孩。

系密特完全可以确信，到这里来是天堂一般的享受。因为一切都用不着他来动手，米琳小姐会做好一切，甚至包括收拾残局。一切都是在不知不觉之中被收拾干净的，没有露出一丝破绽和痕迹。

不过，系密特并没有因此而感到心情舒畅，他正在为回去之后如何向伦涅丝小姐交代而犯愁。

正因为如此，他从那个酒吧出来就一直愁眉苦脸。即便米琳小姐在一旁拼命安慰，也丝毫无济于事。

权谋玩偶

　　虽然已经是深夜，广场上欢闹的人群却丝毫没有减少。系密特一路想着回去之后的应付办法。最令他感到烦恼的就是，他不知道用哪种策略对付那位国王的情妇最为合适。是乖乖地低头认错？还是撒娇哄骗？

　　当年那些在玲娣姑姑、沙拉小姐身上屡试不爽的绝招，是否能够再次奏效？

　　突然，他感到有人猛地拽了一把他脖子上的项链。

　　普通人的手脚，如何能比得上圣堂武士的反应？系密特如同闪电一般，抓住了那金色的圆盘。

　　不过，令他未曾想到的是，一阵剧痛从他的背侧传来。那里的前方正是心脏，显然，背后的抢劫者没有打算要留下活口。

　　系密特下意识地猛地绷紧了肌肉。而他的右脚则毫不犹豫地反踢而出，与此同时，他将米琳小姐往前一推。

　　飞踢，旋腿，转身。没有佩戴弯刀的力武士，或许在魔族面前将失去大部分力量，但是对于普通人来说，他们仍是不可抵挡。

　　轻轻挥舞双臂，一记斩切，系密特放倒了背后的那个凶徒。

　　那个凶徒身后还跟着两个面目可憎的家伙。他们那惶恐而贪婪的目光，证明了他们也是帮凶。

　　系密特毫不犹豫地再次出手，直接切中了这些人的咽喉。

　　"米琳小姐，非常抱歉，我只能说，以后有机会再来看你。"

　　说着，系密特扫视了一眼紧随其后的另一些犹豫不决的人。

　　那两个想要阻止、又有些犹豫的门卫，令系密特稍稍感到放心。看来，并不是那家酒吧在背后捣鬼，估计又是哪个家伙看上了他的那条金链。这条金链真是给他惹来了太多的麻烦！

　　不过，系密特此刻突然有些庆幸，他发现自己找到了一个回家太晚的绝佳的借口。他信手拔下了背后的匕首，并且特意在背上拖了一道口子。

为了避免惩罚，竟然把自己弄到这个地步，系密特自己也感到有些遗憾和无奈。

不过他知道，现在最重要的是隐藏自己的力量。而最好的隐藏力量的方法，无疑便是逃跑。

系密特朝着身后张望了一眼。确认米琳小姐已经安全，他便指着深巷里面的那些凶徒说道："你们将为此而付出代价！"

说完，他猛然挥出手中的匕首。

他并没有太用力，因为他并不希望那把匕首连续穿透好几个凶徒的身体，那会暴露他所拥有的绝强力量。

不过，这不经意的一掷，仍旧以一声惨叫作为终结。巷子里的那些凶徒一个也不敢追上来。毕竟，在一片黑暗之中，漫天乱飞的暗器，最令人感到害怕和恐惧。

从小巷里面奔逃出来，系密特按照记忆之中的道路，朝着他的马车跑去。

值得庆幸的是，马车仍旧停在原来的地方，虽然那两位宫廷侍从已显得很不耐烦。

系密特向一位宫廷侍从借了一枚金币，直接从旁边的路人那里买了一件外套，又从那个路人的儿子身上剥下一件节日礼服穿在自己身上，以便遮住他那被匕首划破的外衣。

当系密特回到奥墨海宫的时候，子夜的钟声已然敲响。

怀着忐忑不安的心情，系密特小心翼翼地朝着自己的房间走去。

虽然已经是子夜时分，不过无论是拜尔克城还是奥墨海宫，

权谋玩偶

全都灯火辉煌。显然，夏日祭的夜晚对于所有人来说，都是狂欢的时刻。

即便从东侧那鲜有人通行的楼道上去，系密特也遇到了两拨从楼上下来的人。令他感觉有些糟糕的是，那些人看到他，个个都掩着嘴巴轻轻讪笑。

"系密特少爷，伦涅丝小姐请您过去一下。"一位宫廷侍从叫住了正准备偷偷钻进房间的系密特。

系密特硬着头皮，跟在那个宫廷侍从身后向伦涅丝小姐的房间走去。当那扇精美奢华的大门打开的时候，他看到的是一张愠怒的面容。

这样的表情，系密特已经看得多了。以前他每次做错了事情，玲娣姑姑和沙拉小姐总是这样瞪着眼睛，气呼呼地看着自己。

在他的记忆里，大人中惟一不对他如此严厉的便只有母亲。母亲采取的是另外一种方式，她会用满怀哀怨的恳求来折磨自己的意志。

令系密特感到惊讶的是，房间里面除了伦涅丝小姐，居然还有其他人。

事实上，正有一些贵妇人源源不断地朝这里赶来，显然她们都在等着看热闹。

而房间里面，除了王后陛下和格琳丝侯爵夫人，以及另外一些与王后最为亲密的夫人，居然还有玲娣姑姑和沙拉小姐。幸灾乐祸的微笑，同样也挂在她俩的嘴角，这令系密特感到即将大难临头。

"我得提醒你，千万别听信他的任何借口！这个小家伙最擅长的便是利用花言巧语来逃脱严厉的惩罚。"沙拉小姐瞪了系密特一眼，严厉地说道。她居然揭起系密特的老底来了。

"系密特，告诉我，现在是什么时间？"伦涅丝小姐同样严厉地质问道。

"对不起，路上发生了一些意外。"系密特连忙争辩道。不过他非常清楚，这样的辩解根本就毫无用处。

"我不想听任何解释，我只想让你回答问题。现在是什么时间？"伦涅丝小姐的语调越发严厉起来。

"子夜。我知道我回来晚了，不过请听我解释原因。"系密特继续争辩道。这是他以往用来对付沙拉小姐的办法。沙拉小姐总是比较容易被适当的理由所打动，她不像玲娣姑姑那样不容自己争辩。

"看，他又在使坏了！他总是这样令自己成功地免受惩罚。"沙拉小姐在一旁插嘴道。

"放心好了，我不会上当的。我很清楚应该怎样对付这些滑头的小家伙。依维小时候也是这样，只不过没有系密特这么淘气和胆大。"伦涅丝小姐立刻说道。她不动声色地揭了自己弟弟当年的老底，在不知不觉之间，拉近了和王后的关系。

事实上，对于是否要给予系密特严厉的惩罚，她根本就没有兴趣。无论是亲密还是严厉，都只不过是她装出来的样子而已，她只是在进行表演。她要用成功的表演，将王后和其他贵妇人拉到她这边来。虽然她并不期望这会令她得到真正的认可和友谊，不过至少可以令她不受孤立。

此外，伦涅丝小姐还有另外一番心思。她希望让王后陛下知道，时光飞逝而过，这个世界已不属于她们所有。她们都已经是有小孩的人，对于国王陛下宠爱的争夺已成为过去，此刻，她们要将所有的心思都放在孩子的身上。

权谋玩偶

而想要做到这一点，自己必须拥有一个孩子。事实上，伦涅丝小姐早就在物色这样一个小孩子了，而系密特恰恰合适。

从任何方面来看，系密特都完美无缺。独自一人翻越奇斯拉特山脉的传奇，令他显得光彩夺目。而塔特尼斯家族每一个成员所拥有的才华，更是得到了广泛的认可，这显然也给他奠定了坚实的基础。

最令伦涅丝小姐感兴趣的便是，她从传闻之中听说的有关这个小孩的性格：调皮捣蛋、胆大淘气、喜欢惹是生非。如果系密特是她自己的孩子，或许会是个令人头痛的小麻烦，不过此刻，这些性格却能够用来制造很多话题。

惟一的遗憾或许便是，作为自己的孩子，系密特的年龄稍微大了一点。不过伦涅丝小姐相信，这并不会对她的计划有什么影响，一年的时间，足够让她打进那似乎牢不可破的交际圈里面。

"哲人曾经说过，公正严明地给予奖赏和惩罚，足以令人名垂史册。"伦涅丝小姐上上下下地瞄了系密特两眼，冷冰冰地说道。

"你们帮我想想，有什么办法能让这个淘气的小家伙得到足够的教训？至少让他从今以后，能够牢牢地记住时间的重要性。"伦涅丝小姐转过头来说道。显然这又是一个笼络众人的手段。

女人们果然聚拢在一起，唧唧喳喳地商量起来。

系密特从玲娣姑姑和沙拉小姐的眼神之中，看到了兴奋和幸灾乐祸的光芒。其他女人多多少少也有些幸灾乐祸的感觉。

只有格琳丝侯爵夫人用眼神向他表示抱歉。显然，她已经看出了伦涅丝小姐满心的打算，不过她并不想令自己在这里显得不合群，才不得不加入到商议的行列。

跟那些贵妇人唧唧喳喳耳语了一番之后，伦涅丝小姐说道："这个小家伙显然太喜欢自由。这是他的天性，不过也和他缺少管束有很大关系。那么就让我们来改变这一切吧。

"给这个小家伙最好的惩罚无疑便是禁足。我们要禁止他玩耍，甚至禁止他走出奥墨海宫。我想，当他感到前面那块草坪都可望而不可即的时候，他应该能够知道，想要获得自由就必须付出代价，而代价便是遵守规矩。"

伦涅丝小姐的话立刻引来了女人们的连连点头。其中玲娣和沙拉最为起劲，显然她们正在感到后悔，当初如果也能这样管束系密特就好了。

"最后的决定已经做出？"突然间，卧室房门缓缓打开，国王陛下微笑着走了出来。所有人都立刻站立起来，必恭必敬地向这位至尊的陛下表示致意。

"系密特确实应该懂得为自己的行为负责，我非常认可这个最终的决定。"国王陛下笑着说道，"就像法庭仅仅是做出裁决，但是得有人执行这个裁决一样，一个必要的执行者是相当必要的。我相信兰妮能够胜任这件事，而我亲爱的王后可以担当起监督的职责。"

"你自己有什么反对意见吗？"国王陛下转过头来，朝着系密特问道。

"没有，我遵从陛下的旨意。如果说我有什么请求的话，我只是希望能够尽快回到我的房间。我感到有些不舒服，或许还需要一位牧师的帮助。"系密特故作痛苦地皱了皱眉头说道。

苦肉计是他一直以来最为拿手的策略。无论是对付玲娣姑姑还是沙拉小姐，这一招都非常有效。

权谋玩偶

"噢，难道你生病了？"国王陛下问道。

"只是一个小意外。伦涅丝小姐赐予我的项链挑起了一些贪婪者的欲望，所以发生了一些争执。"系密特淡淡地说道。

这一次，无论是国王陛下还是那些女人的脸色，都有些改变。

"带系密特到祭司那里去。"国王陛下吩咐道。

过了好一会儿，那座装饰得炫目华丽的门重新打开。这一次走进来的，是一个身穿红袍的光头祭司。他已然上了些年纪，皮肤却仍然红润光滑，甚至超过一般的年轻人。

"陛下，我擅作主张让小塔特尼斯回房间休息了。"那位宫廷祭司说道。

"他受伤了？"国王陛下问道。而此刻，无论是格琳丝侯爵夫人还是玲娣和沙拉，都显露出无比关切的神情。

"是的。不过小塔特尼斯的强悍真令我惊讶！在我看来，如果换做旁人，那一刀已然令他毙命。

"最致命的刀伤是在背后，因为伤口的正前方便是心脏。我在伤口上找到了一些刀刃崩断的碎片，显然小塔特尼斯当时绷紧了肌肉，令那原本致命的一刀，难以继续刺入。只有那些最为强悍的骑士才能做到这一点。当然对于圣堂武士来说，这也是轻而易举。

"另一道伤口，是拔出匕首时拖划出来的。伤口虽然很长但并不深，也不致命。我已给小塔特尼斯施用了圣水，只要休息几天，这些伤口便能完全愈合。"那位宫廷祭司详详细细地说道。

"小塔特尼斯是否告诉你发生了什么事，是谁让他受伤害的？"国王陛下皱紧了眉头问道。

他此刻已经完全没有了游戏的心情。自从大塔特尼斯告诉了他逃亡路途上的所见所闻之后，他便对丹摩尔秩序的崩溃，感到异常烦闷和惆怅。

而此刻，知道这种令他讨厌的秩序崩溃已经蔓延到了京城，这位国王陛下便更感到恼怒和痛恨。

"他并不知道。小塔特尼斯没有看清袭击者的相貌。他是被人从背后下手的，能够逃脱性命，已经非常不容易。"那位祭司说道。

这个国王情妇专用的小客厅里面的每一个女人，此刻都清楚地感觉到了国王陛下那如同即将喷发的火山一般的愤怒。因此，没有谁敢说一句话，甚至连一点声息都不敢发出。

"让小塔特尼斯好好休息，给他配属一位牧师。"国王陛下思索了片刻之后，重重地叹了口气说道。

将祭司打发开，国王陛下缓缓地走到情妇跟前，用异常温和的语调说道："兰妮，非常抱歉，恐怕我将打断你对于小塔特尼斯的惩罚了。我有些紧急任务需要他去完成。"

"噢，陛下您用不着担心，陪审团将对裁决进行更改。"伦涅丝小姐乖巧地说道。

"陪审团？呵呵，我刚刚拥有了一个'影子内阁'，此刻又拥有了一个'影子法庭'。"国王陛下微笑着说道。

7 诱饵与赌注

在奥墨海宫二楼的会议厅里面，气氛显得有些紧张。被传唤到这里的每一个人都已经被告知，今天国王陛下的情绪非常糟糕。

拜尔克的每一个人都知道，国王陛下发脾气的时候，就仿佛是一头危险而可怕的雄狮，随时都能将猎物生吞活剥。

面对着板着面孔的詹姆斯七世，官员们个个低着头，连大气都不敢出，惟恐这位情绪糟糕的国王陛下注意到自己。

"大家想得怎样了？"国王陛下用低沉而有力的声音问道。

一位身穿笔挺的士官长袍、看上去非常年轻、却已排在非常靠近国王陛下宝座位置的官员站起来说道："陛下，自从魔族袭掠北方诸郡以来，大批邻近北部诸郡的人都迁徙到拜尔克及其附近的郡省去了。

"正如塔特尼斯伯爵所说的那样，这些迁徙者很多最终沦落为掠夺者。这部分是因为人性的贪婪，不过更多的原因，则是有人在幕后搞鬼，借魔族入侵的机会，疯狂地掠夺财富。

"对于那些掠夺者，塔特尼斯伯爵的做法便非常成功。他无疑受到了仁慈智慧的父神指点，收留了那些掠夺者，将他们转

化为温顺善良的仆人。

"这种善行我们完全可以仿效。陛下只要派出钦差大臣，让每一个郡省都收纳下那些难民，掠夺者自然便会销声匿迹。

"当然，仅仅有善行是绝对不够的，即便是塔特尼斯伯爵也曾经拿起过刀剑。在秩序因魔族的入侵而彻底崩溃的时候，人性不可避免地会坠入丑陋和堕落的深渊。就像那个被贪婪和残忍彻底占据的小镇，我相信那里的居民，已全部成为了魔鬼的随从，邪恶的附庸。

"不过，我必须指出的一点便是，那些被魔鬼占领和盘踞的城镇的存在，是那些地方官员的失职所造成的。我相信贪婪同样也占据了那些官员的头脑，并且牢牢地蒙蔽了他们的眼睛。

"那实在是一些太明显的目标。甚至不需要出动军队，只需要让治安骑兵队出去走一圈，就可以轻而易举地将那些腐化堕落的魔鬼巢穴夷为平地。

"陛下，我的建议非常简单。先找一个铁面无私的人担任钦差大臣，请圣堂派出两位力武士保护他的安全。然后，再给他一纸授权书，让他拥有暂时解除地方最高长官所有职权，甚至拘押地方最高长官人身自由的权利。

"那一纸授权书就是最有效的工具。钦差大臣那强大的职权，却被约束在最为狭小的范围之内，这足以避免滥用职权的行为。而负责保护钦差大臣的圣堂武士，又是绝对不会撒谎的眼睛。我相信没有人会将期望寄托在这些圣堂武士会被收买，以至于向陛下隐瞒情况之上。"

这位官员的发言，立刻引来了一阵交头接耳。每个人都小心翼翼地看着国王陛下。

"这想必是塔特尼斯伯爵的计划吧。"旁边有人插嘴道。那

权谋玩偶

是个有些上了年纪的官员。

在座的每一个人，几乎全都如此猜测。因为刚才发言的那个年轻伯爵，正是法恩纳利伯爵和塔特尼斯伯爵新近推荐的一批新锐人物之一。

这个计策如此完美，显然不可能是在如此仓促的时间里面设想出来的。而具备未卜先知本领的人，在京城之中最为有名的便是塔特尼斯伯爵。他和老亨利的较量，早已成为了拜尔克人津津乐道的传奇。

"您说得部分正确。塔特尼斯伯爵曾经在闲谈之中，提到过当前的局势。我刚才所说的一切，确实有一些来自于伯爵大人的智慧，但不是全部。"那位年轻的官员说道。

"不要再为这件事情而争执了。这个计策相当不错，我希望议政部尽快将具体人选和方案递交上来。当然，巴洛安伯爵，请你也递交一份草案作为补充。"国王陛下点了点头说道。

"不过，刚才那个计划显然无法应付此刻京城中的秩序混乱。我希望听到你们的应对之策。"国王陛下接着说道。他盯着刚刚站起来侃侃而谈的巴洛安伯爵，希望能够听到他的高明意见。

令国王陛下感到遗憾的是，巴洛安伯爵一脸的犹豫和踌躇，他一言不发，低着头坐了下来。

这令国王陛下非常不满。他原本期望着又有一批年轻人才踊跃而出，没有想到，真正的智慧，仍是来自那个天才的家族。难道，除了塔特尼斯家族，拜尔克就没有了聪明和睿智？

詹姆斯七世不禁怀念起他年轻时的岁月。那时候他的身边有里奥贝拉侯爵、伽森侯爵、老帕尔玛公爵这样一批精明能干的帮手，同样，也有莱文史侯爵、安莎洛尔侯爵这些狡猾而奸

诈的敌人。

但是现在，放眼他的宫廷，他所拥有的，或许只有法恩纳利的忠诚和塔特尼斯的智慧。而事实上，即便是此刻被公认为是最为高明的塔特尼斯伯爵，在他看来，也根本比不上当年的里奥贝拉和莱文史。

国王陛下不禁想到，难道他真的得向王后的"影子内阁"求援？

至少，在王后的"幕僚"之中，还有一个密琪能派上用场。她从里奥贝拉那里沾染上的那些智慧的光芒，已足以和大塔特尼斯一较高下。

这令这位至尊的国王陛下感到既彷徨又无奈。而底下官员们的那一片沉默，更是令他感到异常愤怒。

"你们有什么建议？"詹姆斯七世催促道。他已经厌烦了这种没有结果的等待。

"陛下，或许我们可以先听听塔特尼斯家族幼子的陈述。他是昨晚那起事件的受害者。"离国王宝座最近的那位官员说道。

"好吧。"国王陛下非常讨厌这种敷衍和拖延，他有些无精打采起来，朝着站在门口的宫廷侍从命令道，"把系密特叫到这里来。"

对于系密特来说，国王的传唤，就仿佛是父神赐予的福音，令他暂时能够摆脱那些女人的包围。

最令他感到痛苦的，无疑便是玲娣姑姑和沙拉小姐在那位国王情妇的教唆之下，越来越显露出了"恶魔"的本质。她们是最起劲的"执行官"，执行着女人们闲得无聊时所想出来的各种惩罚。

权谋玩偶

　　而以往那些他从来没有失灵过的逃避惩罚的技巧，现在一点都不能让他减轻罪责，反倒令那些女人有借口加重了对他的惩罚……

　　必恭必敬地站立在国王陛下的身侧，系密特详详细细地讲述着昨晚的经历。当然提到那个广场的时候，他宣称自己只是偶然路过，并没有将他在那个酒吧里面做过的事情吐露出来。

　　系密特甚至怀疑自己如果实话实说，是否能令这些人相信。毕竟此刻的他，看起来就是一个娘娘腔十足的小少爷。他的脸上涂抹着厚厚的粉，香水的味道隔着很远便能闻到。他的上身还穿着一件很短的小褂，只有那些真正的小孩才会这样穿。

　　不仅仅系密特自己感到滑稽，那些官员也都暗自发笑，因为他们实在没有想到，塔特尼斯家族的幼子竟然被打扮成这副模样。看着这个用各种各样的花边堆砌起来的小家伙，那些官员全都强忍着不笑出声来。

　　因此，这些官员对于系密特所说的一切，并没有真正听进耳朵里面，也更没有去思考和琢磨。依他们的经验，现在需要做的只是拖延时间和设法敷衍。

　　要知道，国王陛下命令他们设法解决的这件事情，根本就是一个棘手的难题。这并不像整顿丹摩尔各地秩序那样简单，能用强硬的手腕解决一切。现在的拜尔克，就仿佛是一个放满了玻璃和瓷器的古董店铺。而国王陛下要他们做的，就是在这样的店铺里面消灭老鼠。

　　这里的每一个人都非常清楚，宝座上坐着的那位至尊的国王陛下，绝对不会允许任何失败的出现。他无法容忍老鼠继续四处乱窜，但是如果谁打破了玻璃和瓷器，也根本不要想能得到他的恩赦和饶恕。

此刻，最好的选择便是沉默，而睿智的证明便是无声。

"大家想必已经听清楚了系密特的陈述，现在，说说你们的看法和建议。"国王陛下轻轻地拍了拍系密特的脸颊，让他停止描述。在他看来，最重要的情况已说得非常明白。

仍旧是鸦雀无声，仍旧是一片沉默。官员们你看着我，我看着你，显然他们也想不出继续敷衍和拖延的办法。虽然每一个人都知道，这样下去情况将会越发糟糕，但是此刻却没有一个人敢站出来打破沉默。

看着那一双双游移不定的眼睛，国王陛下甚至感觉到自己额头上的青筋正在脉动着。他真想抓起什么东西朝着底下扔过去，这种发泄或许会令他稍微好受一点。

"系密特，你是当事人，你有什么看法?"国王陛下用异常低沉的语调说道。他这样做只是为了打破沉默，其实并没有指望一个十四岁的少年能想出什么好办法来。毕竟小塔特尼斯并非以睿智和精明而闻名，他的哥哥大塔特尼斯才是。

国王陛下已经想好了，无论小系密特说出什么观点，他都要大加褒奖，然后趁此机会，尽情嘲讽那些懦弱无能、只懂得沉默的官员一番。至于真正的解决方案，或许还是得传唤大塔特尼斯之后才能做出。

而这其实是国王陛下最不希望看到的事情。虽然此刻的他对于塔特尼斯家族的忠诚充满了信任，不过，这么多年的经历使他不希望太依靠一个家族，因为他知道，这会令权力过于集中在一个臣子身上，进而威胁到丹摩尔的王权统治。

对于国王陛下的提问，系密特并没有感到手足无措。昨天晚上他就一直在想这件事情。毕竟任何人对于挨上一刀都不可能没有丝毫的怨恨，更何况那一刀，差点夺走他的性命。

权谋玩偶

　　一夜的思索绝对不会毫无收获。早上起来的时候，系密特甚至有些庆幸自己没有白挨那一刀。

　　第一个教训便是令他知道，圣堂武士并非不能被杀死。来自背后的攻击，即便强大如力武士也难以躲避。

　　来自暗处的攻击永远最为致命。当初在奇斯拉特山脉受到诅咒巫师的袭击，便足已令他得知此事。而他们前一阶段对于魔族的胜利，更是证明了这一点。

　　系密特知道，自己的想法和记忆中历代圣堂武士的理念大相径庭，不过他并不在意。因为他一直不打算承认自己是圣堂武士中的一分子。

　　至于第二个收获，此刻正好派上用场。

　　"陛下，对于蒙雷特貉这种小巧而美妙的动物，您是否有所了解？"

　　"不，我对此一无所知。"国王陛下回答道。

　　"这种狐狸的远亲，拥有着狐狸一族惯有的狡诈。并且将狐狸一族的多疑，发挥到了极致。

　　"蒙雷特貉总是将巢穴修建于多缝隙的山岩之上。它们或许是自然界中最高明的建筑师和挖掘专家。它们的巢穴总是四通八达，洞穴出入口少则五六个，多则数十个。而且，大多数出入口都非常隐秘。

　　"这种狡诈而多疑的动物总是在离某个洞口不远的地方活动。一旦感觉事态不妙，它们立刻会钻进迷宫一般的巢穴之中。

　　"正因为如此，这种狐狸的远亲，是猎手最大的挑战之一。不过西莫奈人却有一种非常巧妙的办法，用来捕捉这种美妙而优雅的小型狐狸。

　　"他们用胡椒和茴香等香料腌制的鹿肉作为最好的诱饵。蒙雷特貉是少有的几种喜欢香料的动物之一。它们可以说是动物之中的贵族，甚至比人类更懂得享受。

"而这种动物天性狐疑，它们能够聪明地看透大部分陷阱。而且在没有确认食物的安全之前，它们绝对不会享用任何一顿盛宴。想得到美味又不敢马上享用，它们最好的选择，自然是将那腌制的鹿肉拖回巢穴。

"鹿肉的味道或许容易被掩盖，但浓郁的香料味道却很难消除。西莫奈人饲养的猎狗拥有灵敏的鼻子，等到这些猎狗嗅出所有洞口的位置，那些优雅而美妙的小动物的灾难便已然来临。它们将会成为夫人和小姐们脖子上的围巾，或者是帽子边缘的卷边。"

系密特说的这一切，都是当初在奥尔麦森林中听大人们闲谈的时候知道的。系密特自己从来没有到过西莫奈，他所见到的惟一一只蒙雷特貉，是放置在汉摩伯爵书房壁炉上的标本。

虽然系密特并没有说出具体的意见，但无论是至尊的国王陛下，还是刚才沉默不语的官员们，此刻都来了精神。显然，他们已经明白了塔特尼斯家族幼子的想法。

"很有趣的建议。"国王陛下点了点头赞许道，"那我们用什么来替代香料腌制的鹿肉？"

系密特二话不说，拉出了挂在脖子上的项链："我相信魔法师们能够调制出最为合适的香料。这黄澄澄的'鹿肉'，显然会非常对那些猎物的胃口。"

对于这样的回答，国王陛下感到非常满意。不过他立刻阴沉着脸转过头来，用严厉的目光扫视着底下的群臣。

过了好一会儿，他才叹息道："看起来，西莫奈岛上那些半开化的猎手，比在座的各位更有智慧。或许，我应该从那里聘

请几位顾问。

"各位是不是在宴会和舞会上花了太多时间？你们应该经常去打打猎，这或许会对你们很有帮助。"

官员们默默承受着国王陛下的冷嘲热讽，没有人敢对此提出疑义，也没有人敢迁怒于小塔特尼斯。因为此刻，他们都越发清楚，塔特尼斯家族的任何一个成员都绝不简单。

更何况，每一个熟知国王陛下脾气的官员都非常清楚，冷嘲热讽证明陛下的心情还算不错。从某种意义上来说，小塔特尼斯算是替他们解了围，而他那幼小的年纪，又用不着担心他会霸占所有的功劳。

系密特确实感到精神振奋，他为自己能暂时躲开那些贵妇人而心情舒畅。到了广场，他将马车停在路边。此刻，他肩负着国王陛下赋予的特殊使命。

在他的口袋里面，装着六个用黄金打造的小玩意儿：有带一面镜子的梳妆盒，有带螺丝接口的快速笔。所有这一切，都是他今天要"送"出去的"礼物"。

这些小玩意儿里面，全都埋有一根纤细的金属丝线。这根金属丝线拥有神奇的能力，魔法的力量能够准确地探测到它的存在。这些，便是沾染上香料的鹿肉。

国王陛下的急性子，让系密特感到有些惊讶。现在他总算明白，哥哥在奥墨海宫只露了一次面，并不是为了显示自己的勤奋。奥墨海宫的聚会对于他来说，恐怕是期待已久。只是因为陛下的性急，才令他不得不放弃期盼已久的聚会，而选择了讨国王的欢心。

系密特相信，这个抉择对他哥哥来说异常痛苦。

同样，也是因为陛下的性急，那些显赫的大人物和贵妇人才不得不慷慨解囊。因此在短短的一个小时里面，他就凑足了这么多黄澄澄的"鹿肉"诱饵。

系密特知道，肯定还有一些人和他一样受到陛下的差遣，此刻正在人群拥挤的拜尔克城里，扮演着粗心大意的有钱人的角色。他们的口袋里面，肯定也揣着同样的珍贵物品。

看着那川流不息的人群，系密特一时之间不知道该如何做才好。总不能将那些黄金打造的小玩意儿随意扔在路上吧？稍微思索了一下，他就走到路边，在路旁的长椅上坐了下来。有很多人坐在这里休息。

系密特从口袋里面掏出了那个精致的梳妆盒，他将镜子对准自己，整理起头发来。

他这番举动引起了许多人的注意。不过大多数人更注意的，是那个精美绝伦的黄金梳妆盒，至于系密特本人倒没有引起任何怀疑。在拜尔克，像女孩一样在意自己形象的小男孩并不少见。他们大多数由女性亲属抚养长大，而且身边缺乏能够仿效的雄壮男子。

突然间，一个满头乱发、身上穿着一件灰色短褂、一脸雀斑的少年飞快地从系密特的身边跑过。他一把抢过系密特手里那个精致的梳妆盒，一转身就钻进了人群之中。

这是在拜尔克经常能看到的"街头飞手"。他们是一群总是做些小偷小摸勾当的小流氓，有时候是专职的扒手，有时候又是替骗子和强盗打探情况的眼线。

成功地"送"出了第一件"礼物"，系密特感到相当满意。不过他也非常清楚，如果他不想露出马脚的话，就应该继续表演下去。

权谋玩偶

当着众人的面哭哭啼啼，对系密特来说，已是很久以前的事情了。但是此刻，他不得不重操旧业。

从椅子上站起来，系密特一边哭着，一边朝那个小流氓刚刚逃窜的方向走去。他那个可怜的样子，确实像是一个悲伤而无助的小孩。

看到这一切的人们，虽然个个都显露出同情的神情，但没有一个人上前安慰几句。

当然，也有人在一旁指指点点。显然在他们眼里，是那小孩自己做了蠢事。甚至还有人万分后悔，刚才没有抢先一步抢走那个精致漂亮的梳妆盒。

从一条小巷钻出来，系密特飞快地穿过人群，远远地走到另一个广场中。站在广场正中央，他开始像那些街头小流氓一样，一边走路一边抛掷起手里的东西来。那是他要"送"出去的第二件"礼物"。

突然，一记巴掌猛地抽在他的脸上。系密特手里抛掷着东西也猛地一下被抢走了。

"可恶的小偷！拜尔克城里净是你们这样的东西。"一个尖嘴猴腮的家伙一脸狰狞地瞪着系密特。抢了别人东西的他反倒理直气壮地喊道，"今天我心情好，放你一马。要在平时，我肯定会叫来警察，把你抓进监牢！"

说到这里，这个面目狰狞的家伙转身朝远处走去。他的狰狞相貌牢牢地印在了系密特的脑海里面。

将"礼物"一件件"送"了出去，系密特见识了拜尔克最黑暗丑陋的一面。在这里没有什么真理和正义，昂贵的价值便是罪恶的源泉。

贪婪无疑会扭曲人性。不过系密特没有想到，人性的扭曲居然这么厉害，甚至有两拨流氓为了抢夺他手里的东西而先打了起来。

至于那些贼喊捉贼的家伙，更令系密特感到怒不可遏。如果不是因为他非常清楚，这些家伙即将大难临头，他或许会用自己的力量和方式，给这些人最迅速最直接的教训。

怀里揣着最后一件东西，系密特寻找着"送"出去的对象。他相信，一定有人已经注意到他时而拿出来看上两眼的这件黄澄澄的东西，他需要做的，就是静静地等待最大胆的那条鱼上钩。

拜尔克的流氓显然全都缺乏耐性。系密特的等待并没有持续太久，就有两个人同时迎着他走了过来。系密特已经开始猜想，这两个家伙会不会像刚才那两拨人一样，还没抢到东西就先打起来。

突然间，其中的一个人朝着系密特的方向快步跑了起来。这是最简单直接的抢劫方式，系密特已经有过一次经历。

正当他准备再承受一记推搡，然后顺势将东西扔到那个人手里的时候，另一个人同样加快速度跑了起来，目标却不是系密特。只见他飞起一脚，朝着那个正准备抢夺系密特东西的人踹去。

两人一阵拳打脚踢，那个先出手的人显然占尽上风。他是一个中年人，有着深褐色的皮肤和一身非常结实的肌肉，看上去虽然削瘦，不过筋骨强健，而且动作异常矫健灵活。

不过，系密特完全能够看得出来，这人没有学习过武技，因为他的招式并没有任何章法可循。

这个强健的中年人一直占据着上风，胜负自然很快就分辨

了出来，另一个几乎是落荒而逃。

看着那个渐渐走近的中年人，系密特装出了一副犹豫和害怕的样子。这对于他来说简直易如反掌。以往他做了错事，总是用这副表情面对玲娣姑姑和沙拉小姐。而这种方法一般来说，总是能起到不小的作用。

"你是谁家的小孩？拿着那么昂贵的东西在外面招摇，你简直是在拿自己的性命开玩笑！我相信，如果不是因为现在买卖小孩根本就不赚钱，你恐怕已经落到了人贩子手里。"那个人有些不以为然地说道。

他的话令系密特感到一丝欣慰。这是他今天一整天里，看到的第一个，也是惟一一个站出来主持正义的人。

彼此有一些好感，再加上同样无事可做，系密特和那个人一路走一路聊，很快便交上了朋友。

令他非常高兴的是，这个叫亨特的人，居然和他有着共同的爱好——打猎。不过，亨特不仅仅是将打猎当做一种乐趣，那更是他用来糊口的工作。

"从你的话里听得出来，你是有钱人家的小孩。你说的那种打猎方式，只有你们这些贵族老爷才能享受。你们总是五六个人出去打猎，身边还得跟随两倍数量的奴仆。有仆人为你们拿着拉开的后备弩弓，还得有专门的仆人去帮你们拾取猎物。

"照你们这么'打猎'，严格说来大多数猎物都是送上门的。你们所谓的收获，只不过是运气好而已。不过你们也用不着担心一无所获。如果有收获，你们可以享用野味；如果没有收获，来块牛排也是一样，反正用不着担心饿肚子。"那个叫亨特的猎手不无讽刺地说道。

"不是这样！其实贵族中不乏攀爬的好手，你能去的地方，他们也能到达。而且他们的箭法堪称高妙。我见过的最优秀的弓箭手，能在两百米外射中金丝雀！"系密特不服气地争辩道。

"两百米外射中金丝雀？"亨特稍微犹豫了一下，"这倒是相当了不起。不过，你所看到的，并非是真正的猎手。"

"你最擅长什么？重弩还是轻弩，抑或是弓箭？"系密特问道。他甚至有些期待能与亨特来场射箭比赛。他相信自己绝对能够胜出，因为他拥有着力武士的能力，而力武士是运用任何武器的专家。

"不，那些东西都没效率。我觉得，最可信赖的是各种各样的陷阱，它们永远是那样忠诚，不会出现丝毫差错。"亨特说道。

"用罗网抓捕飞雀，用陷阱对付野兽，在我看来这并不高尚，也没有什么乐趣。"系密特对此多少有点不屑。

听到系密特这样说，亨特大笑起来。他重重地拍了一下系密特的后脑勺说道："噢，小家伙，打猎对于你来说，或许仅仅是乐趣，但是对于我来说，却是一种生活。"

系密特对这种粗鲁的举动不是很在意。如果是在从奥麦尔逃亡出来以前，他或许会在心底有所怨言，但现在不同了，他都已经见识过笛鲁埃的粗鲁。和那个脚臭得足以熏死人的家伙比起来，亨特简直可以算得上是个优雅的绅士。

"小家伙，你打算去哪儿？要不我送你回家？"

"夏日祭这么热闹的时候，被关在家里实在太可惜！你准备去什么地方？"系密特问道。他说得倒是实话，回去之后，他肯定还得接受贵妇人们给他的惩罚。

"有一个地方或许对你比较适合。我的一个朋友总是在酒吧里表演马戏，凭他的面子，我可以替你弄一个坐位。虽然位置

权谋玩偶

未必很好，不过，足够你消磨几个小时。"亨特说道。

"我一向以为马戏表演必须得在大帐篷里面进行。"系密特有些惊讶地说道。

"那个家伙是个天才。我绝对可以保证，他是世界上最杰出的马戏演员。"亨特微笑着说道。他知道马戏是诱惑小孩子最好的话题。

"你的那位朋友是干什么的？小丑、杂耍者，还是魔术师？"系密特忍不住问道。虽然他拥有着历代力武士的记忆，但毕竟年龄还小，对于马戏表演，每个小孩天生都有着浓厚的兴趣。

"我说过他是个天才，是个全能的天才。他既是个表演非常逗趣的小丑，也是个很会走钢丝的杂耍者，同时他还是个驯兽师。不过他训练的动物，并不是狮子老虎这样的猛兽。对了，他还擅长魔术。你们混熟了，说不定他还会教你两手。"亨特笑着说道。

现在，系密特已经有些迫不及待，他真想马上欣赏到那在酒吧里面进行的马戏表演了。

系密特没有想到，亨特给他提供的所谓"坐位"，其实只是窗台。而酒吧老板看在亨特那位朋友的面子上才给予他的招待，也仅仅只是一杯糖水。

不过，系密特不得不承认，马戏表演确实精彩。

虽然没有五颜六色的服装，也没有巨大的帐篷，但这个迷你马戏团的表演，丝毫不输给他曾经见过的任何一个马戏团。

这个"迷你马戏团"有一个真正的马戏团应该拥有的一切。那个天才的马戏演员，用挂在房梁上的一根麻绳来表演走钢丝的绝技，用钉船板的一寸长钉来表演飞刀绝技。而他养着的三只小狗和一只猴子，就是他驯兽表演中的嘉宾。系密特承认，他从来没有看过如此有趣滑稽的驯兽表演。

就连表演魔术，那个天才的马戏演员也很有一套。他总是能够凭空变出好多用五颜六色的纸折成的花、鸟、蝴蝶之类的有趣东西。

在系密特看来，这是他所见过的最成功的马戏表演。但是令他感到遗憾和惊讶的是，观众对于表演显得异常冷淡，他们只是零零落落地扔过去几个铜子。看来，拜尔克人并没有传闻中说的那样慷慨大方。

看着仍在起劲地表演的那位天才演员，看着他身上那缝补过好几处的旧衣裳，系密特猜想，或许掩盖光辉、埋没天才的，并不仅仅只有内阁和长老院。

看到那位天才的马戏演员捡拾着那几枚可怜的铜子，系密特失去了继续看下去的心情。现在他好像有些明白，为什么亨特更愿意站在外面观看远处的人群。显然，他也不想看到朋友落魄的景象。

从窗台上跳下来，系密特悄悄地溜出了酒吧。

"觉得没意思了？"亨特问道。

"我必须承认，那是我看到过最精彩的马戏表演，不过，也是最令我感到心酸的表演。"系密特直言不讳地说道，"为什么会这样？我一向以为拜尔克人慷慨大方，可他们今天怎么那么吝啬？"

"很简单，因为塞科斯根本就没有名气。拜尔克人只会为名人而欢呼雀跃，对于那些名人，他们比任何人都更加慷慨。不过，这并不是因为他们没有眼光，而是因为他们的心智已被虚华所左右。"亨特重重地叹了口气说道。

权谋玩偶

　　"或许，我可以介绍你那位朋友到另一个地方去表演。我相信他肯定会受到欢迎。"系密特忍不住说道。

　　"噢，我相信塞科斯肯定愿意听到这句话。"亨特笑了笑说道。不过系密特非常清楚，他对于自己的承诺根本就不以为然。

　　"你和你的朋友住在哪里？我怎么能够找到你们？"系密特问道。

　　"小家伙，你难道是当真的？我和塞科斯没有固定的住处，拜尔克的旅店可不便宜。我平常总是在朋友那里凑合着过夜，有时也在郊外露营。塞科斯也差不多。不过，要找他非常容易，到这里来就可以了。他总是在这里演出，填饱肚子顺便赚两个小钱。"亨特耸耸肩说道。

　　"等我的好消息，我肯定会兑现我的诺言。"系密特仰起头看了看天色，见天空已渐渐显露出昏黄，他连忙说道，"我得回家了。不过在回家之前，还有一件东西必须'送'出去。"

　　"要不要我带你回家？你非常有胆量却让人不放心，我相信你家人肯定对你相当头痛。你的淘气，想必让他们经常觉得无奈和痛苦。"亨特的这番话，令系密特感到有些刺耳。但他却难以反驳，因为这话说得一点都没错。

　　事实上，自从拥有了圣堂武士的记忆之后，系密特自己也知道，以往确实总是给别人惹麻烦。好多他曾经认为是受了莫大委屈的事情，现在看来，十有八九是他罪有应得。

　　"再见！我能照顾我自己，你放心！我的家离这里不远。"系密特说道。

　　系密特总算明白了什么是王权的威严，他也总算明白了，为什么那些奉有国王陛下旨意的钦差，总是显得那么趾高气扬。

当初，他和格琳丝侯爵夫人来到这里的时候，那些护卫丝毫没有因为侯爵夫人那尊贵的身份而放松对他们的盘问和搜查。但是此刻，却没有一个人敢阻拦他，因为每一个人都知道他奉有国王陛下的钦命。

系密特回到奥墨海宫时，已经错过了晚餐。不过在这个地方，饿肚子简直就是一个笑话。

系密特正打算亲自去厨房跑一趟弄点吃的，稍稍慢了一步，国王陛下的召唤已然到达，他要系密特回来以后赶紧去小客厅找他。

和以往一样，国王陛下总是流连于那个精致小巧的小客厅。只要不是办公时间，总是能在那里找到他。

迎接系密特进门的，仍是那位大理石面孔的女仆。她仍是那么不容分说地拽着系密特走进了卧室。

卧室里，伦涅丝小姐正坐在窗沿旁边。她的头发披散着，两个女仆小心翼翼地替她梳理着那一头柔云般蓬松卷曲的秀发。

国王陛下就站在伦涅丝小姐的身旁。那往日总是紧绷着的面孔，此刻却堆满了笑容。

"小系密特，今天玩耍得还算愉快吧?"伦涅丝小姐说道。

系密特自然不敢声称自己非常高兴，那只会更令他陷入麻烦之中。对于这位小姐的严厉，他知道得非常清楚。

"还好，总算完成了陛下交付的使命。只是，莫名其妙地挨了一记耳光。"系密特连忙回答道。

"你好像又忘记了那个约定。是否要陛下再吩咐你一次?"伦涅丝小姐看了系密特一眼说道。

系密特心不甘情不愿地，硬着头皮叫了伦涅丝小姐一声"妈咪"。

权谋玩偶

　　"好吧，算了，说说你这一天的见闻。"伦涅丝小姐淡淡地说道。显然她对于系密特刚才那一声勉强的称呼并不十分满意。

　　"我必须承认，我确实看到了一些非常有趣的东西。特别是有一个'迷你马戏团'，小丑、飞刀手、驯兽师、魔术师全都是一个人！他的表演非常有趣，那是我从来没有见到过的马戏表演！

　　"我甚至想让玲娣姑姑和沙拉小姐，还有格琳丝侯爵夫人，都去看看那场绝无仅有的演出！"系密特说道。

　　"噢，你所说的东西引起了我的兴趣。陛下，为什么不让小系密特将那个马戏团叫到这里来？这个小家伙虽然淘气，但不得不承认他确实很有眼光。我相信，他喜欢的东西，肯定也能令我们感到乐趣。"伦涅丝小姐对国王陛下说道。

　　"我正有此意。奥墨海宫中最缺乏的就是笑声。"既然自己最宠爱的情妇提出这样的要求，国王陛下自然满口答应。

　　"陛下，我必须说，让他到这里来表演恐怕并不合适。那位马戏演员虽然极有才华但却相当贫穷，连件像样的衣服都没有。他的表演虽然精彩，但每一场演出却只能得到几个铜子的微薄收入。"系密特缓缓说道。

　　国王陛下那原本堆满笑容的脸渐渐阴沉了下来。显然，系密特的这番话让他联想到了一些现象，他最讨厌最反感的现象——有才华却被埋没，好像已成了拜尔克不变的主题。

　　国王陛下正欲发作，便立刻意识到现在不是表现愤怒的时候，这里也不是表现威严的场合。因此，只是一丝不愉快在他脸上闪过，很快，他的脸上就重新焕发出笑容。

　　"这算不得什么。我相信奥墨海宫有的是体面的衣服。"国王陛下说道，"对了，系密特，这个猎……猎蒙特……猎狐狸的建议是你想出来的，你倒是说说看，什么时候放出猎狗最合适？"

不喜欢打猎的他，怎么也想不起来系密特说过的那种小动物的名字。

"陛下，您是否认为，那些掠夺者是真正的邪恶源泉？是否是他们令您的王国动荡不安？"系密特反问道。

国王陛下稍微思索了片刻，若有所思地说道："我明白你的意思了。你家的奴仆就都是你哥哥在路上收留的掠夺者。其实他们并非生来就是凶徒，是魔族和那些比魔族更为残忍的贪婪之徒，令他们不得不沦为掠夺者。"

"拜尔克城之中，同样也有贪婪和残忍的家伙存在。他们用不着在街头偷窃抢夺，而只需要衣冠楚楚地坐在书桌前面，用一支鹅毛笔和一本账册，制造和指挥着拜尔克街头的罪恶。"系密特说道。

这是他的记忆之中圣堂武士的智慧。只有这些超脱于世俗之外的圣堂武士，才能真正地看透这个世界，看透虚幻的繁华背后的丑恶。

"但是，法律却没有办法来惩治这些人。因为他们的身份或许是商人，或许是收藏家，甚至有可能是贵族；至于那些赃物，是他们花钱买来的，收赃的罪名，根本就不足以对他们的财产和名声有丝毫损伤。

"他们的名声，十有八九会非常干净，甚至有些人可能还拥有崇高的声望，没有人会指责他们是街头犯罪的幕后指使者。陛下您如果想要对他们进行严厉的惩罚，反而会被认为是无视法律的存在。"系密特缓缓说道。

听到这番话，国王陛下显得有些颓然。显然，此刻他也觉

权谋玩偶

得有些无奈和无策。至尊的王权，并不代表能够掌控一切。

"我有些累了，偏偏王后陛下邀请我九点之后一起打牌。"旁边的伦涅丝小姐插嘴道。

房间里面，恐怕就只有系密特一个人对此感到莫名其妙。他实在弄不懂，这位美艳迷人的小姐怎么会如此不知趣，在这个时候说这些小事，给国王陛下增添烦恼。

没想到，国王陛下不但没有生气，反而显得特别开心。他微笑着说道："噢，我的甜心，我很高兴你能够得到王后的谅解！看到你们的关系越来越密切，实在没有什么比这更能令我感到喜悦的了。

"你可以休息一下，小睡片刻，现在离九点钟还有挺长的时间。"

伦涅丝小姐立刻露出了妩媚甜美的微笑，她轻轻用手指点了点系密特的额头，说道："小系密特，你过来服侍我更衣。"

说着，她朝着屏风走去。一个女仆已拿着睡袍，从门外走了过来，显然知道在这个时候应该做什么。

"我也有些累了。"国王陛下说道。

系密特这才发现，那个女仆手里拎着的是两套睡袍，显然这里的人们都有着极好的默契。

"兰妮，你看到了，做国王并不快乐。"年迈的国王陛下拥抱着自己最宠爱的女人，沉沉地叹了口气说道。

"但那是你的天职。就像我，命中注定就是为了您，为了令您能够拥有那片刻的快乐和宁静，而存在于这个世界上。"伦涅丝小姐说道。

"拥有你是我最为庆幸的一件事情。你总是能够令我感到快

161

乐，同时也让我得到安宁。你从来不曾像其他女人那样渴求权力，更没有像她们那样极力想要将我捆绑在你身边，并且永远独占我的宠爱。"国王陛下说道。

"因为我知道，什么才是我的本分。"伦涅丝小姐用低微的语调说道。

"这正说明你比别人聪明。这个世界上真正聪明的人已经不多了。在我眼里，只有你和依维、塔特尼斯兄弟，以及格琳丝侯爵夫人，才算得上是真正聪明的人。"国王陛下又轻轻地叹了口气说道。

他突然间感到自己有些茫然。现在是他一生之中最需要聪明人辅佐的时候，但身边却只有这么几个能够派上用场的人，而且其中还有两个女人和一个孩子。这种情况，简直令他有些束手无策了。

"陛下，您打算如何运用塔特尼斯家族的成员？"伦涅丝小姐试探着问道。

"这正是最让我感到烦恼的事情之一。为了这件事，我伤了不少的脑筋。

"对于塔特尼斯家族所拥有的才华和天赋，我丝毫不感到怀疑。绝顶聪明是这个家族的一贯特征，无论是塔特尼斯兄弟，还是他们俩的父亲——那传闻中的吟游诗人'自由的风'，都拥有常人难以企及的智慧。

"同样，塔特尼斯家族的忠诚我也毫不怀疑。我非常清楚大塔特尼斯来京城之后的情况。就比如说，他对于把他排挤出蒙森特的人充满了怨恨，但是，他却没有将这种怨恨带到工作之中。而小塔特尼斯甚至比他的哥哥更加纯洁。据我所知，他和他那位奇怪的父亲非常相似。从任何角度来看，我都没有理由

不重用塔特尼斯家族。

"但是，以塔特尼斯家族成员的聪明才智，一旦受到重用，毫无疑问，将会迅速拥有庞大的势力和惊人的威望，这可能会威胁到丹摩尔王国的牢固根基。我不能将一切赌注都押在塔特尼斯家族对于王室永远忠诚之上。

"话说回来，在如今的形势下，我又不可能不重用他们。此刻，无论是内阁还是长老院，都必须进行重大变革，这件事情还得让依维和大塔特尼斯去完成。但是，他们却无论如何无法制约那些军人。

"因为无论是依维还是大塔特尼斯，都不可能令军人对他们信服。正是由于这个原因，以往我一直不让依维按照他自己的意愿上前线。虽然军功有助于他得到晋升，虽然在军队待过有助于他获得军人的信任，不过，我更为担心来自背后的暗箭会夺走依维的性命。

"原本军队是我最大的心病，但是小塔特尼斯的出现，却让我看到了一丝契机。我曾经测试过他的能力，令人震惊的是，他虽然年幼，却足以抗衡宫廷之中最好的剑手。

"这是一枚非常强有力的棋子。军队之中最为崇尚的便是威望和实力，系密特那常人无法企及的能力和成就，足以镇住那些想要轻举妄动的军人。我询问过席尔瓦多，他对于蒙森特授勋典礼的描述，足以证明这一点。

"不过麻烦也就来了。同时掌控着军队和内阁，塔特尼斯家族的势力，足以动摇丹摩尔王朝。"国王陛下重重地叹息了一声。他仿佛一下子变得非常苍老。

"陛下，我不知道像我这样身份的人，在丹摩尔王朝的历史上，是否拥有过显赫的权力？"伦涅丝小姐娇笑着说道。

"你好像不是那种渴望权力的人，不是吗？"国王陛下不知道自己的情妇到底是什么意思，他微微有些警惕起来。

"陛下，那些显赫一时的情妇，是否最终夺取了王权？"

"我的宝贝，说出你的看法。"国王陛下稍稍松了口气。他已经听出来，自己宠爱的女人只是想提个建议而已。

"没有人比我更清楚情妇的权威来自哪里。情妇之所以有一定权威，完全有赖于国王陛下的宠幸和那至尊的王权。因此，一旦失去了国王的宠幸，我将什么都没有，甚至连性命都可能无法保全。

"前天，塞根特元帅大人不是呈上一份报告，请求陛下准许他组成特别法庭和特别监察团吗？也就是在昨天，我们这些女人也组成了一个临时法庭。当然，那仅仅只是一场游戏。

"陛下是否还记得元帅大人在呈文中对您提出的请求？他请求您派出特使进入这两个机构。不过特使只能充当'眼睛'，监督他们的行为，而不能发言和干扰他们的工作。

"至于我们这些女人组成的法庭，您也看到了，我们的判决根本就没有什么依据，同时也不需要遵从法律。

"陛下，您刚才为您面对目前的情况却无能为力、面对法律规条却束手无策而烦恼，但是您是否想到，或许正确的意志应该凌驾于法律之上？或许对于特定的事物，应该有特定的处置方式？

"一个真正的'影子法庭'，一个只忠于您、并且以您手中的王权和国王的名义来行使强大职权的部门，或许能够解决所有困惑着您的难题。

"昨天，您告诉我们这些无知的女人，法庭的公正，必须要由严明的执行者来保证。这个影子法庭的执行者，我想最佳人

选就是小系密特。我相信他拥有足够的聪明，而他对您，对丹摩尔王朝的忠诚，至少现在用不着怀疑。

"这个影子法庭虽然地位崇高，不过就像是此刻的我一样，一切权威都来自陛下您的信任。与此同时，这个影子法庭也只能像塞根特元帅提议的那样，只可能是'眼睛'，而不插手具体事务。因此，这个影子法庭将拥有和体现您的威严，却不足以凝聚起不可收拾的势力。

"如果您希望令自己的意志得到进一步贯彻，您可以临时赋予影子法庭更大的权力。瞬间爆发的权威，并不足以动摇王权，反而会有助于令世人看清王权的庞大和威严。"伦涅丝小姐小心翼翼地说道。

此刻的她，就像是在进行一场赌博。

以往，她从未干预过国事，即便向国王陛下推荐自己的弟弟，也总是用拉近关系、旁敲侧击的方法。正是这种淡然，令她拥有了此刻的荣宠，同样也是这个原因，令她得到了如此长久的信任。

但是此刻，她却不得不为自己安排一个更为安全的位置。这既是一条后路，也是安全的保障。只有拥有一部分实权，才能令自己在这个情况瞬息万变的宫廷中，远离灭顶的危机。

事实上，正是刚才国王陛下亲口说的那几个"聪明人"的名字，令她拥有了这个念头。这个灵机一动所产生的想法，在伦涅丝小姐看来，简直就是幸运之神给予的恩赐。

如果这个影子法庭真的组建起来，她几乎可以确信，那高高在上坐在主审官位置的当然还会是国王陛下自己，而他的左右空着的那两个坐位，一个或许会属于王后陛下，而另外一个，则十有八九会落到自己手里。那位格琳丝侯爵夫人或许会担当

魔
武
士

3

书记官的角色。而执行者必然是塔特尼斯家族的幼子。

美艳迷人的伦涅丝小姐，忐忑不安地看着国王陛下。

她注视着国王陛下那紧皱的眉头。令她感到安心的是，那
是思索的证明，并非是反感的表示。

8 主祠圣殿

　　夏日祭的拜尔克，在喧闹和繁华之中，传出了一些令人震惊的消息。这些消息就仿佛是一道暗流一般，冲刷着京城的每一个角落。一夜之间，各种各样的传言，从四面八方传来。

　　不过，当早晨的阳光照射在大街之上，当《拜尔克日报》叫卖的声音在街头响起，一切流言蜚语，都随之烟消云散。

　　那些在早餐餐桌上仍旧散布着昨夜流言的人，立刻便会被看过报纸的人大肆嘲笑一番。随之而起的，往往是"国王万岁"的欢呼声。

　　无论是大街小巷中的流言，还是《拜尔克日报》的消息，都证明了一件事情：国王陛下准备对此刻混乱不堪的秩序和法律废弛的状况下手了。

　　昨天一整天，警务部的治安队和法政署的执法官，几乎没有一刻清闲。而各种各样抵抗拘捕的殴斗，更是在拜尔克的每一区都能看到。

　　在喧闹的游行人群中，总能看到一辆辆黑色厚重的囚车。观看那些被锁铐在囚车上的流氓和恶徒，一时之间，成了拜尔克的又一道风景。

拜尔克的居民，原本就对越来越多涌入京城的外地人有些讨厌。事实上，几乎每一个拜尔克人，都将街头发生的殴斗、抢劫和盗窃归罪于那些从别处迁徙到京城的人。因此，国王陛下的强硬手段，受到了前所未有的赞颂。

而那些外地人在来京的路上，多多少少都见识过一些各地秩序崩溃的景象，因此，他们恐怕是最希望国王陛下施展雷霆手段的一群人。

恐慌来自上层。

此刻在奥墨海宫，那些曾经高高在上的官员不得不小心翼翼地聚拢在一角低声细语。每一个人都在谈论着那个刚刚组建的"国务咨询会"。

几乎每一个人都知道，国王陛下之所以组建这个奇特的组织，最初是因为塞根特元帅的提议。他提议统帅部组建特别法庭和监察团，审视并处理北方诸郡省越显严重的官员腐败，以及地方官员勾结军队将领所引起的动乱迹象。这种情况显然已经到了令人极度不安的境地。无论是国王陛下还是内阁，甚至包括统帅部，都已感到危机一触即发。

几乎每一个人都看得出来，塞根特元帅之所以希望陛下在特别法庭和监察团之中安插亲信，显然是因为他感到局势已到了极其微妙的程度。稍微走错一步，或许便会令许多人陷入万劫不复的泥沼。

元帅大人的请求，绝对能够令人理解，但是国王陛下的做法，却实在让人不可思议。

很多人一开始看到那个所谓的"国务咨询会"成员名单的时候，几乎将这当做是一个玩笑。事实上，几乎整整一个白天，大部分人确实将这当做是玩笑。甚至有人准备在常务例会的时

权谋玩偶

候，就此向国王陛下提出质疑。

但是临近黄昏时，警务部和法政署的联合报告会结束之后，一切都发生了改变。这个原本被当成是笑话，被看做是带有粉红色调游戏的"国务咨询会"，此刻被染上了一层黯淡的血色。

按照惯例，这一次行动抓捕来的囚犯，应该交给法政署拘押和监管，等待法庭的审判和裁决。但是至尊的国王陛下却突然宣布：正式组建特别法庭，并且将那些囚犯全部移交"国务咨询会"临时监管。

国王陛下甚至让"国务咨询会"负责对那些囚犯的审讯，这在很多人看来，简直是滑稽而荒唐。但是，当提出反驳的官员立刻被国王陛下命令扣押，并且交付"国务咨询会"监管审讯的时候，人们才感觉到，这次的气氛有些不同。

到了这个时候，众人才回过神来，仔细审视那犹如怪物一般的"国务咨询会"。

这确实是一个不伦不类的怪物！

七位最高发言人之中，竟然有三个是女人。王后陛下和格琳丝侯爵夫人在其中还算说得过去，但是没有人说得清楚，国王陛下的那位美艳情妇，凭什么出现在七人名单之上？

而另外四个人同样令人感到奇怪。他们要么是孤家寡人，要么性格执拗脾气古怪，但有一点是统一的，那就是他们无论在内阁还是在长老院，都没有什么影响力。

这样一个奇怪的组合在众人看来，根本就是有趣的废物。但是当大家静下心来仔细研究之后才发现，这个名单上的七个人有着共同的特征：他们对于王室的忠诚根本用不着怀疑。

当这七个人之中惟一担任不起眼公职的安格鲁侯爵主动辞去了所有的职务，并且让自己惟一的儿子也辞去公职之后，众人又发现了一个重要特点：名单上的所有人，和任何一方势力都没有多少牵连。

从某种意义上来说，这显然是个忠诚而干净的组合。

到了晚上，当国王陛下临时召开内阁会议，审核"国务咨询会"的预算时，一切都终于显得清晰分明起来。

由王后陛下和那位国王的情妇联名递交上来的预算报告令在场所有人都大吃一惊。甚至连被允许旁听的塞根特元帅，一时之间也被惊呆了。

那是个令人震惊的数字！不过更令人震惊的是预算上罗列的各项清单，这份清单令组建"国务咨询会"的真正意图清晰可见。

一支独立的智囊团，包括了拜尔克最为有名的政治和法律方面的精英。

一支从警务部和法政署抽调出来的第一线骨干组成的监察团。

一支全部由从王家骑兵团之中抽调出来的骑士组成的精英兵团。

独立的财务管理，独立的官员晋升审核，独立的物资储备和后勤补给……所有的一切都是独立的。甚至连犯人的监管和审查，也都是完全独立的。

这份清单令所有人都倒抽了一口冷气，这根本就是一个国中之国！几乎每一位内阁大人都仿佛看到，他们的国王陛下，将通过这个畸形的组织重新掌握生杀予夺的权力。以往内阁和长老院互相掣肘、约束王权的做法，将随着这个"国务咨询会"的建立彻底瓦解。

无论是内阁还是长老院之中，没有人愿意让这样一个组织

权谋玩偶

出现在眼前，但是，也没有一个人敢于站出来反对。

因为只要不是愚蠢到了极点的人都知道，既然国王陛下做出了这样的决定，显然意味着，他已选择了"王权加强权"的统治道路。

能够进入内阁的官员，对于历史多多少少都有些了解。他们知道，这条"王权加强权"的道路未必一定能够通向成功，但是，任何一个愚蠢的、在锋芒最甚的时刻阻挡在这条道路上的人，肯定都会落得个粉身碎骨的下场。

那是真正的粉身碎骨，就连家族也难以保全。

因此，几乎所有人都选择了沉默。而沉默的结果，便是令建立"国务咨询会"的提案得到了顺利通过。

繁华而喧闹的夏日祭还剩下两天，不过系密特看到人们已渐渐恢复了往日的生活。大街上川流不息的游客渐渐减少了，开始营业的店铺却渐渐增多。

此刻走在大街上，已看不到聚拢在一起的大堆人群。即便最受欢迎的表演者周围，观众也寥寥无几。显然，在那最热闹的几天之中，拜尔克的居民已经看够，也看厌了这些表演。

惟一仍然人山人海的地方可能就是那些酒吧。事实上除了丹摩尔最为萧条的时候，酒吧基本上一年到头都不会有什么空闲。

穿行在大街小巷之中，系密特好像是在享受那份难得的悠闲。不过此刻他却是在工作，这令他感到异常讽刺。

他的工作只有一个，便是寻找眼线。

国王陛下不仅对法政署丝毫不予以信任，甚至连法政署的情报网也令他感到怀疑。因此，国王陛下将寻找眼线的差事交

给了系密特。

3

系密特感到此刻他的位置有些尴尬。刚刚组建的"国务咨询会"之中根本就没有他的位置，不过奥墨海宫几乎每一个人都知道，他已然被委以重任。这完全可以从那些宫廷侍从全都必恭必敬地向他鞠躬行礼上看得出来。

系密特对于这种恭敬和尊崇丝毫不感兴趣，他只是在享受着这难得的自由。

伦涅丝小姐显然找到了一个更为有趣的游戏——政治游戏。在系密特看来，这位伦涅丝小姐是个相当精明和厉害的玩家，她总是能准确地挑选到正确的对家。

系密特从奥哈大街悠闲地走过。他刚刚经过的那曾经"款待"过他的酒吧，几天前曾经人头攒动，热闹而繁忙，但是此刻却显得有些冷清，生意要远比两天前差得多。

这显然是因为那位天才马戏演员的离开。他在的时候，没有人愿意承认他的才华，不过当他离开之后，人们都感到惋惜。当然，这也使得这家酒吧失去了往昔的魅力。

系密特朝着那个天才马戏演员租的公寓走去。他非常希望能够说服那位天才马戏演员塞科斯先生，以及此刻和他住在一起的猎手亨特，让他们成为他直属的眼线。

那个所谓的公寓异常低矮。幽暗的楼梯和拥挤的走廊上，东西堆得乱七八糟。这令系密特感到自己并非是待在城市之中，反而更像是待在奥尔麦的丛林。

系密特绕过一片吊挂在头顶上的尿布，贴着墙边，小心翼翼地走过被散乱的煤灰沾染的走廊。这里散发着一股仿佛是馊水和尿液混合在一起的古怪臭味，令系密特感到异常难受。显然，这里和他所熟悉的那个世界相比，简直就是两个天地。系

权谋玩偶

密特希望自己再也不要来这个地方。

按照酒吧老板刚才告诉他的地址，系密特终于找到了塞科斯先生的公寓。他首先看到的，是一扇锈蚀得非常严重的铁门，几块破木板挡住了铁门的缝隙。如此简陋的房门，系密特真是前所未见。

系密特轻轻敲了敲门板。在他看来这是必须的礼貌。门板上那厚厚的灰尘，刚开始的时候令他有些犹豫不决。毕竟他并非平民出身，坐在窗台上已是他所能容忍的极限。

"怎么可能有人敲门？是你的朋友吗？"

"噢，或许是邻居来打招呼。你去开门吧，客气一些没有坏处。"

里面传来说话的声音。过了好一会儿，才有人过来开门。出来的是那位天才马戏演员。他一看到系密特，就立刻兴奋地叫了起来："亨特，是幸运之神来敲门了。"

"幸运之神？哼！你从他身上拔根羽毛让我看看。"里面传来亨特粗鲁的说话声。

"别管他，他昨天多喝了几杯。"塞科斯将系密特让了进去，对他说道。

小小的房间里昏暗而拥挤，连床都没有一张。地上铺着厚厚的报纸，猎手亨特就躺在这张"床"上。他的身边趴着那三只小狗，脑袋旁边则蹲着那只猴子，猴子正在替他梳理头发和抓虱子。

"哎，老伙计，让你的猴子走开，我讨厌让任何东西碰我的头。"亨特有些醉醺醺地说道。

"你应该感到高兴，这说明约翰喜欢你。"说着，塞科斯走到窗前。

系密特这才发现，窗户上居然没有玻璃，而是一整块的木板。

塞科斯将窗户打开，透射进来的阳光却不明亮。因为窗口正对着天井，对面只隔一米便是另一扇窗户。

"陛下不是给了你六十金币吗？难道被别人勒索了？"系密特问道。

听到他的声音，猎人亨特一骨碌爬了起来。他仍然有些睡眼惺忪，对着系密特醉醺醺地说道："噢，小家伙，是你来了！怪不得塞科斯说敲门的是幸运之神。"

"对了，你到这里来，想必有什么事情吧。"塞科斯问道。

"为什么你们不住得好些？六十金币还不够房钱吗？"系密特继续问道。

"我们可不像你那么幸运，不管怎样生活都有保障。我如果只顾眼前，恐怕最终只会饿死！不过，小家伙，我确实没有想到，你居然就是大名鼎鼎的塔特尼斯家族的幼子。

"现在想来，那天你差点被抢，想必是有意为之的吧？昨天拜尔克城里抓了一整天的人，你和这件事情也脱不了关系吧。"亨特说道。

"看样子，你的头脑非常好使。前天我确实是在执行陛下的命令。能够遇到你和塞科斯，显然是巧合和幸运之神的安排。

"现在我有件事情想请你们帮忙。我直接听命于国王陛下，执行一些秘密使命，我需要能够信赖的帮手，你们俩是否愿意帮助我？"系密特说道。

那两个人对望了一眼。眼前这个小家伙，居然一本正经地说自己是国王陛下的秘密使者！说实在的，这令他们感到异常滑稽，但是他们却又不得不相信。

权谋玩偶

　　其中的原因不仅仅是因为传闻中对于这个小家伙的评价，以及塔特尼斯家族受到国王陛下宠信的程度。那天这个小家伙和他所拥有的名声完全相反的表现，以及其后拜尔克城的大搜捕，就是最好的证明。

　　事实上，昨天早晨，他们对于大搜捕还感到莫名其妙。塞科斯被传唤去奥墨海宫，甚至引起了他们的恐慌，以为突然间大难临头。直到他们看到了系密特，并得知了他的身份，再加上在奥墨海宫看到的那些零星的迹象，他们才有些猜疑起这个小家伙的背景来。

　　塞科斯回来之后，猎手亨特将他和系密特的相遇，以及其后发生的一切同塞科斯一印证，两个人都感觉到有许多可疑的地方。

　　"没有想到，国王陛下居然用你这样年幼的小家伙担当密探。"亨特笑了起来。

　　"你们愿意帮忙吗？"系密特直截了当地问道。

　　"问塞科斯。他的脑子比我好使。如果他同意，我就没意见。"亨特说道。

　　系密特转过头来，看着那个天才马戏演员。

　　"我打算在拜尔克城住下来，显然没有拒绝的理由。"塞科斯笑着说道。

　　亨特和塞科斯住的地方属于拜尔克比较下等的平民聚居区，四周的建筑异常拥挤，广场也狭小破旧。白天这里总是空空荡荡，住在这里的人，不是去工作了便是到街上去游玩，没有人愿意待在这个破败的地方。

　　这里也没有什么酒吧和餐厅，他们三个人就算是想要庆祝一番都没有条件。于是，塞科斯提议到他当初表演的酒吧去痛饮一番，他说那个老板还算不错。不过无论是系密特还是亨特，对他对老板的这个评价都有些不以为然。

一路走去，三个人不停地扫视着街道两旁的店铺。

"你们不打算换个住处吗？"系密特问道。

"那里不是挺好嘛！租金又便宜。就是不太宽敞。"亨特不以为然地说道。

而旁边的塞科斯则无奈地笑着摇了摇头，显然他也无法接受亨特的观点。

"别指望我以后还会去那个地方找你们。"系密特说道。

"噢，我的小少爷，我原本还以为你和其他贵族有些不同呢。原来都一样！"亨特说道。

"我曾经对另外一个和你很像的家伙说过，我不会用等级和地位来区分和看待别人，但是我仍会远离臭味和肮脏。"系密特说道。

"有点道理。那个和我很像的家伙是谁？介绍给我认识吧，或许我们能成为朋友。"亨特说道。

"他是我要找的又一个帮手，他还有一帮手下。"系密特说道。

"是个流氓？"亨特问道。

"不，是佣兵。当初我们迁徙到拜尔克来的时候，他是我们的护卫和保镖。"系密特说道，"对了，你和塞科斯是从哪里来的？你们以前就是好朋友吗？"

"以前？我来自曼诺类，塞科斯是汀司科堡人，你说我们会认识吗？我们是在拜尔克认识的。最初是我帮塞科斯，因为我逃出来的时候带了些钱。后来呢就变成了他救助我，因为这里没有什么东西可以让我打猎。"亨特耸了耸肩膀说道。

权谋玩偶

"塞科斯，我真是不明白，为什么你投掷的是钉子而不是飞刀？要知道，那天你的表演固然精彩，不过那些长钉成为了晚上的笑料。"系密特问道。

"我的师父就是这样教我的。我的师父一直都没钱，飞刀需要专门打造，哪有长钉来得方便，数量又多价钱又便宜。更何况，带着长钉用不着担心受到盘查，而飞刀却属于武器，有时候是要被扣留或者缴税的。"塞科斯说道。

他的话令系密特一愣。他回忆起那天他所见到的飞钉绝技来。

那些一寸来长的铁钉，用来对付圣堂武上的天敌——飞行恶鬼，实在是再合适不过了。

"你能教我吗？现在想来，那确实相当有趣。还有那些魔术，我很想知道，你是怎么不停地掏出纸花来的?"系密特说道。事实上就和当初羡慕喷火者一样，魔术师也曾经是他心目中的英雄。

"没问题。就当做是给你的回报。"塞科斯笑着说道。

正当系密特还想从亨特那里也得到一点"回报"的时候，突然间，一种不知名的悸动，从他的心底传来。

这是一种难以形容的糟糕感觉。

系密特茫然地站在那里。他向四下张望，极力想要找到是什么东西令他有这种糟糕的感觉。

这种感觉并不陌生，系密特在自己的心底极力地搜索着。突然间，他感到毛骨悚然。他终于想起来在哪里曾经有过这种感觉。

在那座森林里！在离开蒙森特前往拜尔克的路上，那个隐藏在森林之中，差一点让所有人丧命的诅咒巫师，曾经给予过

他同样的感觉！

一时之间，系密特感到全身上下每一个毛孔都扩张了开来。四周整齐高耸的建筑，此刻仿佛就是那幽深茂密的森林。系密特根本不敢想像，如果诅咒巫师在这里施展力量，拜尔克将会变成何等凄惨的景象。

和系密特此刻无比紧张和略带恐惧的神情相对应的，是亨特和塞科斯那莫名其妙的迷惘和彷徨。

"最近的圣殿在哪里？"系密特急切地询问道。

"圣殿？你说的是圣堂武士住的圣殿？"亨特问道。

"别啰嗦，快告诉我！"系密特喝道。

此刻，塞科斯已经感到情况有些不太正常。他从系密特的神情中，看到了对于灾难和死亡的紧张和恐惧。

"在思雷顿广场上就有一座圣殿。从这里往前三个街区，再往右四个或者五个街区就能到达。"塞科斯说道。

"你们最好离开这里，赶紧找个地方躲起来。往楼上走，越高越好。"系密特给了他们俩一个警告之后，转身朝着塞科斯所指的方向，飞奔而去。

从亚丁大道往北，很远便能看到一座白色的方尖碑建筑，它仿佛是一根直插天际的长剑耸立在那里。这就是塞科斯所说的圣殿，它是拜尔克非常有名的建筑物之一。不过，很少有人能够被允许进入里面。

塞科斯刚才没有来得及告诉系密特，那座圣殿是主祠圣殿，不像其他的圣殿那样欢迎来访者参观。只有那些达官显贵，在圣堂武士大师的带领之下，才有可能进入这里。

系密特对此一无所知。因此他没有想到，当他急速冲进那

权谋玩偶

座圣殿的时候，等待着他的居然是一记侧颈切斩。想都没想，系密特肩膀一沉，手臂一挥，立刻格挡了过去。

那个出手的力武士微微一愣，不过他的动作却丝毫没有停顿，一个肘拐朝着系密特崩砸而去。

如此灵活的变招，显然是系密特不可能拥有的。不过那位负责守卫圣殿的力武士也没想到，系密特的力量居然如此之大。

无论是对于普通人还是对于力武士来说，肘拐崩砸的力量，总是远大于手腕的拍击，但是，此刻那位力武士显然不会这样认为。系密特那沉重的拍击，令他朝一侧倾转，右肋几乎全都暴露了出来。不过系密特此刻更不好受，因为他被狠狠地撞飞了出去。

"这不可能，纯力量型的力武士？"力武士守卫者惊诧地看着摔倒在地的系密特。

"我不是力武士。"系密特几乎是条件反射地说道。

力武士守卫者微微一愣。他的实力虽然丝毫不亚于力武士大师，不过他的智慧显然远远没有达到那个程度，他无法像力武士大师那样理解系密特内心的真实想法。

"这不可能！你肯定是一个力武士——一个非常奇特的力武士。你的身体和那奇特的肌肉是怎么回事？"力武士守卫者固执地问道。

"这个问题，你可以找大长老来回答。我有非常重要的事情需要圣殿帮助。"系密特急匆匆地说道。

他不知道此刻那个隐藏在拜尔克城里的魔族，是否已开始了它的疯狂杀戮。

"你得先告诉我你是谁，然后再说你有什么请求。不过你的请求或许无法被接受。这里是主祠圣殿，而且此刻正有一位力武士即将诞生，我们的工作便是守候他的安全。"力武士守卫者说道。

这个家伙的愚钝和啰嗦，令系密特感到非常无奈。这显然是他所见过的最糟糕的圣堂武士，在他的记忆之中，圣堂武士全都具有高超的智慧，但是眼前这个显然是例外。

"我叫系密特·塔特尼斯，是塔特尼斯家族的幼子。我请求圣殿的支援，因为我感觉到了一个魔族已经侵入拜尔克城。别问我为什么会知道这一点，我也无法说清楚，这好像是我特有的直觉。"系密特说道。

"特有？就像你的身材，还有那奇怪的肌肉？"力武士守卫说道，"好吧，我去通报这里的埃尔德长老。"

看着那个慢吞吞离去的力武士守卫，系密特只能祈祷，祈祷那位埃尔德长老不至于也这样愚钝。

不过，对于那位长老，他多多少少也有一些好奇。要知道，圣堂武士之中能够达到长老等级的并不多见。

而更令他感到好奇的，无疑便是这个地方正在进行的那件事情。他很想看看，真正的圣堂武士是如何诞生的。

独自一人站立在空荡荡的圣殿门口，系密特看到好像有人朝这里探头张望。

他等得有些焦急的时候，正前方的大门猛然敞开，从远处长廊尽头走来一队身披银衣的力武士，为首的那位力武士高大挺拔，那威严的气度，令系密特感到一些震慑。

这便是达到了长老等级的力武士！系密特感到无比惊诧，因为他已经能够感受到，这位力武士长老所拥有的精神力量是何等强大。

"很可惜。你选择了一条奇特的道路，这本无可厚非。不

权谋玩偶

过，你至少不应该背离修炼的方向。此刻的你，恐怕还没有刚刚诞生的时候那样冷静。

"我完全能够感受到你的精神意志的松动和摇摆。显然，你的精神刚刚被恐惧所征服，而此刻又被焦急所控制。"埃尔德长老淡然说道。他猛地一瞪眼睛，那如炬的目光仿佛是一记重锤，猛击在系密特的心头。

不过，这无形的一击，却令系密特躁动不安的心平静了下来。他感觉到，自己从来没有像此刻这样冷静平和过。

"我听说过有关你的事情，是大长老告诉我的。因此，我相信你的直觉。这里所有的圣堂武士都将听从你的调遣，我也已派出了使者，他们正在通知其他圣殿。"高大的埃尔德长老说道。站在他面前，系密特就宛如一个婴儿。

"佛尔，你留守在这里，守护夏倪的平安。"埃尔德长老对刚才那位愚钝的力武士守卫说道。

如果说，昨天警务部和法政署那庞大的抓捕行动，令拜尔克的居民感受到的还只是疑惑和担忧的话，那么此刻满街狂奔的力武士，则令他们感到了恐慌。

拜尔克人往日已经看惯了警务部和法政署的官员，对于他们的大搜捕也并不陌生，但是，圣堂武士如此大规模的出动却是绝无仅有。

对于陌生和未知的东西感到恐惧，这原本就是人性的诸多弱点之一。

更令拜尔克人感到恐慌的是，那些圣堂武士居然开始驱散人群。

如果进行这项工作的，是警务部和法政署的官员，拜尔克的居民在疑惑和担忧的同时，或许还能用抱怨来发泄。但是此刻，面对这些圣堂武士，他们感受到的纯粹只是恐慌。

被清空的街道范围越来越广。一开始，只是都德大街和坎撒尔广场，紧接着海马广场、匹斯安广场、萨洛广场、格林广场，以及和它们有关的几条街道，全都被清理一空。

没有人知道圣堂武士为什么这样做，他们只是远远地看到一个个圣堂武士纵跃在那高高的楼房之间，显然正在搜索些什么。

不仅如此，还有越来越多的圣堂武士从四面八方陆续赶来。他们那冷峻而呆板的面孔，更是令已经处在恐惧中的拜尔克人增添了无数忧愁和烦恼。

没有感到忧愁的，或许就只有那些《拜尔克日报》的记者。这些人极力想要从圣堂武士身边钻过去，一旦被阻止，便立刻高声吵嚷起来，这样的吵嚷声此起彼伏。

而此刻在包围圈的中心，系密特正极力地运用他那独有的直觉，搜索着四周。

"我无法确定它在哪里……"系密特无奈地摇了摇头说道，"我甚至无法确定，它是否在我们的包围之下。"

"或许，我们应该进一步扩大搜索的范围，将更外围的几条街道也一同隔离起来。"高大的埃尔德长老紧皱着眉头说道。

"这恐怕会引起更大的混乱，此刻已经有太多人在围观了。"旁边的一位力武士说道。

"和人的生命比起来，暂时混乱的代价要小得多。"埃尔德长老说道。

正在这个时候，一位力武士从远处飞奔而来。

"埃尔德长老，法政署的一位官员刚刚到达，他希望有人能

为此刻的混乱秩序做出解释。"

所有人都将目光转向了系密特。显然在那些力武士看来，惟一能够解释清楚这一切的，就只有系密特一个人。

"让他过来，我给他解释。"埃尔德长老淡淡地说道。

"那个官员是什么级别？"系密特插嘴问道。

这是他从格琳丝侯爵夫人那里学到的智慧，并非来自于脑子里历代力武士的记忆。他非常清楚，越是底层的官员，越是不容易说话，因为他们害怕出了事情要承担责任。同样，越是底层的官员，越喜欢狐假虎威，反倒是地位较高的官员，会因为各种权衡和顾虑，而显得比较容易沟通。

系密特现在有些无奈。他一向不喜欢对人傲慢无礼，不过他非常清楚，某些时候，对付那些低级官员，傲慢无礼反而是最好的办法。

"他说他是负责这个街区治安的局长。"那位力武士回答道。

"让他向上面报告，请一位至少是总局长的人来。"系密特不以为然地说道。

那位力武士看了一眼埃尔德长老，等到长老点了点头之后，他才转身离开。

"你所在的世界，令你无法得到更加高超的力量。"埃尔德长老缓缓说道，"或许我刚才所说的并不正确。如果你打算追求更为高超的力量，就应该开始找寻适合自己的方式。在这方面，没有人能够给予你指点。

"力武士的强大，与其说是来自强健的肌肉和壮硕的身躯，还不如说是因为我们的精神和意志从来不会动摇。绝对的冷静，甚至比熟练的技巧更加有用。能够在对决之中始终保持冷静的力武士，往往能够获得胜利。

魔武士

3

"正因为如此，我们对于精神的修炼远超过对于肉体的修炼。圣堂那看似封闭的生活，对于我们来说，并非像你想像之中的那样痛苦。与这个世界的繁华和喧闹隔绝，不受任何干扰，才能令我们更加接近力量的巅峰。

"不过，这一切都只对我们有效。如果你无法放弃你的生活，那么你必须得找到另外一条通往力量巅峰的道路。就像圣堂武士之中，无论是力武士还是能武士，都拥有自己的巅峰一样，通往力量巅峰的道路，并不只有一条。"埃尔德长老缓缓说道。

所有这一切都是系密特从来未曾听到过的，此刻他总算明白，为什么大师的力量与长老的力量有着那么大的差距。大师们所追求的仍旧是力量本身，而到了长老的境界，所探寻的，显然已经变成了力量的本质。

在系密特脑子里那历代力武士的记忆中，正确的修炼方法只有一条。即便那几位实力超绝的大师，也都没有突破这个界限。

但是此刻，从埃尔德长老的口中，系密特显然看到了另外一番天地。他猜测，那位打造"双月刃"的大师一定也达到了长老的境界。

或许，对于长老来说，方式已变得不重要。他们所追寻的，是力量的本源。

"大长老又是怎样一番境界？我只见识过他的力量。"系密特问道。

"就像蚂蚁无法形容天空的广阔，我同样也无法描述大长老的力量有多么奥妙。"埃尔德长老摇头叹息道，"无论是力武士还是能武士，都只是一个容器，这个容器的体积都差不了多少。

权谋玩偶

大长老的力量或许比其他力武士都要强大，不过从数值上衡量，顶多也就强大四五倍左右。

"但更重要的差距，是在于运用力量的方法。我们可以将力量想像成为水。普通的力武士只能做到纯熟地运用这些水，能力的高低，仅仅在于控制的技巧而已。而力武士大师却能将水运用到极致，无论是运用一滴水珠，还是将所有的水倾泻而出，对于他们都轻而易举。

"至于我们这些力武士长老，则已经不再纯粹满足于操纵水。我们会将水蒸发成为水蒸气。蒸汽的力量更为强大，能帮我们做很多事情。

"在圣堂武士之中，修炼境界最高便是大长老。长老仍旧得将水慢慢加热变成蒸汽，但对于大长老来说，他所储存的水已经彻底改变了性质。他储存的水原本就拥有液态和气态两种状态，大长老能够自由操纵和改变水的这两种状态。"

埃尔德长老所说的一切，对于系密特来说，简直就是闻所未闻，不过却无疑为他打开了另外一方天地。

系密特正想要继续询问下去，突然间他感到心头一动，他将目光转向了远处一座简陋的楼房，在那凌乱的阳台一角，系密特感受到了魔族的气息。

"小心，是飞行恶鬼！它就躲在那个阳台上的窗帘后面。"系密特叫道。

埃尔德长老没有丝毫犹豫。他立刻命令四个力武士，朝系密特所指的方向包围过去。

系密特刚一说出那隐藏在拜尔克城里的魔族是飞行恶鬼时，他身旁的力武士已经开始准备。只见这些力武士纷纷拔出腰际的弯刀，斩断了街道两边的金属栅栏，那些被切成一段段的金

属铁条就成为了他们的武器。

"这是大长老的命令。我相信，他的命令来自于你的提议。"埃尔德长老说道。

此刻系密特总算明白，为什么他到圣殿搬救兵竟如此容易，显然大长老事先已经有所吩咐。

系密特不知道这位大长老对自己还有哪些了解，想必大长老不会将他那些不愿意告诉别人的隐私也一起说出来，不过，这仍旧令系密特感到一些尴尬和忐忑不安。

随着一阵丁丁当当的响声，大块的玻璃四处飞溅。阳光照耀在那些玻璃碎屑之上，闪烁起点点亮丽的星芒。

更有一些玻璃从高空坠落下来，发出一连串清脆悦耳的声音。不过对于系密特来说，任何声音都比不上那隐隐约约传来的吱吱声更能引起他的注意，那是飞行恶鬼的惨叫。

"别大意，将那里全部围起来，继续往里面投掷暗器。"埃尔德长老冷静地说道。

面对这样危急的情况，埃尔德长老还能如此小心谨慎，这显然大大出乎系密特的预料。

又是一波雨点般的激射。这一次因为靠得比较近，系密特甚至能够看到墙壁上迸发出的点点细碎火星。

那扇窗户早已支离破碎，四周的木框都被击打成了碎屑，就连墙壁也已经千疮百孔。最大的窟窿，甚至能够放进去一条手臂。

这一次，房间里面没有发出任何声息。

"拉米，你进去搜索一下。千万记住，小心警惕！"埃尔德长老吩咐道。

对面阳台上站着的一位力武士立刻飞身一纵，跳上了房顶。

只见他小心翼翼地揭开几张瓦片，朝下面张望了两眼，然后，猛地举起右臂往下一劈。

一连串击打之声，伴随着一阵瓦片碎裂的声音响起……

一切都平静下来之后，那个力武士小心翼翼地跳回阳台，从那残破的窗户走了进去。

当他重新出现在窗口的时候，他的弯刀上挑着一只已经死去了的飞行恶鬼。

对于这种邪恶而丑陋的生物，系密特已见过不止一次了。不过，离开蒙森特之后，他对于这种可怕的魔族有些淡忘，此刻乍然再见，确实令他感到有些毛骨悚然。

"还有另外的魔族吗？"埃尔德长老问道。

系密特运用他那独有的感知能力，朝着四下搜索起来。

"我感觉不到……"系密特缓缓地摇了摇头说道。

正在这个时候，远处一辆马车急匆匆赶来。从马车上快步走下一个神情倨傲的官员。他的身上穿着笔挺的制服，肩上佩戴着一枚肩徽。

"领队的是哪位大师？能否就这件事情给我一个合理的解释？"那个官员远远地便问道。

"有人向我们求助，说有一只飞行恶鬼，不知为何出现在京城拜尔克。"埃尔德长老淡淡地说道。然后，他招了招手，示意那位力武士将证据拿给眼前这位官员看。

非常精彩的一幕，立刻呈现在众人眼前。

那血肉模糊、模样邪恶、丑陋至极的飞行恶鬼一扔到他的脚下，那位刚才还在趾高气扬的官员就惊慌失措地飞逃开去。他那惨白的脸色和惊恐的眼神，实在是和刚才有着太大的反差。

"我们的使命已经完成。善后和向上面报告的事情，应该是阁下的职责。"埃尔德长老说道。他显得那样冷漠，仿佛没有一丝表情。

"请……请你们先将这个……这个东西处理掉。"那位官员躲在马车后面，用颤抖的声音说道。

"请阁下放心。飞行恶鬼活着的时候或许异常危险，但是死了的魔族一点都不可怕。"埃尔德长老说道。

"不——"马车后面传来一声惊惧不安的尖叫。

"系密特，或许我们应该在城里转转，你是惟一能够感知到魔族存在的人。"埃尔德长老对于和胆小官吏的纠缠没有什么兴趣，他转过头来对系密特说道。

"可以，不过我不方便和你们一起奔跑。"系密特说道。

埃尔德长老自然明白，所谓的"不方便"指的是什么。他一把拎住系密特的衣领，将他放在旁边一位力武士的肩上。

"这样应该可以了。"埃尔德长老说道。

从都德大街到拜尔克南郊的驿站区，系密特一直坐在那位力武士的肩上，跑遍了整座拜尔克城。

令人欣慰的是，他再也没有感知到魔族的存在。

忙碌了一整天的圣堂武士渐渐散去，他们回到了自己的圣殿。只有埃尔德长老和他直属的那些圣堂武士，自始至终跟随在系密特的身边。

系密特经过蛤蜊广场的时候，那熟悉的景象令他微微一愣。

"你发现了魔族的踪迹？"埃尔德长老问道。

"不，我只是想起了一些事情。"

系密特确实想起了一些事情。几天前那美妙而绮丽的夜晚，此刻又从他的记忆深处浮现了出来。

　　"我能在这里逗留一下吗？我来拜尔克原本就带着一些使命。"系密特说道。

　　埃尔德长老看了系密特一眼，他显然多少猜到了些什么。

　　"好吧，我们在这里等着。"埃尔德长老说道。

　　系密特从原来进去过的那个缺口钻了进去，他再一次看到了那熟悉而美妙的景象。不过这一次再也没有人来驱赶他，相反，女演员们全都围拢了过来。

　　"这一次，又是来找威尼尔和斯巴恩的吗？"那位如同女武神一样的金发的剧团团长悠然说道。

　　系密特看着她那微微眯缝着、允满笑意的眼睛。从她的眼神之中，他看到了一丝嘲弄。

　　"我这一次是来找你的，有件事情想和你谈谈。"系密特朝四周张望了一眼，有些犹豫地说道，"如果可能的话，我想和你单独谈谈。"

　　"噢，小家伙的意思……是不是想和汉娜去包厢？"

　　"或许他上一次便有了这样的心思。"

　　"呵呵呵……"

　　女演员们放肆地笑着。

　　"换我可以吗？"突然，旁边有人站出来说道。

　　令系密特感到尴尬的是，出来的是那个外表看上去像是纯洁的天使、行为却放荡大胆得令人不可思议的绿头发女孩。

　　"露希，别开玩笑了。"女团长汉娜笑着叱责道。她转过头来，指了指旁边的一辆马车，对系密特说道，"如果你愿意的话，跟我过来。"

　　系密特跟在汉娜小姐的身后爬上了马车，身后传来了一阵咯咯的调笑声。他有些不好意思地回头看了一眼。在人群之中，他看到了坐在角落里的米琳。

米琳小姐是惟一没有加入调笑行列的人。她只是微微朝这里点了点头，目光中充满了宁静和温和，不过也有一丝淡淡的期待。

马车出乎系密特预料的拥挤和狭小。车厢四周全都挂满了东西，梳妆镜和首饰盒这些零零碎碎的东西搁在墙上的木架上。车厢两侧一左一右放着两张狭长的床，正中央有一条极为狭窄的走道，只够让一个人侧身站立。

汉娜小姐揭开其中一张床的床板，从里面取出一包糖果，扔在了对面的床上。

"这是你上一次演出应该得到的报酬。"汉娜小姐笑着说道。

"米琳小姐已经给过我报酬了。"系密特连忙说道。

"我听说了。米琳只告诉了我，就连露希也不知道。"汉娜小姐转过头来，眼神中闪烁着浓浓的嘲弄目光，"那是米琳自己给你的报酬，你可以将它当做是另外一种服务的收入。

"好吧，现在说说你来找我的目的。你既然不是为了威尼尔和斯巴恩而到这里来，难道是为了米琳？"汉娜小姐在对面的床上坐了下来，向系密特问道。

"夏日祭结束之后，你们是否就要离开拜尔克？"系密特问道。

"当然。我们是四处游荡的候鸟，每年只有两次机会来到这里。"汉娜小姐淡淡地说道。

"为什么你们不留在拜尔克？这里应该更容易赚钱。"系密特说道。说到"赚钱"的时候，他稍稍有些犹豫，因为此刻的他已然明白，这些演员是在用什么方式赚钱。

"事情可没有你想像的那么容易！每年我们可以逗留在拜尔

权谋玩偶

克的时间，加起来只有一个月。平时，法政署的官员只要一看到我们，便会将我们驱赶出去，而且还会重重地罚我们一笔钱。"汉娜小姐说道。

"如果有个剧团肯收留你们呢？"系密特问道。

"剧团的那帮吸血鬼可不容易应付！现在的我们是在自己养活自己，虽然辛苦，还能够活得过去。但如果到了他们手里，只怕连皮都没有了。"

说着，汉娜小姐用手指轻轻地刮了刮系密特的鼻梁，仿佛是在惩罚他的馊主意。

"如果没有人敢动你们，你们愿不愿意留在拜尔克？"系密特试探着问道。

"有这么好的事情？小东西，看样子你不像是在开玩笑。"汉娜小姐说道。

"你们可以为我工作。我帮你们解决所有的麻烦。"系密特说道。

"你是谁啊？看上去好像神通广大的样子。"汉娜小姐笑着说道。不过，她对系密特并非真的一无所知，事实上，剧团里的人都已从威尼尔和斯巴恩的口中得知了这个小孩的身份。

塔特尼斯这个姓氏，最近这段日子在拜尔克，简直就是如日中天。而塔特尼斯家族的幼子，更是一个有着传奇色彩的人物。

因此，汉娜小姐丝毫不认为眼前这个小孩只是信口开河。如果塔特尼斯家族的成员都不能称得上神通广大，那实在是没有人能够具备这样的资格了。

"我叫系密特·塔特尼斯，塔特尼斯家族的幼子。我为国王陛下效劳，直接听命于陛下，执行一些秘密使命。"系密特神情严肃地说道。

"我明白了，你是国王的小密探。"汉娜小姐又刮了一下系密特的鼻子，"你希望我们成为你的眼线？我们在拜尔克定居的代价，便是替你和你的国王打探情报？"

"可以这么说。你是否愿意接受？"系密特问道。

"为什么不接受？只是我必须得到大家的同意。不过我相信这并不困难。时局如此动荡，说实在的，每一个人都感到难以再维持目前这个样子了。"汉娜小姐无奈地说道。

"那么，我什么时候能得到确切的回答？"系密特追问道。

"明天。"汉娜小姐笑着说道。

从"森林妖精"剧团出来，系密特朝着远处走去。

圣堂武士们仍然等候在广场的一角。此刻已经有人在一旁围观。

"你的工作完成了？"埃尔德长老问道。

"是的，非常顺利。"系密特说道。

"我似乎能够看到，你正行走在背离圣堂的阴影之中。"埃尔德长老面无表情地说道。

"我感到无奈，选择权并不在我的手中。"系密特叹了口气说道。

"身体的自由和心灵的自由哪个更重要？如果你无法看透这一点的话，即便这无比广阔的天地，也只不过是个大一点的囚笼而已。"埃尔德长老淡然说道。

9 五月玫瑰

一个不论多宽敞的地方，如果放满了东西，又挤进来过多的人的话，也会显得拥挤。而此刻，波索鲁大师所住别墅的二楼，给人的感觉正是如此。

房屋正中央那张巨大的实验桌上，此刻放置着一个解剖用的铁盘。那只在拜尔克被消灭的飞行恶鬼，此刻正躺在铁盘正中央。它的身体已然支离破碎，四肢已经被切割下来，胸膛和肚子同样被打开，露出了里面的内脏器官。

铁板的边缘积起了一圈血水，空气中弥漫着一股浓浓的血腥味道。

此刻，波索鲁大魔法师正站立在解剖盘前，他用锋利无比的解剖刀小心翼翼地划开了那暗红色的胃袋。一股刺鼻的酸臭气味立刻取代了血腥味，充斥了整个房间。

这股难闻的气味，不仅令波索鲁大师自己皱紧了眉头。旁边站立着的人，也没有一个不感到恶心欲呕吐。

一阵不知道从哪里刮来的风，将这股恶臭席卷着吹出窗外。马上有一个透明的水罩子，将那个支离破碎的飞行恶鬼的身体整个儿笼罩了起来。

魔武士 3

波索鲁大师的手穿过那透明的水罩，用解剖刀轻轻地翻动着那个被划开的胃袋。过了好一会儿，他才重重地叹了口气说道："但愿我的猜测是完全错误的……如果我没猜错，可能有人在暗中饲养这只飞行恶鬼。

"我在蒙森特所搜集到的魔族的胃袋中，只能找到一种紫色的黏稠物。从成分来看，那东西有点像肥皂和蜡烛的混合体。但是，眼前这只飞行恶鬼的胃袋里面，却全都是人吃的东西，说是残羹剩饭更加合适。"

听到波索鲁大师的话，在场的每一个人都皱紧了眉头。

"谁会去饲养魔族，又是从哪里抓捕到这个魔族的呢？"塞根特元帅问道。

"迄今为止，还没有迹象表明，魔族已经越过了奇斯拉特山脉，因此，这只飞行恶鬼只可能来自北方。从它肌肉萎缩的状况来看，它已被带到这里很长一段时间。它的翅膀多次折断，而且都是旧伤口，应该是运输途中受到的损伤。"波索鲁大师缓缓说道。

"将魔族偷运到这里来？难道有人在暗中搞什么阴谋？"国王陛下神情凝重地说道。

所有人的目光都转向另外一位陛下。但是看到教宗那木然的神情，每一个人都有些失望。

"我所担忧的是，是否还有其他魔族被偷运进了拜尔克。这一次非常幸运，小系密特拥有的奇特感知力起了作用，更幸运的是他恰好经过那个地方。不过我不知道，下一次，我们是否还能这样幸运。"教宗陛下叹了口气说道。

教宗陛下都不知道下一次是否能够这样幸运，其他人自然更不敢奢望。每一个人都感到事态异常严峻。

权谋玩偶

"最近这几天，我几乎走遍了拜尔克的每一个角落，并没有感觉到任何异常。"系密特说道。

以他在这里的身份地位，原本没有说话的资格，不过此刻却没有一个人感到他有什么不对。

"我担心的是，那个魔族原本并不在拜尔克城里。既然有人能将它从北方千里迢迢地运到这里，自然也能把它从拜尔克周围的某个地方运进城里。"塞根特元帅说道。

"这恐怕就麻烦了。系密特不可能将拜尔克附近的每一寸土地都踏遍吧。"波索鲁大师皱着眉头说道。

其他人也不由自主地点了点头。

"我已经让人加紧盘查，任何想要进城的车辆，甚至包括王室专用的马车也不能放过。"国王陛下说道。显然，这一次他是下了狠心。

"这不能从根本上解决问题。弓弩不可能总是紧绷着弦，我们也不可能总是把气氛弄得那样紧张。更何况，这么大的拜尔克，不可能没有一点空档和漏洞。"大长老陛下连连摇头说道。

事实上，这里的每一个人，除了国王陛下之外，大概都能想出很多种方法，避开那所谓铜墙铁壁一般的盘查，随意出入拜尔克。

"法政署的暗探有什么发现？"教宗问道。

"没有。迄今为止都杳无音信。"国王陛下无奈地摇了摇头。

"会是什么人做出这样的事？"塞根特元帅自言自语道。

"那些对丹摩尔王国不满，对此刻的局势不满，抑或是对我本人不满的人！"国王陛下愤怒地说道。不过在众人看来，此刻最为不满的显然是他自己。

"如果有什么办法能够提高系密特那种独特的感知力就好

了。他能够凭借这种感知力成功地翻越奇斯拉特山脉，肯定还能够做出更大的贡献。"国王陛下将头转向了站立在解剖盘前面的波索鲁大魔法师。

"在无法对这种奇特的感知力进行详细的分析之前，我无法做出任何保证。"波索鲁大师摇摇头，有些无奈地说道，"魔法师毕竟不是神灵。"

"如果是这样的话，暂时只能拜托圣殿的帮助了。"国王陛下无可奈何地说道。

从波索鲁大师的别墅出来，国王陛下的神情多少有些失落。甚至连那例行的"国务咨询会"报告会议，都不能令他振奋精神。

和以往一样，所有人都早早地就坐在了那间狭小的会议室里面。不过，没有人敢对国王陛下的姗姗来迟显露出丝毫的不满。

国王陛下在正中央的宝座上坐了下来，预示着会议即将正式开始。

和以往一样，会议开始时，每一个咨询会成员都要做个自己的报告。不过，说来说去也就是那么几件事情，诸如又招收了多少眼线、检查了哪些部门的账务、接管了哪些原本属于其他部门的机构等等。

惟一能够令国王陛下提起点精神的，或许就只有那几个新推荐的人选，不过这仍旧不能令他保持长久的热情。

不过，有一个人始终露出欲言又止的神情，却引起了国王陛下的注意。

"道格侯爵，你有什么事吗？不要把话藏在心里，说出来听

权谋玩偶

听。我希望这里的每一个人都能畅所欲言。"国王陛下问道。

欲言又止的那个人，正是"国务咨询会"之中资历最深、年纪最老的道格侯爵。

只见他皱了皱眉头，必恭必敬地行了个礼，然后才压低了嗓音说道："陛下，我知道最近您最感到困惑和烦恼的，无疑便是那突然出现在京城拜尔克的飞行恶鬼。我的眼线也打探到了一些情报。"

"快说说看。"国王陛下迫不及待地说道。

"陛下，我必须说，那仅仅是一些传闻，我没来得及确认。"道格侯爵有些犹豫地说道。

事实上，他对这件事根本一点把握都没有。他的眼线打探到的情报，甚至比道听途说的那些更加令人难以置信。因此，他刚才一直在犹豫不决，不知道是否应该将这件事情禀告陛下。

不过此刻，忠诚的侯爵大人已没有选择，他只能硬着头皮说道："陛下，我的一位部下乐戈伯爵听他的夫人说，在她所加入的一个沙龙之中，流传着有关魔族的传闻。

"传闻说，拜尔克城里有人能够使人不受到魔族的攻击。虽然这未必一定和此刻出现在拜尔克的那只飞行恶鬼有关，不过在我看来，这是一条值得调查的线索。"

听到这番话，国王陛下露出了遗憾的神情，他觉得这似乎并不是什么太有价值的情报。

国王陛下身旁的一位大人也连连摇头说道："道格侯爵，在目前这种局势之下，会出现阁下所说的那种谣言和传闻，是很正常的一件事情。姑且不论可能有居心叵测的人想要趁此机会谋取横财，单单世人对于魔族的无知和恐慌，也足以令这种谣传散播开来。"

"考特尔伯爵，阁下所说的，我也曾经考虑过。不过，我的部下乐戈伯爵提到的一件事情，让我否定了自己的怀疑。他告诉我，他从他的妻子那里听说，魔族无法穿透水看到东西。"道格侯爵说道。

这下子，几乎每一个人都显得神情凝重起来。国王陛下更是如此，只有他最为清楚这意味着什么。

每一个人都转过头来，看着这位至尊的陛下。他们之中有的早已经知道了那个秘密，有的则希望能够从陛下的反应之中，得到一些启示。

正如众人预料和猜想的那样，国王陛下阴沉着脸，神情异常凝重地说道："必须彻底查清到底是谁泄漏了秘密！可恶，这简直是不可饶恕！"

至尊的国王陛下的愤怒，令所有人都不敢再说一句话。在座的人们面面相觑，仿佛在等待有人能站出来，结束这令人压抑的时刻。

"道格侯爵，这个消息的源头来自何处？"过了好一会儿，国王陛下才稍稍平静下来一些。

"是一个叫'五月玫瑰'的沙龙。这个沙龙在下层和外来贵族之中有相当的影响力。

"它原本只是个艺术品鉴赏的聚会，后来又发展出了一个带有会员制性质的俱乐部。那个俱乐部以能够订制极为上等的香水和化妆品而著称。

"因此，能够被认可进入那个俱乐部的大多是些女人们，因为那里的香水品质上等，而且价格便宜。能够成为那里的会员，已经成了京城拜尔克的又一个流行时尚。

"但是，想要加入这个俱乐部并不容易。我的那位部下想尽

权谋玩偶

了办法，也没能让自己的妻子成为俱乐部的成员。"

听着道格侯爵的描述，人们都微微皱起了眉头。如果这个沙龙全都是由酷爱香水和化妆品的女人组成的话，那或许真的会是一个骗局。众所周知，女人是最容易被骗的。

不过，如果这仅仅是一个诈取女人钱财的骗局，那个被泄漏的秘密又从何谈起？难道仅仅只是巧合？难道胡乱的猜测，正好与真相完全符合？

"道格，想要进入那个俱乐部，需要具备一些什么条件？"国王陛下问道。他并不是当真对于进入那个俱乐部很感兴趣，只不过眼前没有其他线索而已。

"想要进入那个俱乐部，首先必须是那个沙龙的成员。那里是外来人和下层贵族聚集的所在，不是那个圈子的人，会显得异常显眼而且不受欢迎。

"成为沙龙的会员之后，还得得到一个审议会的认可。不过这并不困难，真正困难的是必须找到一个推荐人。

"我稍微调查了一下那个俱乐部，能够担任推荐人的只有五个，她们都是从外地来的下层贵族。"

说着，道格侯爵从身侧的书夹之中抽出一叠文件，分发给在座的每一个人。显然，在这件事情上，他确实花费了一些精力去调查。

看着那上面的名字和简略叙述，大多数人根本就没什么头绪。正如道格侯爵所说的那样，这全都是一些陌生的家族和名字。她们毫无疑问都来自于偏远的郡省，此刻的身份只不过是难民，稍微高贵一些的难民。

只有那位美艳迷人的国王的情妇——伦涅丝小姐的神情微微有些变化，她显然从这份文件之中看出了一些东西。不过这一丝细微的表情变化，只有国王陛下注意到。其他人对于伦涅丝小姐毕竟没有那么了解。

"道格，你的工作令我非常满意。我希望你能够得到更多更为确切的消息，同时也希望你能设法派人进入那个俱乐部。毕竟，这是此刻我们所知道的惟一一条线索。"国王陛下缓缓地说道。

道格侯爵自然显露出一副诚惶诚恐的神情。

离开会议室，国王陛下就和往常一样，陪伴在他心爱的情妇身边。而系密特也不得不随侍左右。不过此刻，他和那些大理石面孔的女仆全都站在门外，因为陛下和伦涅丝小姐正在谈论非常重要的事情。

在那个奢华而精致的小客厅里，詹姆斯七世轻轻地握着情妇那柔嫩的手，问道："兰妮，我刚才注意到你的神情有些变化，你是否发现了什么？"

"陛下，我只是看到了一个曾经认识的人的名字。您是否还记得，名单上面有玛丽·康斯坦伯爵夫人这个名字？她来自奥马尔郡，那里也是我和依维的故乡。

"康斯坦家族是那里的名门望族。玛丽来自另外一个当地豪门。她和我曾经是同学，也是亲密的好友。当然，那时我的名字还是帕丝·萨曼，而不是伦涅丝·法恩纳利。

"在安仑修女学院，我和玛丽住在同一个寝室，相处了整整六年——从八岁到十四岁。不过，一个意外令我们彻底决裂，她甚至当面告诉我，她绝对不会邀请我参加她的婚礼。

"事实上，我也的确没有参加她的婚礼。因为我不久之后便来到了这里，并且彻底丢弃了我原有的姓氏和过去的一切。"伦

权谋玩偶

涅丝小姐缓缓说道。

"我最亲爱的兰妮，这显然是我的幸运，仁慈的父神将你赐给了我。"国王陛下轻声说道，"兰妮，我想问你，康斯坦伯爵夫人是否知道你此刻的身份？你们后来有没有再见过面？"

"没有。我放弃了一切，自然不想再回到过去。依维也绝对不可能再和过去有所纠葛。过去的一切对于我们来说，更多的是我们不愿意再次想起的贫困和烦恼。"伦涅丝小姐缓缓地说道。她的语调之中略带忧伤。

"噢，亲爱的，我很抱歉，我让你想起了过去那不愉快的经历。"国王陛下连忙安慰道。

"陛下，您是否打算让我前往那个沙龙，并且设法进入俱乐部？"伦涅丝小姐问道。

"这太危险，而且会令你想起忧伤的过去。"国王陛下摇了摇头说道。

"只要是为了您，我的陛下，我不在乎会有什么样的危险。至于那忧伤的过去，只要有您在，过去的忧伤根本不足为虑。"伦涅丝小姐用充满柔情的声音说道。

"这件事确实太危险。你受到一点点伤害，都将令我无法原谅自己。"国王陛下叹息道。

"陛下，或许危险并不像您想像得那样大。在京城之中没有人知道我的过去，您不会四处宣扬，依维也不可能泄漏。

"我很少抛头露面，更别说在下层贵族面前暴露身份。而依维，当初我带着他到拜尔克来的时候，他才十岁多一点。当年对他再熟悉的人，此刻想必也无法认出他来。

"只要身份不暴露，我根本就不会有任何危险。如果您还是不太放心的话，可以让系密特跟随在我身边，贴身保护我。他拥有那独特的感知力。只要一发觉魔族的存在，我们便立刻离开，然后让警务部进行彻底的搜捕。

"如果没有魔族的踪迹，以系密特的身手，也足以保护我的安全。您非常清楚，他能和宫廷御用剑手打成平手，对付那些练过一点点剑术的保镖和亡命之徒，自然更不在话下。"伦涅丝小姐缓缓地说道。

"我怎么可能放心得下？我相信系密特的剑术肯定不错，至少我自己根本无法战胜他，不过，我并不认为他真的能够和宫廷剑手一较高下。那次所谓的和局，只是一个皆大欢喜的结果而已。"国王陛下淡然说道，"不过，他的那种特殊感知力倒确实可以派上用场。或许按照你的计划试试也未尝不可。不过，我始终不希望你太冒险。"

一辆棕色的私人租用马车，缓缓地驶入了香波拉大街四十五号的大门。

这是一座查理三世时代的建筑。外表简洁优雅，没有丝毫浮夸和奢华的装饰和雕刻。一块块整齐的红色方砖，配上大理石边缘，在简洁之中，又显示出一丝贵族气派。

这座别墅前面有一座小花坛，马车沿着花坛转了半个圈，最后停在了别墅门前。

又有两辆马车紧随其后，看来这个地方确实非常受欢迎。后面的那两辆租用马车，也显示出这里确实如道格侯爵所说，都是些来自下层和外地的贵族。

伦涅丝小姐从马车上下来，打发车夫离开，然后带着系密特朝着别墅走去。这位国王的情妇今天戴着一个装饰着繁复花边的黑色软边帽，一道黑色的网巾将她的脸轻轻地遮盖起来，

权谋玩偶

令她显得有些凝重和深沉。

她穿着一条连脖子都紧紧包裹起来的米黄色长裙，这和拜尔克时下最为流行的那种半袒胸长裙，实在是非常鲜明的对比。这条长裙无论是样式还是做工，都算不上上等。虽然还不至于显得太寒酸，不过却足以证明这位小姐的家境并不怎么样。

别墅的门口站着一位侍者，不过他丝毫没有阻止这位小姐进入的意思。这是一个自由的沙龙，并不排斥别人进入，难以进入的只是那个俱乐部。

走进大厅，系密特觉得这里和红鹳旅馆颇有些相似。一道直通的天井，令这里显得异常宽敞。螺旋型的扶梯连接着每一层楼，在最高的五楼，有侍者站在楼梯口守候着。

阳光透过那巨大的圆形彩色玻璃拼花屋顶透射进来，将四周染上一层绚丽的光彩。

最底层自然就是沙龙聚会的地方，有大约一两百人正在那里悠闲地聊着天。

这里的布置算不上奢华。简单的柚木长椅围拢成一个个小小的圆圈。圆圈的正中央是比膝盖还要低矮的茶几，茶几上铺着大理石的桌面。四周的墙边和角落里面，放置着一盆盆的绿色植物。

所有这一切，都给人一种沧桑的感觉。或许正是因为这个原因，那些从外地来到拜尔克的贵族才在这里流连忘返。

他们的不得意，显然很符合这里的气质。适当的沧桑，并不会令人感到伤感，反倒是过度的奢华，会令这些失落的人难以忍受。毕竟在丹摩尔，像塔特尼斯家族那样幸运地被拜尔克接受和承认的外地家族，并没有多少。

看到眼前这一切，系密特甚至有些佩服他随侍的这位国王的情妇。显然，伦涅丝小姐并非仅仅只是依靠美貌而获得了国王陛下的宠幸。她仅仅凭借着这身装束和打扮，便轻而易举地融入了这里的气氛之中，这显然应该被看做是某种智慧。

伦涅丝小姐并没有在任何一个圈子里面稍作停留，她在这座空旷的大厅之中四处游荡。这身显得有些忧郁的装束显然引起了很多人注意，而那黑纱后的美艳脸庞，让注意到她的男性全都露出了沉迷的神情。

系密特看到不少人走过来打招呼，不过伦涅丝小姐都三言两语就把他们打发走了。她仍旧一副落寞孤寂的神情，静静地站在一个角落里。

突然间，一阵轻微的拍手声响起，几个女人出现在五楼的楼梯口。

系密特将目光锁定在其中的一个女人身上。那是个和伦涅丝小姐差不多年纪的夫人，她同样美艳动人，只是稍逊伦涅丝小姐一分。

一头打着卷的黑发，宛如风中凌乱的波涛。那双眼睛甚至比伦涅丝小姐的眼睛更大。那稍稍有些粗重的眉毛、那浓密的睫毛和那漆黑的瞳孔都令人感到，这双眼睛似乎不应该出现在一个女人的脸上。而她那挺立的鼻梁和高耸的颧骨，都让她具有一种男性的感觉。

不过，在系密特看来，这种感觉和那位"森林妖精之王"汉娜小姐给他的感觉又有不同。如果说，汉娜小姐所拥有的是像男性一般的刚毅的话，那么眼前这位夫人所拥有的，便是男人那勃勃的野心。

这位夫人显然便是此行的目标——伦涅丝小姐当年的密友康斯坦伯爵夫人。

权谋玩偶

　　不过，多看了几眼之后，系密特怎么也无法想像，她们俩怎么可能成为朋友。系密特相信那位夫人不可能拥有一个真正的朋友，就像自己的哥哥一样。虽然仅仅只是初次相见，不过，系密特却觉得对那位夫人异常熟悉。

　　那位康斯坦伯爵夫人如同众星拱月一般，在众位夫人的围拥之下，缓缓走下楼梯。她的身后跟随着五位侍从，每个人的手里都捧着一幅画。

　　系密特猜想，这大概就是所谓的艺术鉴赏。不过，他对此没有丝毫的兴趣。塔特尼斯家族对于艺术的天赋，全都集中在了音乐上面，对于绘画，这个家族的所有成员顶多称得上是附庸风雅。

　　令系密特感到奇怪的是，他随侍的伦涅丝小姐仍旧静静地站在窗台前面，仿佛丝毫没有和那位夫人相认的想法。

　　"帕丝小姐，难道你打算在这里站到沙龙结束?"系密特悄声问道。

　　"小杰尼，你那独特的感知，是否有所发现?"伦涅丝小姐反问道。

　　"丝毫没有。事实上我曾经来过这条大街，我确信四周没有任何令我警觉的目标。"系密特说道。

　　"小杰尼，做得不错，你显然非常清楚自己的职责。不过我同样也记得我的使命，我知道自己应该如何去做。"说着，伦涅丝小姐用力拧了一把系密特的脸颊，以示惩罚。

　　看着那气氛显得越来越热闹的沙龙，系密特甚至有些无聊起来。突然间，他感到有人拎住他的脖子，将他向旁边搜去。

　　会这样做的，自然只有伦涅丝小姐。而她的目标则是侍从们刚刚放在旁边长桌上的点心。

系密特知道，伦涅丝小姐绝对不可能对这些点心感兴趣。宫廷御厨制作的点心，远比这些要可口诱人得多。

不过，系密特却多少猜到了伦涅丝小姐的意图。他甚至开始佩服起伦涅丝小姐的表演功夫来。他想，为什么伦涅丝小姐不去登台表演呢？她无疑会成为最杰出的演员，她的天赋无与伦比。

看着伦涅丝小姐仿佛是做贼似的，将几块糕点塞在自己手里，系密特简直有些哭笑不得。不过，他不得不配合她显示出渴望已久的样子，大口地吞咽起这些点心来。还好，这件工作并不令人感到辛苦和繁重。

"帕丝，是你吗？"身后传来一个女人的声音。说话的人仿佛非常高兴一般。

"噢，玛丽，我没想到你就是这个沙龙的主办者！"伦涅丝小姐转过身来，有些不自然地说道。

伦涅丝小姐那略显尴尬的神情令系密特暗自叫绝。不过当他的背心传来一阵异常疼痛的手指狠掐时，他这才发现自己忘了进行配合。

"小杰尼，要有礼貌！这是玛丽阿姨。"伦涅丝小姐装出一副训斥的样子。她转过头来，笑着对那位年轻的夫人说道："玛丽，这是小杰尼，依维的妻弟。"

"噢，依维？在我的记忆之中，那个小家伙还是一个总是跟随在你脚边的可爱男孩！你还记得当初我和安妮是怎样作弄他的吗？没想到，现在他竟然已经结婚了。"康斯坦伯爵夫人笑着说道，"告诉我，依维的妻子是哪家的名门闺秀？或许我们两家还有一些亲戚关系。"

"如果真的那么幸运就好了！小杰尼的父亲是渥德子爵，国

王陛下的木材承包商。他曾经非常富有。拜他所赐，我和依维得以过了一段好日子。不过魔族的入侵令他彻底破产，更令我们颠沛流离来到拜尔克。

"依维和他的妻子刚刚离开拜尔克去往南方，他的一位朋友替他在港口安全处找了个差事。老子爵则承蒙陛下的怜悯，准备前往安莎城堡，他或许得在那里待到彻底看不到魔族踪迹的时候。

"因为那里实在太靠近北方，老子爵无法放心地将小杰尼带在身边。而依维也尚未在南方站稳脚跟。因为魔族的侵袭，逃往南方的人越来越多，听说那里的房子非常紧张，租金高昂得令人难以承受。

"虽然拜尔克也是这样，不过幸好老子爵在他当年还算富有的时候，曾经在金星广场旁边买下了一幢房子。现在那幢房子被分隔开来出租。收取来的租金，让我和小杰尼得以继续留在拜尔克。"伦涅丝小姐用异常低缓而无奈的语调缓缓说道。

"一切都会好起来的，更何况，我也会帮你。"康斯坦伯爵夫人笑着说道。

不过，系密特却感到那丝笑容给他的感觉有些熟悉。他的哥哥好像也经常露出这种笑容，那往往是在提到他最讨厌的郡守大人的时候。

"玛丽，你知道的，我不喜欢亏欠别人的人情。"伦涅丝小姐微微有些固执地说道。

"噢，帕丝，你或许还在为当年的事情而耿耿于怀吧？要不然，你也不会看到我就远远躲开。

"要不是你的美貌引起了几位男士的注意，要不是他们的介绍和指点让我注意到了你，或许，我根本就不知道你已到过这里。"康斯坦伯爵夫人用异常温和的语调说道。不过系密特却听得出这番话中微微有点酸意。

"玛丽，对于过去的一切，我早已经淡忘了。我相信，命中注定是我的，我绝对不会失去；而那些失去的，想必原本就不该属于我。"伦涅丝小姐淡然说道。

"难道你对于过去的一切真的已如此冷漠？难道你根本就不想知道康斯坦伯爵后来怎么样了？"康斯坦伯爵夫人问道。

"玛丽，我说过，我对于过去的一切已然淡忘。不仅因为时间能够抹平一切，还因为我也已经找到了另外一个值得托付终身的人。他或许不够富有，而且身为家族的第三个儿子，他也未必拥有光明的前程，但他拥有足够的勇气和真诚。

"事实上，我们原本打算在夏日祭的第三天结婚，但是国王陛下的一纸调令，却突然将我们分离……"伦涅丝小姐说道。她的语调之中带有浓浓的情义，甚至连系密特也有些怀疑，这到底只是信口开河，还是真有其事。

"帕丝，我得说其实你非常幸运，你总是能够得到男人们的青睐。我的丈夫当初虽然选择了我，但是我知道，他一直对你无法忘怀。两年前他死于伤寒，不过在我看来，相思才是他真正致命的病因。

"我虽然因此而继承了大笔遗产，但却成为了一个年轻的寡妇。你应该非常清楚，一个没有孩子的寡妇将会受到多大的排挤，因此，我只好背井离乡来到拜尔克。这已经是两年前的事情了。

"这里虽然繁华，却令我感到非常寂寞。幸好魔族的入侵，让很多人迁徙到这里，只有她们能够认同和接受我，因为我和她们是同一类人。也是因为这个原因，令我非常希望能够为我

权谋玩偶

们这样的人做些什么。

"而此刻我最希望做的，便是给予你一些补偿，以弥补当年我所做的一切。"康斯坦伯爵夫人说道。不过系密特却感到，这番听起来情真意切的话语中，没有一丝的诚意。

"玛丽，我说过，过往的一切，我都已然淡漠。我不需要你的任何补偿，因为命运已经给予了我补偿，它让我找到了真爱。"伦涅丝小姐说道。

说完，她一把拉起系密特，快步朝门口走去，仿佛她一刻都不想在这里停留。

从那座别墅出来，伦涅丝小姐气鼓鼓地坐上了那辆一直等候在门口的租用马车。系密特清楚地感觉到，这股怒气不是装出来的。

"回家！"伦涅丝小姐吩咐道。

马车离开香波拉大街，朝着拜尔克南城驶去。

那座金星广场就在摄政宫区最南侧的边缘上。这里算不上是最繁华热闹的商业街，不过却是从外地搬迁而来的贵族和有钱人聚居的场所。

广场西侧的一幢五层楼建筑物，便是伦涅丝小姐所说的那个家。这里确实属于一位叫渥德的子爵，当然，这位渥德子爵其实是国王陛下的密探。

这幢房子的其他住客，大多数也是国王陛下的密探。最近房间被重新分隔过，更多的密探住了进来。

詹姆斯七世在拜尔克城里至少拥有十一处这样的产业，这是他给予当年那些密探的恩典。他对他们惟一的要求，便是叫他们能守口如瓶。

楼房最顶层面对广场的房间便属于伦涅丝小姐。密探们对自己新来的邻居宣称，这位房东小姐在这里已经住了两年，而那些邻居自然对此信以为真。

事实上，能够住在这附近的，也全都是一些经过精心挑选的人。几乎所有的住客都宣称房东是个和善而通情达理的人，因为他要求的租金比旁边的房间要低一些，而且租金可以暂时拖欠。但是没有人知道，这些恩典并非来自渥德子爵，他只是国王陛下的代理人。

能够住在这里的人，全都拥有一技之长。负责甄选有才能的人物，是国王陛下最近刚刚下达给他直属部下的任务。因此，这显然是一座欣欣向荣的住宅。

而此刻，在楼顶上却是一片阴沉。从那座别墅回来以后，伦涅丝小姐就一直没有开心过。

"过来，小家伙，坐到这里来。"伦涅丝小姐轻轻地拍了拍她身边空出的位置，示意系密特坐过来。不过她的眼睛，始终没有离开过那面梳妆镜。

"要不要我把您的女仆叫来？"系密特问道。他可不想在这个时候招惹这位美艳却充满心机的女人。

"你好像又忘了该称呼我什么。"伦涅丝小姐有些不满地说道。

"我担心会在执行任务的时候，无意之中说溜嘴。"系密特连忙解释道。

"借口。"伦涅丝小姐更为不满。她转过身来，一把将系密特拉了过去。

"小家伙，现在你得做出抉择。我相信你今天听到了太多东西，而这些连国王陛下都没有听到过。你应该非常清楚，我要

权谋玩偶

你选择什么。"伦涅丝小姐紧紧地盯着系密特，严厉地说道。

"伦涅丝小姐，我保证守口如瓶。陛下不会从我这里听到任何一句对您不利的话。"系密特连忙说道。

"啪"的一声，一个巴掌重重地打在了系密特的脸上。

其实系密特完全能够躲开这记巴掌，不过他并没有那样做，因为他从玲娣姑姑和沙拉小姐身上早已得到教训，那样做只会令女人更加怒火中烧。

和以往一样，系密特露出了委屈的表情。他甚至开始控制着眼泪在眼圈里面打转。

"别给我来这套！我可不是玲娣和沙拉，那么容易被你骗！

"我知道你有很多事情一直隐瞒着我。和陛下不一样，我可从来没有将你当做是一个小孩。或许在别人眼里，你和普通的小孩没有什么两样，只是比他们更为优秀而已。但是，我却自始至终将你当做是一个拥有成熟意识的人。你别想瞒过我。"

伦涅丝小姐抓紧了系密特的手臂，接着说道："真正的小孩，总是试图装出自己是大人的模样，因为在他们眼里，幼小的年纪没有什么优势可言。而你却总是竭力令自己显得幼小，这只能说明你想要掩饰自己的成熟！因为我自己就是这样！"

说到最后那句话的时候，伦涅丝小姐简直是在怒吼。

"而且，格琳丝侯爵夫人看你的眼神，也证实了我的猜测。那绝对不是看小孩子的眼神！在她的眼里，你就是一个成年人！我一直非常推崇格琳丝侯爵夫人的眼光和智慧。事实上，她原本被我当做是最可怕的威胁，因为我知道，一旦我和王后发生冲突，她毫无疑问将成为王后那方最强有力的策划者。

"所以说你不要跟我耍什么花招，现在，让我们进行一场成年人的交谈。告诉我你的最终选择。"伦涅丝小姐用异常冰冷的

语调说道。

"我从来没有想过要卷进这个巨大的漩涡之中，这并非我所愿。我只是想拥有自由。我发誓不会出卖你！这便是我的抉择。"系密特轻揉着被打疼的脸颊说道。

"好吧，小家伙，但愿你能够信守诺言。不过我必须承认，这并非是我所希望的。"伦涅丝小姐冷冰冰地说道。

"伦涅丝小姐，我实在无法理解您的行为，其实您根本不需要进行这场冒险。虽然这确实是一条线索，但是，无论是真实性还是可能性，都根本无从谈起。

"而且，这样做毫无疑问会使您暴露自己的过去，由此可能引来很多对您不利的传言与议论。您要知道，任何流言蜚语，都有可能令您此刻的地位有所动摇。"系密特问道。

"呵呵，总算露出一直隐藏着的狐狸尾巴了。"伦涅丝小姐轻蔑地笑道。

仿佛是为了发泄，她用力掐着系密特的脸颊。不过她的掐法与玲娣姑姑和沙拉小姐的掐法完全不同，她掐得更狠，更用力，也似乎更另有所图。

系密特连忙挣脱开去。一方面是因为他非常担心继续下去将会露出破绽，暴露自己圣堂武士的身份，而另外一个原因便是，这确实令他感到很痛。这位凶悍的伦涅丝小姐，显然颇有成为刑讯专家的天赋。

"既然你想知道真正的原因，那我就告诉你。这是一个我绝对不会向第二个人提起来的秘密，哪怕是依维和国王陛下。

"我之所以要冒这个不必要的风险，是因为我要对付那个女人，那个魔鬼一般的邪恶女人！就是她，令我一度落入地狱一般的痛苦之中，同样也是她，令我那么长时间都生活在恐慌和

权谋玩偶

忧虑当中！

"即便现在我已拥有一切，我仍然没有一刻感到过真正的安宁。过往的噩梦一直纠缠着我，我已感到绝望。我以为，我这一生都将无法从那个噩梦之中彻底摆脱。

"那个女人给予了我现在所拥有的一切，无尽的噩梦、恐慌、彷徨，当然还有地位和权势。同样，也正是她令我变得犹如魔鬼般邪恶！

"不管怎么样，我要让她彻底毁灭！我甚至不希望死亡太快地降临到她的头上，我要看着她在黑暗阴冷潮湿的牢房里面，一天天腐烂发霉！我要让她在硕大的老鼠和成群的蟑螂里面惊叫着打滚，并且最终因为饥饿，将它们当做是美味可口的点心！"

美艳的伦涅丝小姐发狂一般，发出了系密特从来没有听过的恶毒诅咒。一阵阵寒意，情不自禁地从他的脚底涌了上来。

而此刻，在拜尔克的另一个角落里，另一个人正悠然地倾听着另一番恶毒的诅咒，不过他对此显然非常欣赏。

"亲爱的玛丽小姐，你有必要如此痛恨你当年的密友兼情敌吗？别忘了，是你夺走了她的未婚夫，而不是她那样做。你此刻所拥有的身份、地位和财富，原本都应该归她所有。"一个秃顶的矮胖老头笑着说道。

"夺走？不！康斯坦家族和我的家族原本就门当户对，不管那个女人会不会出现，伯爵本来就是我的！我只是拿走了属于我的东西！但是，伯爵心里最为珍贵的那部分，早已被那个卑贱的女人偷走了！

"伯爵从来没有真心喜欢过我。结婚之后只有半年，他就离开了我的身边。没有人能够想像，我这个寡妇其实已做了整整七年！两年前他的离去，只不过让我拥有了真正的寡妇身份而已！"康斯坦伯爵夫人怒吼道。整个房间里都回荡着她那尖利的怒吼声。

"好了，我的小心肝，你打算怎么样？我显然已经看到了你隐藏在背后的那条恶魔尾巴，正在轻轻甩动。"秃顶老头笑着说道。

"是的，我的老爷，我无法容忍那个女人在毁掉我的生活之后却找到了自己的幸福！她的任何一丝微笑，对于我来说，都是致命的毒药！

"她可以恋爱，不过对象只能是身上腐烂发脓的乞丐！她的弟弟，当年那个怯懦的脏小孩，和他的妻子，也只能在南方的荒岛上捡拾贝壳！只要和那个女人有关的一切，都应该下地狱！"康斯坦伯爵夫人愤怒地诅咒道。

"我已经没有以往那样的权势了，不过，应该多少还会有人愿意卖我一点面子。

"南方的事情倒是非常好办。只要知道那个女人的弟弟在哪里，我写一封信，便可以轻而易举地将他安排到某个只有一座小渔村的小岛上，替国王陛下征税。

"众所周知，那些渔民个个凶悍无比。以往那些到了岛上的收税官，总是会在出海的时候'不小心'掉到海里。至于他们的妻子，总是愿意成为当地某个渔夫的妻子。"说到这里，秃顶老头发出了晦涩的笑声。

"那个女人怎么处理？"康斯坦伯爵夫人咄咄逼人地说道。

"说实话，在京城里面，我的势力已所剩无几，不过想要毁掉一个女人，根本就用不着其他人帮忙。你是想要她痛苦地死

权谋玩偶

夫，还是想让她活着忍受屈辱的煎熬？"秃顶老头不怀好意地笑着问道。

"当然是后者，前面那条路岂不太便宜她了？事实上您的想法，几乎和我的一模一样。"康斯坦伯爵夫人说道。她的嘴角露出了一丝异常冷酷的微笑。

"看起来，最近又得安排一场表演。不过最近风声实在太紧，或许会有些麻烦。"秃顶老头微微皱了皱眉头说道。

"谁叫你没事找事，弄出那样的波折！为了这件事情，最近这段日子，整个拜尔克都被封得严严实实。"康斯坦伯爵夫人立刻埋怨道。

"别总是在这件事情上对我抱怨！那个武夫的吵嚷，已经够让我心烦了！现在这样不是挺好吗？拜尔克人心惶惶，严密的封锁对于每一个人都非常不方便，总会有人站出来抱怨。到时候，承受压力的便是那些当权者。"秃顶老头笑着说道。

"我必须再一次提醒你，那个武夫恐怕并不可靠。他口口声声说要给国王一些颜色看看，但是北方至今安稳如常。他反倒是不停地催促你搞乱拜尔克。"康斯坦伯爵夫人说道。

"我又不是傻瓜，这种事情我能不懂吗？不过我们毕竟拥有共同的敌人，在塔特尼斯家族被彻底铲除之前，那个家伙还不至于背叛我。"秃顶老头不以为然地说道。

"对了，我听到一些传闻。塔特尼斯家族的幼子，好像拥有某种神秘的特殊能力，他能够感知魔族的存在。"康斯坦伯爵夫人说道。

"噢，这件事情是否确切？"秃顶老头立刻变得神情凝重起来。

"不敢肯定。我是听一个在奥墨海宫马厩打杂的老妇人说的，而她也是听两个牵马的宫廷侍从说的。"康斯坦伯爵夫人说道。

"这也不能不信。事实上，我一直觉得奇怪，那个小家伙是怎么独自一人成功翻越奇斯拉特山脉的？即便如他所说，跳入水里，魔族就无法看见，但是，他又怎么能在魔族发现他之前，首先发现魔族的呢？就这点而言，我情愿相信那个传言是真的。"秃顶老头皱紧了眉头说道。

"既然是这样，那么表演就绝对不能安排在拜尔克城里进行。"康斯坦伯爵夫人说道。

"不，还是安排在拜尔克城里更加安全。即便事情败露，只要让所有人混入人群，就能轻而易举地逃脱。如果安排在荒野的乡村，国王的卫队可以将所有人一网打尽。"秃顶老头说道，"我会让人盯住奥墨海宫。没有一个小孩能逃出我的视线，哪怕他再一次改变装束！"

"你是否打算加入表演者行列？那个女人非常漂亮，美貌甚至还在我之上。"康斯坦伯爵夫人暧昧地笑着问道。

秃顶老头犹豫了一会儿，略带遗憾地说道："算了，我还是不方便公开露面。即便有面具遮盖着，也难保不被别人认出来。"

正说着，外面突然传来一阵急促的敲门声。康斯坦伯爵夫人急忙往门口走去，过了一会儿，她拿着一份文件转了回来。

"我没想到你已经派出了眼线。"她微微有些不满地说道。

"当然，我不希望有人因为仇恨和愤怒，而坏了我的事情。"接过那份文件，秃顶老头只扫了一眼，眼神中就立刻显露出兴奋的神情。

"噢，看来，我不得不要你暂时克制和压抑你那报仇的渴望

了。你的猎物实在拥有太多的价值！如果不将这一切全部榨干，我实在无法原谅我自己。

"她拥有一幢前途无量的房子，她的住客大多是些小人物，至少现在是这样。不过其中的几个名字，甚至连我都有所耳闻，他们总有一天会飞黄腾达。

"那个渥德子爵同样能够派上用场。此刻他的职责是替国王制造巨弩，一个不起眼却相当重要的苦差事。

"现在只是不知道你当年的情敌正在热恋的对象是谁。从她的描述听来，她热恋的情人似乎是个军人。不过最近出发的军团之中可没有贵族子弟。难道是从王室卫队抽调出来的那几个骑士？如果真是如此的话，那么那位小姐的利用价值可就更大了！"秃顶老头甚至兴奋地搓起手来。

"不，我从来没有想过要利用她，我渴望的是看到她被彻底毁灭！"康斯坦伯爵夫人歇斯底里地叫嚷起来。但是她那愤怒的声音，立刻被一双紧紧掐住她脖子的手所打断，那渐渐收拢的手指，显示出更大和更强的愤怒。

看着这个漂亮女人那渐渐往上翻转的瞳孔，秃顶老头稍稍放松了手掌。那微微透入的空气，立刻引起了康斯坦伯爵夫人一阵连续而轻微的咳嗽。那涨得通红的脸，和那充溢着泪水的眼睛，都足以证明她此刻有多么难受。

"玛丽，你虽然能够得到我的宠爱，不过，也不要因此太得意忘形。我不是康斯坦伯爵，他只能用冷落来表示他的不满，我却能让你生不如死！"

说着，秃顶老头猛地放开了那掐紧的双手，任由这个漂亮女人摔倒在地。

"我之所以喜欢你，不仅仅是因为你的美貌。拜尔克城里渴

217

望着向我投怀送抱的美貌女人多着呢！我欣赏你的，除了你的聪明，还有你的坏心眼。不过你想要使你的坏心眼的话，最好找对目标。

"暂时放弃你那愚蠢的报仇打算，对你当年的情敌别显得太狠毒。你要想办法将她牢牢地控制在你的手里！等到她再也没有任何利用价值的时候，她将成为你的玩具。不过，那不是现在。"秃顶老头冷冷地说道。

10 邪恶的黑弥撒

　　眼前这两个看上去颇为亲密的女人，实在令系密特有些看不懂。

　　自从那天从沙龙回来之后，康斯坦伯爵夫人几乎每隔一天就要来探望伦涅丝小姐一次。而每一次她离开之后，伦涅丝小姐都会陷入无比的愤怒，甚至有些歇斯底里的状态。

　　但是她当面却和那位康斯坦伯爵夫人显得越来越热络。特别是当康斯坦伯爵夫人送给她一些精美的首饰之后，伦涅丝小姐完全显露出那种因为贪图小恩小惠，而忘却了过去一切的小女人模样。

　　不过系密特非常清楚，所有这一切都只是伪装。看惯了昂贵珠宝的伦涅丝小姐，根本就不会在乎那些廉价的宝石项链和戒指。所有这一切，都不过是在表演。但她的表演是如此完美无缺，系密特甚至不由自主地猜测，伦涅丝小姐是否曾经当过演员。

　　伦涅丝小姐所表现出来的态度转变，在系密特看来，显然意味着揭开帷幕的时刻即将到来。

　　和以往一样，伦涅丝小姐并没有将她当年的密友兼情敌请

进内屋。显然她在用这个行为来表示，自己并没有完全原谅这个夺走她未婚夫的漂亮女人。

在五楼的小客厅里面，两个女人仿佛很亲密地坐在窗台前面。伦涅丝小姐时而转过头来看一眼旁边那些跑来跑去的小孩，时而朝着远处那些聚拢在一起的房客妻子们点头致意。

这座小客厅显得颇为嘈杂喧闹。伦涅丝小姐对康斯坦伯爵夫人有些冷淡，显然，她正是以这种方法来表示，她和这个当年伤害过她的女人保持了一定距离。

不过，康斯坦伯爵夫人显得并不介意。虽然她已经被这种冷淡弄得怒火中烧，可当她想起不久之后，自己便可以亲手将这个讨厌的漂亮女人送入地狱的深渊，看着她在痛苦之中苦苦挣扎，康斯坦伯爵夫人便感到心花怒放。

因此，她极力地忍耐着。圈套已布置好，只等将她当年的密友，一步步推入那深不见底的火坑之中。

"帕丝，我非常希望能够将你介绍给我的一些朋友。在京城之中，我们这些来自异地他乡的外来人，绝对处于弱势。我们只有互相帮助、互相扶持，才能将日子过得稍微好一些。"康斯坦伯爵夫人笑着说道。

"我对现在所拥有的一切已经相当满足了。事实上，这里便是一个非常不错的群体，这些住客都非常热情。"伦涅丝小姐淡然说道。

"是的，我看得出，他们都非常爱戴你，因为你给予了他们栖身之所。这里拥有比其他地方更好的环境，你甚至放弃了一份租金，让他们拥有一个聚会和闲聊的场所。显然，这有助于他们回忆起当初那繁华喧闹的情景。

"不过，这里能够给你的毕竟太少。我知道依维现在每个月

权谋玩偶

都需要一大笔钱，至少在他站稳脚跟之前，他还得靠你来接济……我非常希望为了当年所发生的事情，给予你一些补偿。"康斯坦伯爵夫人说道。

"不，我早已说过，我不需要任何补偿。对于命中注定的一切，我丝毫不会去埋怨他人。事实上，我觉得一生之中，从来没有像现在这样快乐而充实。

"我拥有不错的生活，我的弟弟前程光明，这些令我很满足。而更令我感到喜悦的是，我正在热恋之中。我已不是朦胧的少女，曾经历过失落和悲伤的我，此刻已能够真正领略爱情的美妙。"伦涅丝小姐微笑着说道。她微微扬起下巴，仿佛是在对当年的情敌挑战一般。

对面的那个漂亮女人，脸上虽然仍然挂着温和的微笑，但她的内心却正被嫉妒和愤怒的毒火舔舐焚烧。此刻她的每一根血管之中，都流淌着对于当年密友的诅咒和唾骂。在她的脑子里面，无数次掠过将情敌撕扯成肉片，放在火焰上烧烤的景象。

"噢，帕丝，作为一个过来人，我得警告你：世事无常，当你沉浸在幸福之中的时候，或许厄运已然站在门口。此刻你那热恋之中的情人，不正在前往北方的路上？那里仍时常有魔族出没，难道你从不曾为他的安危而担忧？"康斯坦伯爵夫人笑着说道。

伦涅丝小姐听到这番话，立刻皱紧了眉头，显露出一副忧心忡忡的样子。旁边的系密特则竖起了耳朵。他当然听得出来，康斯坦伯爵夫人正在一步步施展她的阴谋诡计。

伦涅丝小姐摆出一副别无所求、甚至是拒人千里的样子。他们原本就是为了让这位康斯坦伯爵夫人钻进圈套，现在看来目标已经达成。只是，暂时还无法得知，康斯坦伯爵夫人是否真的和那个出现在拜尔克的魔族有所关联。

看到自己所说的话似乎打动了当年情敌的心，那位漂亮而邪恶的女人暗自高兴。她觉得自己已经成功地抛出了诱饵，而诱饵的尽头，便是那充满灼热熔浆的地狱深渊。

"帕丝，我知道有一种办法，能够令你的情人躲过魔族的视线。"她凑到当年密友的耳边，压低了声音说道。

"我已听说过有关水的传闻，这已经不是什么秘密。"伦涅丝小姐沉稳地说道。

"不，才不是那种不可靠的办法呢！那些道听途说的传闻，只会害你的恋人白白送命。"康斯坦伯爵夫人不以为然地说道，"我们的方法才绝对有效！

"最为有力的证据，便是我的几位好朋友已成功地用这种方法，令自己逃脱了成为寡妇的凄惨命运。我们的方法非常有效，因为我们借助的是神灵的保佑。"

"神灵?!"伦涅丝小姐惊诧地问道。系密特看不出伦涅丝小姐的惊诧表情里面到底有多少表演的成分，她的演技实在是太高超了。

"是的，确实是神灵。一位强有力的神灵听到了我们的虔诚召唤，她在她的祭司身上降下了神圣的力量。这种力量能够令魔族消弭敌意。只要不进攻它们，我们就不会受到攻击。

"我相信这对于你的情人来说，是最合适的选择。除非他是个过度虚荣，一心想要成为英雄的人物。"康斯坦伯爵夫人说道。

听到这些，伦涅丝小姐陷入了沉思之中。

一辆马车缓缓地停在了拜尔克最为繁华热闹的布娄姆大道旁。这里早已经停满了马车。

权谋玩偶

虽然夏日祭已过，但这条最为繁华的商业街却依旧人山人海。因为那些店铺全都开张营业，这里甚至比夏日祭时更加热闹繁华。欢笑声、吆喝声、讨价还价声此起彼伏。不过更为嘈杂的，显然是马车车轮碾压大道的声音。

"想不想挑几件衣服？反正时间还早着呢！"康斯坦伯爵夫人施展起一贯的小恩小惠来。

"不要了，我不想欠你太多。此刻，我一心只想着如何让我的恋人得到平安。"伦涅丝小姐说道。她的脸上显露出含情脉脉的表情。

"我知道当年那件事情，令你至今耿耿于怀。你甚至没有向我提起过你那位恋人的名字。"康斯坦伯爵夫人故作大度地笑着说道。

从小巷出来，融入那繁华喧闹的人流之中，系密特都感觉不到有任何异常的情况。他可以肯定，这里没有魔族。

如果说布娄姆大道是拜尔克最亮丽的一串项链，那么协议广场无疑便是这串项链上最为硕大的宝石。

这座广场非常宽广，四周有着许多高耸的建筑物。这里几乎是寸土寸金，因此建造商为了尽可能赚取金钱，将广场四周的楼宇都尽可能地向高扩展。

五层楼的建筑物在这里绝对算是矮子，大多数楼宇都在八九层左右。这些楼宇就像是一圈山脉一般，将广场整个儿围拢了起来。

这些建筑物的四层以下，几乎全都被开辟成了店铺。这里的货物琳琅满目，无论是来自东方的丝绸和茶叶，还是从南方港口运来的精美绝伦的外国商品，这里都应有尽有。

店铺为了招揽生意，挂出了五花八门的各色招牌。铜质的、木雕的、丝绸扎成的招牌，在这里都能看到。

这些店铺深深吸引着来到这座繁华都城的女人们。只要条件许可，她们全都愿意在这里慷慨解囊。

至于孩子们，广场上到处都有吸引他们的东西。扔套圈、掷滚球的摊子随处可见。同样随处可见的，还有那些出售零食的路边小车。那阵阵诱人的香味，令所有人都驻足留步。

正因为有这么多的小摊小贩，这个原本极为宽阔的广场，此刻却显得颇为拥挤。

"为什么是在祭坛进行仪式，而不是在教堂？"伦涅丝小姐犹豫了一下问道。

康斯坦伯爵夫人暗自咒骂：这个贱货真是小心谨慎！但表面上，她仍旧满脸堆笑地说道："帕丝，我非常遗憾，显然你对我仍有怀疑。要知道我是一片好心！如果你不相信我，如果你不希望你的情人得到平安，如果你不希望看到他回到你的身边，你现在尽管转身离开！"

伦涅丝小姐微微一愣。她故作犹豫了一会儿，接着说道："玛丽，你别多心，我没有别的意思。我只是觉得有些奇怪，拜尔克城里有那么多教堂，为什么这个仪式，却偏偏放在公共祭坛之中进行？"

"噢，亲爱的帕丝，要知道，教堂是父神的领地。我们的那个神灵可没有如此巨大的力量，能够和父神争夺位置。"康斯坦伯爵夫人说道。

广场的正中央，便是那座她们要去的祭坛。这样的公共祭坛在拜尔克城里，到处都能看见。

祭坛朝四个方向各开着一扇高耸而宽敞的大门，不过这些大门根本就没有门板，任由游人自由出入。那高耸的墙壁，令

权谋玩偶

祭坛犹如一座城堡。墙壁上开着一扇扇小窗，令光线能够透过它们照射到祭坛里。

和其他祭坛有所不同的是，这座祭坛那敞开着的顶部，并非简单地用一个伞形的圆锥顶盖在上面，而是用一座圆形玻璃顶笼罩在上面。如此昂贵的玻璃圆顶，显然只有这个繁华广场上的祭坛才能拥有。

祭坛里面仿佛是另外一个世界。高耸的宽敞大门将那嘈杂喧闹的世界彻底阻挡在外面，即便最为轻微的脚步声，在这里都显得那么清晰洪亮。而一阵微微的咳嗽声，在这里便会引起阵阵回响。因此，在这个祭坛里根本就不可能有窃窃私语，再轻微的声音，也能被所有人听见。

从里面看这座祭坛，又是另外一种景象。

正中央耸立着一座将近八层楼高的塔楼，塔楼顶端是一个能够站立不少人的平台。金色的阳光透过圆形玻璃顶照射进来，令这个地方笼罩上了一层淡淡的神圣意味。

一条吊索垂落下来，吊索的顶端是一个巨大的绞盘。显然建造祭坛的工程师早已经考虑到，让娇弱的夫人和小姐们登上如此高耸的塔楼，是件相当困难的事情。

当绞盘开始缓缓卷起，康斯坦伯爵夫人递过来两个面具说道："帕丝，我必须告诉你一个秘密，今天要举行的并不是正统的弥撒，而是黑弥撒。那个将神秘的力量降临到我们身上，保佑我们免受魔族伤害的神灵，便是神话之中创造了魔族的黑暗女神玛兹。"

说到这里，她轻轻地抓紧了伦涅丝小姐的手臂。因为按照她以往的经验，每一个听到这个消息的人，十有八九会产生退缩的念头。不过，她有绝对的自信能够劝服那些人。事实上到了这里，就由不得任何人逃离。

"帕丝，你是否真的希望你的情人平安无事？爱情的真谛难道不是牺牲？玛兹能够令你的情人回到你的身边，而此刻你的情人正需要这种保佑。"康斯坦伯爵夫人说道。

"你怎么能够保证这一点？事实上，在此之前你一直向我隐瞒事情的真相！"伦涅丝小姐故作愤怒地说道。

"当仪式进行到一半的时候，你肯定能够见识到我的保证。我们将用玛兹的创造物来进行血祭。拥有了同样的鲜血，沾染上同样的气息，你甚至能够命令和控制那些魔族。"康斯坦伯爵夫人说道。

听到这番话，伦涅丝小姐和系密特都眼睛一亮。他们确实没有想到，道格侯爵带来的那条意外的线索竟然便是真相。

"给我看证明，玛兹的创造物在哪里？"伦涅丝小姐冷冰冰地说道。

"现在不行，运送祭品的马车恐怕还在路上。你又不是不知道，最近拜尔克盘查得异常严密。"康斯坦伯爵夫人说着，拉了拉吊篮旁边的一根绳索，吊篮突然停在了中间。

"帕丝，我给你最后一次选择的机会。你想要看到活着回到你身边的情人，还是想看到军部颁发的阵亡者名单上你情人的名字？"

伦涅丝小姐犹豫了好一会儿。不过她真正犹豫不决的是，她是否应该就此离开。知道那件魔族飞行恶鬼的事情和眼前这个女人有关，其实便已足够。

她已经完成了她的任务，接下来的事情，她完全可以交给警务部和法政署的官员们来解决。法政署询问专家们所擅长的那种种"谈心"手段，足以撬开任何一张严密的嘴巴。

权谋玩偶

　　更何况，那个女人提到的"黑弥撒"或许隐藏着某种危险，无谓的冒险实在没有必要。

　　"如果你错过了这一次，以后或许再也没有机会了！弥撒一结束，我就要离开拜尔克，有些紧急事情需要去处理。"康斯坦伯爵夫人接着劝诱道。

　　不过，系密特知道，她可能真的是要离开，不过不是要去处理什么紧急事情，而是为了躲避风头。这些人的小心谨慎，倒是大大出乎他的预料。

　　这时，他看到伦涅丝小姐转过头来，朝着他望了一眼。系密特猜想，她想要询问的，应该是他是否感觉到了魔族的气息，他连忙摇了摇头。

　　"噢，小家伙真是替你着想，抑或是他对你的情人有些嫉妒。这个年纪的小孩多少有些大人的念头。"康斯坦伯爵夫人显然看到了这一切，她笑着说道。

　　"好吧，我们上去。"伦涅丝小姐斩钉截铁地说道。她信手戴上了那个女人递过来的面具。

　　将另外一个面具塞到系密特的手里，康斯坦伯爵夫人诡异地眨了眨眼睛："小东西，或许你也能如愿以偿。"

　　祭坛的顶端此刻已坐着不少人，这里的每一个人都戴着面具。祭坛的正中央放着一张宝座，宝座的后面树立着一具神像。

　　那是一位美丽的女神。在她的脸上，同时能够看到清纯和妖媚这两种截然不同的美妙。她那合拢的双手之上，挂着一圈玫瑰花环。盛开的玫瑰和那异常尖锐的细刺，同样也衬托出了这位女神那难以形容的极端的美。

　　几乎所有人都被这具神像深深吸引，除了系密特。他的注意力被包裹住整个祭坛的一座神秘的魔法阵深深吸引。他能感觉到，这座魔法阵并没有被设置正确，无论是那张宝座还是神像，都稍稍有些偏离星座位置。

显然，布置这一切的并不是什么高明人物。可是用来欺骗那些轻信盲从的蠢人，这些便已经足够。

"噢，玛丽，仪式是否可以开始?"人群中有人说道，"那是你带来的新加入者吗? 真令我难以置信，竟然还是个小孩! 刚才你在底下提到'小家伙'的时候，我们还以为只是亲昵的称呼而已。"

"我没有看到祭司。"康斯坦伯爵夫人说道。她虽然戴着面具，不过这里的每一个人都能认出她来。

"我在这里。"人群中有个人高举着手站了起来。

"还有谁没到吗?"康斯坦伯爵夫人问道。她故意来得最晚，就是因为担心要等那些迟到的人。她知道，拖延会引起她最痛恨的情敌的疑虑，或许她会因此而退缩和放弃。

"你是最晚的一个。"那个祭司说道。

"那还等什么? 马上开始!"

"可是，我们还没有挑选出降临者呢!"祭司说道。

"我有一个非常好的提议，就让我带来的这位新加入者，担任这最为重要的职务。"康斯坦伯爵夫人转过身来，对着伦涅丝小姐说道，"亲爱的，你有权力邀请一位男士担当神仆。"

"就选小杰尼好了，他是守护我的骑士。"伦涅丝小姐说道。

立刻，祭坛上爆发出一阵轰然的笑声。祭坛那奇特的构造，令这些笑声显得异常洪亮，甚至用震耳欲聋来形容都毫不过分。

"噢，这个小家伙实在是太幼小了，他恐怕无法支撑到仪式结束。我甚至怀疑他是否拥有进行仪式的能力。"康斯坦伯爵夫

权谋玩偶

人笑着说道，"不过，既然是你的选择，我也没有什么好说的。反正这里有的是接替者，总能令仪式继续下去。"

系密特从来没有参加过任何黑弥撒，不过他却从历代圣堂武士的记忆之中知道，黑弥撒是最为邪恶的仪式之一。

在黑弥撒上所祈祷的神灵，全都是以恐怖和邪恶著称的凶神。

而黑弥撒的仪式同样充满了邪恶。有的需要饮用鲜血，有的甚至要当众杀死一个活人，作为供奉给凶神的祭品。

不过，系密特倒是确实听说过，凶神拥有更为强大的力量。就比如说此刻要祭拜的这位黑暗女神玛兹，传说中正是她创造了魔族。不过人类同样也是她的作品，是她和另外一个神灵共同创造出来的生灵。

黑暗女神玛兹执掌着夜晚和死亡，这是非常巨大的权限。但是，令人感到不可思议的是，繁衍和诞生同样也是这位女神拥有的力量。她和生命女神美特共同执掌这个职权。

不过，人们更愿意向生命女神美特虔诚祈祷，因为她是位和善的女神，总是为人类带来幸运和欢乐。她不像玛兹，在创造了无数人类生命的同时，也创造出像魔族这样恐怖而可怕的怪物。

跟随其他人吟诵着那奇怪又毫无意义的咒语，系密特丝毫没有感觉到这能有什么作用。虽然他不是祭司，也不是魔法师，不过他对于魔法的力量已经略有所知。

圣堂武士的强大力量本就来源于魔法，而波索鲁魔法师送给他的那部羊皮经卷，更是为他开启了魔法世界的大门。

此刻人们所吟诵的这些支离破碎的咒语，显然来自某段真正的咒语。不过支离破碎使它丧失了实质性的作用。或许惟一的作用便是欺骗，欺骗那些愚蠢盲目的信徒。

正当系密特感到疑惑不解的时候，四周突然响起了洪亮的钟声。系密特连忙捂住自己的耳朵，他非常担心耳膜会被震破。但是令他感到惊诧的是，钟声并没有他想像中的那样响亮。

"小东西，你以前肯定从来没到过这种地方。每一座祭坛都是绝妙的设计。如果此刻你在下面，或许你要担心耳膜被震破，但是在这里，你只会感觉到庄严和神奇。"旁边一个戴着面具的人解释道。

"好了，期待已久的时刻总算到了。"

"噢，我感到仪式实在太漫长了⋯"

四周响起了一片嘈杂的声音。

系密特被推到了祭坛的最前面。他被按压在那张宝座之上。宝座旁边站着两位身强力壮的青年，他们同样戴着面具，嘴角挂着一丝微笑。那微笑之中带着一些嘲弄，不过更多的却是期待和得意。

伦涅丝小姐同样也被推到了最前面。拉着她的，正是她当年的情敌——康斯坦伯爵夫人。

"现在是最关键的仪式，我们要让玛兹的力量降临到这里。"康斯坦伯爵夫人微笑着说道。她的微笑带着一丝得意和一丝冷酷。

前面有伦涅丝小姐，身边是那两个青年，坐在宝座之上的系密特被阻挡着看不见太多东西。不过他从那狭窄的缝隙之中看到的那些，已足以令他猜测到接下来将会发生什么。

系密特抬起头看着伦涅丝小姐。他看到的是这位国王情妇那茫然失神的眼睛。不过，那种茫然只是片刻而已。片刻之后，

伦涅丝小姐竟坦然地轻轻解开自己胸前的纽扣……不过，她显然并不打算让系密特欣赏她美妙的胴体，她缓缓地转过身去。

"噢，实在是太完美了，简直就是诸神的杰作。"

"我相信那副面具之下，肯定是一张惊世绝艳的面孔！我真想用我剩下的生命来换取一睹芳容……"

四周再一次响起的那片嘈杂的声音，即便在轰响的钟声之中仍能被清楚地听到。不过当伦涅丝小姐缓缓坐下来的时候，只剩下一阵遗憾的叹息。

……

突然间，一种异样的气息令系密特警觉起来。

那是一个魔族，一个千真万确的魔族！虽然看不到，但系密特确信，那正是曾经赋予过他奇特力量的那个魔族！

除了这个魔族之外，系密特还感到另外一股更为弱小的气息。同样熟悉的感觉，令他毛骨悚然。

那是诅咒巫师！那是他曾经最为恐惧的梦魇，而此刻他却丝毫没有办法。

系密特实在有些怀疑这些人是不是疯了，难道她们不怕诅咒巫师失去控制，轻而易举地杀死这里所有的人？

恐惧感令他打了个冷战，这时他才发现一切都已停止。

又是一连串古怪的吟诵之声，那个祭司让伦涅丝小姐跟着他一起念诵咒语。这种感觉对于系密特来说奇怪至极，不过他的内心之中，却偏偏在期盼着仪式能够永远持续下去。

系密特扬着头，看着那具奇怪的神像。不知道为什么，突然间，他感觉这个神像是那么的熟悉。

另一样异常熟悉的，便是那神秘莫测的魔族生物发出的衰弱的哀号。显然，此刻这个奇特的生物也非常清楚，它的命运

已经到了尽头。

感知着那衰弱而清晰的无声哀号，系密特仿佛回到了当年他在那个冰冷的山洞中的时候。

正当他猜想着那个奇特的魔族将会如何死去的时候，突然间，一阵莫名的恐慌从他的心底涌起。几乎在刹那间，系密特感到一切都为之停止。这种感觉，就和他当初在奥墨海宫第一次遇到大长老时的感觉一模一样。

系密特清楚地感到这种力量来自脚下的那座魔法阵，他甚至能够感觉到魔法阵已像一座巨大的星盘一般，缓缓地运作了起来。

忽然，系密特感到自己的意识朝着外面飞去。意识中，他掠过那玻璃圆顶，转眼将繁华热闹的广场抛在了脑后。

当他穿透厚厚云层的那一刹那，系密特确实感到无比害怕。他甚至猜想自己或许已经死去，他的灵魂正在飞升天堂。

不过当他看到太阳比以往明亮一万倍悬挂在头顶上，他就知道自己并没有死去。但是看到明亮的太阳周围却是一片漆黑的夜空的时候，他又变得有些迷惘。

这并非是他一直听说的传闻之中的天界，他没有看到前来迎接他的天使，更没有看到犹如彩虹一般的天界光环。在他脚下是雪白的一片，就像是一望无际的冰原，又仿佛是用泡沫堆砌的海洋。

而远处，就像是海边沙滩上能够看到海天相接的分界线一样，这里同样有一条清晰可见的分界线。分界线下方是洁白如云的海洋，而上面却是一望无际的星空，系密特从来没有看到过那么多的星星。

还没等系密特看清楚这一切，突然间，他感到自己的意识

权谋玩偶

再一次被牵引着，朝地面飞去。

穿透云层的那一刹那，系密特便知道自己将飞往何方。那片广袤无垠的森林，对他来说是那样熟悉，那里有他童年最为欢乐的记忆。不过，那里同样也是所有恐惧和噩梦的来源……奥尔麦森林，这个他千辛万苦才逃出来的人间地狱，便是他那无法控制的目标。

数千公里的距离，眨眼间便轻松掠过。一座大山横亘在他的前方。系密特根本无法控制自己，他甚至想要惊叫都叫不出来，因为此刻，他的意识已与肉体分离。

森林、大地，一切突然间消失得无影无踪。系密特的眼睛能看到的，只有一件黑色的披风。

他的意识重新回到了那座祭坛之上，而那个不停哀号着的奇特魔族，已然停止了徒劳无功的求救。

系密特感到嘴角有股血腥的味道。他用舌头舔了舔，那确实是血。只是不知道这血是来自那个魔族，还是来自活人。

"恭喜你，我的朋友，你已成为了我们之中的一员。更要恭喜你的是，你已经得到了玛兹女神的庇佑，没有任何一个魔族能够伤害到你及你所关心的人。"康斯坦伯爵夫人说道。

"但愿这一切真的有用。"伦涅丝小姐说道。

"噢，千万别在女神面前怀疑她的能力。只要你虔诚祈祷，只要你别错过任何一次弥撒，玛兹女神必然会永远庇佑你。"康斯坦伯爵夫人笑着说道。

"好了，各位可以收拾一下了。"那位祭司突然说道。

一阵窸窸窣窣的声音响起。系密特始终没有看到伦涅丝小姐的身体。当她转过身来的时候，系密特看到的，仍旧是那个

③

冷漠的、一尘不染的伦涅丝小姐。

"小杰尼，你是否能给这里的所有来宾一个惊奇？"伦涅丝小姐突然间弯下腰来对系密特说道。

她的眼神之中露出了一丝冷酷和决断。系密特看到她用左右手的食指在脖子上轻轻一勾一划，那优雅轻柔的模样，就仿佛是在替自己戴上项链。不过系密特非常清楚，伦涅丝小姐要他做什么。

看着此刻重新恢复到高高在上、执掌至高无上的权力和威严的伦涅丝小姐，系密特感到有些迷惘。不过他却无法违背她的命令。

"所有人，但是不包括我的朋友。"伦涅丝小姐面无表情地说道。她的语调是那样冷酷，甚至比严寒冬季那呼啸的北风还要冰凉彻骨。

经过刚才那番仪式，此刻祭坛上的每一个人，都在注意着这位新加入的成员。不过伦涅丝小姐的话，并没有引起他们的猜测和怀疑。

康斯坦伯爵夫人却突然有了一丝警觉，她刚才那得意而冷酷的微笑，此刻已被凝重而警惕的神情所取代。

当她看了一眼旁边的系密特之后，凝重警惕的神情立刻变成了疑惑和猜忌。而当她看到如同闪电一般飞掠而过的系密特的时候，她的身体在一刹那间便彻底僵硬。

恍然大悟的她，对伦涅丝小姐无比痛恨。她猛然间朝前扑着，用那尖利的指甲朝着她的情敌的脸猛抓过去。

那张比她美艳的脸，是她这一生之中最为痛恨的东西。即便她万劫不复，也要在临死之前，毁掉这件令她嫉妒和痛恨的东西！

权谋玩偶

就在康斯坦伯爵夫人即将得逞的那一刹那，她的腹部重重地挨了一拳，这一拳令她所有的喜悦和渴望都彻底破灭。

她看到的最后一幅景象，便是那被她抓在手里的面具，还有那近乎完美无瑕的面容。

"你差一点让我受到伤害。"伦涅丝小姐此刻已恢复了高高在上的国王情妇的身份，她冷漠地看着祭坛上躺倒一地的人群说道。

系密特此刻总算明白，为什么哲人说"仇恨会令人变成魔鬼"，眼前这位美艳迷人的伦涅丝小姐，显然是最好的说明。

所有的收尾工作，全都是系密特一手完成的。不过他只是按照伦涅丝小姐的吩咐——照办而已。

而伦涅丝小姐在将一切都吩咐完毕之后，就扔下他一个人，直接回奥墨海宫去了。

整整一个下午，系密特一直都在忙碌着。此刻无论是法政署还是警务部，没有一个人敢不遵从这个小孩的调遣。

尸体全部被一一辨认登记，法政署一个下午发出了近千张搜查令。

从下午到晚上，逮捕犯人的警务马车那刺耳急促的钟声，响彻了拜尔克的每一个角落。这令人感到心慌意乱的声音，一直持续到很晚。系密特将一切都收拾好离开那间临时办公室的时候，他还看到有两辆马车鸣着警钟飞驰而过。

当然，系密特临走的时候，并没有忘记遵从伦涅丝小姐的吩咐，到那间专门的、戒备森严的刑讯室走一趟。

映入眼帘的凄惨景象，令他触目惊心。

狭小的房间里面热气腾腾。一座铁炉子里面搁着一排烧红的烙铁，旁边的墙壁上挂着各种各样的刑具，刑具上的锈迹和血迹混杂在一起。

年轻的康斯坦伯爵夫人，被紧铐着双手吊在正中央。她的脸庞仍然算得上美貌动人，不过那原本美妙丰腴的身躯，此刻已然惨不忍睹。

两位牧师正竭力在替她治疗，不过在系密特看来，这绝对不能称得上是仁慈的工作，相反却是残忍冷酷的证明。

看到系密特进来，一旁负责记录的官员，连忙递上来一份厚厚的口供。

系密特稍微翻阅了一下便已然知道，除了第一轮的审问还算有意义之外，之后的刑讯，只不过是在想尽办法给这位年轻美貌的寡妇痛苦和折磨而已。

虽然明知道再审问下去也没有丝毫意义，不过系密特仍不敢违背伦涅丝小姐的意思。

"看起来，她的口风很紧。据我所知，她还有很多事情没有交代。"说完这番话，系密特重重地叹息了一声。

那几位刑讯专家心照不宣地点了点头。而那两个牧师，只是冷漠地朝着系密特望了一眼。

系密特又翻了翻那份口供。他指了指最上面，也是最显眼的那几个名字，问道："这几个人的名字是否已报告给道格侯爵？"

"是的，这样重要的事情，我们怎敢隐瞒？所有有关人员的名字，已经无一例外地呈报给了侯爵大人。"主持审讯的"谈判专家"立刻回答道。

"这份报告之中有些胡言乱语，我需要仔细核实。"系密特说道。

权谋玩偶

　　这是伦涅丝小姐的命令，同样也是他自己的意思。他可不希望自己出现在那份报告之上。

　　系密特虽然不知道如果国王陛下看到这份报告会是怎样的情况，不过他确信，自己绝对不会因此而受到奖赏。

　　离开刑讯室的时候，系密特听到背后传来阵阵声嘶力竭的惨叫，显然，新一轮审问已经开始。

　　系密特猜想，那些刑讯专家恐怕不会给那个年轻漂亮的寡妇真正开口的机会。因为每一个人都知道，继续审问已没有意义，知道得太多反而会令自己身处险境。

　　坐在那辆国王专用的马车之上，系密特迅速翻阅着那厚厚的审问报告。

　　负责审问的，显然是精于此道的老手。这份审问报告写得有条不紊。那些敏感的段落被专门放在一页纸上。而如果把它拿掉，这页内容的前后两页同样能够串联起来。

　　系密特小心翼翼地将这一页抽了出来，他将这些可怕的祸端用力揉成一团。当他重新张开手时，纸团已然变成了一堆碎屑。

　　系密特将这些纸屑一点不剩地吞到肚子里面，然后才小心翼翼地合上了那份口供。

　　系密特回到奥墨海宫的时候已是深夜。和以往一样，这里仍旧灯火通明。不过与以往不同的是，窗台前已看不到悠闲的人影。

　　系密特一走进宫殿，便立刻感受到一种异常紧张的气氛。

　　自从夏日祭结束之后，大臣们还是第一次如此穿戴整齐地出现在这里。底楼的大厅之中站满了焦急等待着被传唤的大臣。

那位年迈的宫廷总管就站在楼梯口，随时传达着国王陛下的旨意。

系密特的出现，立刻引起了所有人的注意。而更引人注意的，是他手里的那份厚厚的文件。

"系密特·塔特尼斯先生，请将你手里拿着的那份文件交给我，国王陛下正在等候着它的到来。"那位宫廷总管远远地就注意到了系密特手里的东西，他迫不及待地说道。

这令系密特微微一愣。此刻他无比庆幸伦涅丝小姐挑选了那些刑讯老手来进行审讯。要不然在马车上，他根本就来不及检查和修改那份口供，即便来得及，也没办法弄得天衣无缝。

"陛下是否想要听取我的报告？"系密特将那份文件递给从楼梯上急奔而下的宫廷总管，接着问道。

"不，陛下对你今天的工作相当满意，他让你先回去好好休息。"那位宫廷总管微笑着说道，"不过，陛下希望你先去探望一下伦涅丝小姐。她受到了一些惊吓，虽然这并不完全是你的过错。"

国王陛下的旨意，系密特自然不敢违背。他怀着忐忑不安的心情，来到了伦涅丝小姐那相对偏僻的房间。

系密特轻轻地敲了敲门。令他感到意外的是，那个大理石面孔的女仆这次竟然是打开门让他进去，而不是像往常那样一把拉住他的脖颈把他拽进去。更令他感到惊讶的是，他刚一走进房间，女仆就走了出去，并且将门关上。

"进来。"伦涅丝小姐的声音仍是那样冷漠而严厉。系密特不得不提高了十二分的警惕。

坐在窗台旁边的伦涅丝小姐已经换上了一身华丽的衣服。此刻的她，又重新成为了那个高贵威严的国王情妇。

权谋玩偶

　　系密特以为，伦涅丝小姐首先会询问他有关她当年情敌的情况。但令他惊讶的是，伦涅丝小姐似乎已然忘却了当年的仇恨和恩怨。她看了一眼显得有些茫然的系密特，一把将他拉到了身边。

　　伦涅丝小姐让系密特像以往那样坐在她的膝盖上，并且用异常严厉的目光，紧紧地盯着他的眼睛。

　　"从现在起，你没有任何回避和躲闪的余地，我需要你绝对地忠诚。"伦涅丝小姐说道，"我相信你肯定还隐藏着很多其他的秘密。你所拥有的特殊能力，想必并不仅仅只能感知魔族的存在。"

　　"不，您有些多心了。"系密特争辩道。

　　他的回答，换来的是耳朵上的一把猛揪。这虽然也是玲娣姑姑和沙拉小姐经常采用的手法，不过伦涅丝小姐显然另有目的。只见她毫不犹豫地猛地一拽，那个耳朵轻而易举地被拉长了将近半尺。

　　"看，我说的没错。"伦涅丝小姐轻轻地放开了那拉长的耳朵。她甚至有些兴致勃勃地看着系密特的耳朵慢慢收缩，变回原来的样子。

　　"小家伙，我要你对我绝对忠诚。首先就从告诉我你所有的秘密开始吧。"伦涅丝小姐说道。

　　系密特只得硬着头皮，将他过往的经历重新讲述了一遍。其中的大部分，伦涅丝小姐其实早已经听过，她没有听到过的，仅仅是一小部分而已。不过，这一小部分足以令她感到神奇。

　　此刻，她终于暗自庆幸，刚才的赌博是值得的。事实上刚才那一刹那，她所犹豫的正是眼前这个小孩所拥有的价值。她一直在怀疑，这个小孩比他看上去的更不简单，他无疑隐藏着很多秘密，和其他不为人知的实力。

"还有什么人听说过这些?"伦涅丝小姐问道。

"玲娣姑姑和沙拉小姐都知道，她们对于我实在是太熟悉了。还有便是教宗陛下、大长老陛下和波索鲁大魔法师，他们拥有着不可思议的神秘力量，什么都无法瞒过他们。除此之外，便只有格琳丝侯爵夫人知道。"系密特犹豫着说道。

"为什么？是因为你真的爱上了她?"伦涅丝小姐微笑着问道。

"格琳丝侯爵夫人用她的秘密交换了我的秘密。"系密特微微有些羞怯地说道。

"原来是这样。"伦涅丝小姐轻笑道，"那么，我也用我的秘密来进行交换。"

《魔武士》未完待续……

有奖征集玄幻系列书评

　　几千万网迷喜爱推崇，翘首以待的原创玄幻系列由英特颂倾情打造，现已新鲜上市！！

　　非常感谢您的关注！

　　您可以把您对本系列书的任何精彩评论和宝贵意见以信件或 E-mail 的形式发给我们，长短不限，形式不拘。

　　如果您的评论足够精彩，我们将收录到系列书末。届时，我们还会把印有您精彩评论的英特颂玄幻系列丛书送到您的手上，作为奖励。

感谢您支持英特颂玄幻系列！
期待您的继续关注！

我们的地址：上海市局门路 427 号 B 座 5 楼
　　　　　　英特颂玄幻俱乐部
邮政编码：200023
我们的 E-mail：tianmaxingkong2005@citiz.net

英特颂玄幻俱乐部会员调查表

个人资料：

姓名：＿＿＿＿＿＿＿　　性别：□男　□女

出生日期：＿＿＿＿年＿＿＿＿月＿＿＿＿日

身份证号码：＿＿＿＿＿＿＿＿＿＿＿＿＿

职业：□学生　□办公室白领　□自由职业者　□其他＿＿＿＿＿

调查问卷：

你购买的书名：《魔武士③权谋玩偶》

1. 你从什么渠道得知英特颂玄幻系列丛书？
   □网络　□书店广告　□广播　□电视　□报刊　□亲友推荐
   □其他＿＿＿＿＿＿

2. 你最喜欢玄幻文学的什么特点？
   □超时空想像力　□时尚流行风格　□主人公个性魅力
   □惊险刺激情节　□最新兵器装备　□其他＿＿＿＿＿＿

3. 你觉得与科幻玄异文学相比，玄幻文学的亮点在哪里？
   □想像力更丰富　□科幻色彩更逼真　□人物个性更鲜活可爱
   □主角更加平民化　□更多游戏开发空间　□其他＿＿＿＿＿

4. 你选择阅读某本玄幻小说的依据是：
   □网站点击率排行　□网站或论坛推荐　□媒体介绍　□亲友推荐
   □作者　□情节　□人物　□文笔　□兵种或武器　□随意浏览
   □其他＿＿＿＿＿

5. 玄幻小说主人公留给你的最深印象是：
   □传奇经历　□幽默语言　□过人才干　□鲜明个性　□超好运气
   □其他＿＿＿＿＿

6. 如果《魔武士》被开发成游戏产品，你希望是什么种类？
   □手机游戏　□家用游戏（PS/Gameboy/Mbox）　□电脑联机游戏
   □电脑单机游戏　□电脑网络游戏　□其他＿＿＿＿＿

7. 如果《魔武士》开发成玩偶产品，你最希望得到的是：
   □系密特　□塔特尼斯伯爵　□圣堂武士　□魔族士兵
   □格琳丝侯爵夫人　□其他＿＿＿＿＿

8. 你希望以什么方式参加英特颂玄幻俱乐部的互动？
   □同人志大赛　□Cosplay大赛　□书评征集大赛　□其他_____

9. 你对本书以下方面满意度（满分5分）：
   □故事情节_____　□人物个性_____　□作者文笔_____
   □封面设计_____　□内文版式_____

10. 你经常的购书方式有：
    □书店　□网络邮购　□书市　□出版社邮购　□其他_____

11. 除玄幻小说以外，你平时喜欢阅读的书籍种类还有：
    □文学　□动漫　□军事　□历史　□旅游　□艺术　□科学
    □传记　□生活　□励志　□教育　□心理　□其他_____

联系方式：

电话：（办公）_____（宅）_____　手机：_____

学校或家庭地址：_____　邮编：_____

E-mail：_____　QQ/MSN：_____

个人档案：

最常去的玄幻网站：_____

最喜欢的玄幻小说：_____

最喜欢的玄幻作家：_____

给我们的建议：_____

_____

_____

　　恭喜你！只要完整填写以上调查表并寄回上海英特颂图书有限公司，即可加入英特颂玄幻俱乐部！你可以15元/本的优惠价邮购《魔武士》及其他英特颂玄幻系列丛书，更可优先获得赠品和参加俱乐部会员活动！

邮购地址：上海市局门路427号B座5楼

　　　　英特颂玄幻俱乐部

邮政编码：200023

E-mail：tianmaxingkong2005@citiz.net

　　注：请在汇款单附言栏内写明你要购买的书名、册号和册数，并按15元×册数的数目汇款。平邮免邮费，挂号每本另加挂号费3元。5册以上免收邮挂费。款到10个工作日内发书。